»Anna kam am 3. Dezember 1909 in Wien zur Welt und war die zweite der vier Töchter des Glasmalermeisters Franz Goetzer.«

Sie studiert an der Kunstakademie und träumt von einem selbstbestimmten Leben als Malerin – bis sie sich Hals über Kopf in den attraktiven Studenten Seff verliebt. Vor seiner deutschnationalen Gesinnung verschließt sie die Augen, nicht ahnend, welche Konsequenzen diese auch für ihr Leben haben wird ...

Einfühlsam beschreibt Erika Pluhar die Hoffnungen, Sehnsüchte und Ängste einer jungen Frau, die im Jahrhundert der Extreme aufwächst und deren Lebensreise sie über Österreich nach Brasilien, Deutschland und Polen führt. Ein lebendiger, eindringlicher und bilderreicher Roman.

Erika Pluhar, 1939 in Wien geboren, war nach ihrer Ausbildung am Max-Reinhardt-Seminar lange Jahre Schauspielerin am Burgtheater Wien und als Sängerin tätig. Sie veröffentlichte mehrere Romane, Gedicht-, Lieder- und Erzählungsbände. 2009 erhielt sie den Ehrenpreis des österreichischen Buchhandels für Toleranz in Denken und Handeln. (www.erikapluhar.at)

Im insel taschenbuch liegen von Erika Pluhar außerdem vor: *Spätes Tagebuch*. Roman (it 4091); *PaarWeise. Geschichten und Betrachtungen zur Zweisamkeit* (it 4183).

insel taschenbuch 4247
Erika Pluhar
Im Schatten der Zeit

Erika Pluhar
Im Schatten der Zeit

Roman
Insel Verlag

Umschlagfoto: Erika Pluhar, Privatbesitz

Erste Auflage 2013
insel taschenbuch 4247
Insel Verlag Berlin 2013
© 2012 Residenz Verlag
im niederösterreichischen Pressehaus
Druck- und Verlagsgesellschaft mbH
St. Pölten – Salzburg – Wien
Lizenzausgabe mit freundlicher Genehmigung
Alle Rechte vorbehalten, insbesondere das der Übersetzung,
des öffentlichen Vortrags sowie der Übertragung
durch Rundfunk und Fernsehen, auch einzelner Teile.
Kein Teil des Werkes darf in irgendeiner Form
(durch Fotografie, Mikrofilm oder andere Verfahren)
ohne schriftliche Genehmigung des Verlages reproduziert
oder unter Verwendung elektronischer Systeme
verarbeitet, vervielfältigt oder verbreitet werden.
Vertrieb durch den Suhrkamp Taschenbuch Verlag
Umschlaggestaltung: bürosüd, München
Satz: Hümmer GmbH, Waldbüttelbrunn
Druck: CPI – Ebner & Spiegel, Ulm
Printed in Germany
ISBN 978-3-458-35947-0

Im Schatten der Zeit

Anna kam am 3. Dezember 1909 in Wien zur Welt und war die zweite der vier Töchter des Glasmalermeisters Franz Goetzer. Sie wuchs in der Schulgasse im Bezirk Währing auf. Dort besaß eines der mehrstöckigen Vorstadthäuser eine mächtige Durchfahrt zum weitläufigen Hinterhof, und an dessen Ende lag das Gebäude, in dem sich die Wohnung der Familie und die Werkstatt des Vaters befanden.

Die Wohnräume lagen ebenerdig, und der unter ihnen befindliche Keller beherbergte die Glasmalerei. Diese führte auf der Rückseite des Hauses zum tiefer gelegenen Garten hinaus. Man mußte an Kaninchenställen vorbei, eine Art Korridor überwinden, oder man wand sich zwischen buntem Glas, Arbeitstischen, am murrenden Vater und seinen freundlich grüßenden Gehilfen vorüber durch die gesamte Werkstatt, um diesen Garten zu erreichen.

Kaum hatte man ihn betreten, tat sich sofort sein Wunder auf. Er hatte sich im Andrängen der allmählich immer städtischer werdenden Bauvorhaben, zwischen Hausmauern, Hinterhöfen und Abladeplätzen, unerschütterlich sein verträumtes, ländliches Aussehen bewahrt. Da gab es Kieswege zwischen üppigen Blumenrabatten und Rasenflächen, Kastanienbäume überwölbten ihn von allen Seiten, einen Hügel zum Hof hin bedeckten hochwuchernde Himbeersträucher mit schmalen Pfaden dazwischen, und sogar ein »Salettl«, wie man das weißlackierte Gartenhäuschen nannte, krönte unter Fliedersträuchern und Laubschatten seine Idylle.

Anna liebte diesen Garten. Wie sie meinte, auf eine zärtlichere und inbrünstigere Weise, als ihre Schwestern es taten. Anna wurde *Anni* gerufen. Die ältere Schwester hieß Hermine, wie die Mutter, und wurde zur *Minnie*, die beiden jüngeren, Gertrude und Hedwig, zu *Trude* und *Hedy*.

Anna also, die keine *Anni* sein wollte, der aber nichts anderes übrigblieb, als sich diesem Namen zu fügen, empfand sich zwischen den weiblichen Mitgliedern der Familie in jeder Hinsicht als Außenseiterin. Und das, seit sie denken konnte.

Die Mutter, eine unbedarfte, brave Frau, terrorisierte zum allgemeinen Leidwesen alle mit ihrer Frömmigkeit. Den sonntäglichen Kirchgang zu unterlassen, führte bei ihr zu einem derart ausufernden und endlosen Gezeter, daß man ihn zähneknirschend auf sich nahm oder log. Anna wurde dabei zur einfallsreichsten Lügnerin innerhalb der Familie und blieb ein Leben lang vom Religiösen in jeder Form angeekelt.

Die Schwestern hingegen waren fügsamer, sie schienen nichts anderes sein und bleiben zu wollen als nette Mädchen aus gutbürgerlichem Haus. Zwischen Minnie, Trude und Hedy kam Anna sich vor wie ein seltener Schmetterling. Sie empfand sich als Künstlerin. Sie wollte werden wie ihr Vater.

Franz Goetzer war als fahrender Handwerksbursche aus Bayern nach Wien gekommen und hatte in der Glasmalerei Seipel als Lehrling zu arbeiten begonnen. Seine Begabung und Tüchtigkeit wurden dem Meister rasch auffällig, vor allem auch im Hinblick auf einen Schwiegersohn, der den Betrieb weiterführen könnte, denn es gab nur Seipel-Mädchen. Franz sah sich also aus Karrieregründen genötigt, eine von ihnen auszuwählen, obwohl er in keine sonderlich verliebt war. Seine Wahl fiel schließlich auf Hermine, die ihm am meisten zusagte, und bald kam es zur Heirat. Er übernahm den Betrieb im Hinterhaus der Schulgasse, und bald wurde die *Glasmalerei Goetzer*, wie sie jetzt hieß, zu einer der bedeutendsten der Stadt. Wenn in Kirchen oder sonstwo bleiverglaste, farbige Fenster mit Bildmotiven benötigt wurden, fragte man meist bei ihm an. Er war hochbegabt als Zeichner und ein hervorragender Handwerker.

Und früh erkannte er die künstlerische Begabung seiner kleinen Tochter Anna, und diese zeigte zudem bald ein mehr als kindliches Interesse an seiner Arbeit. Ja, sie zeigte es so leidenschaftlich, daß er beschloß, das Fehlen eines Sohnes nicht mehr zu beklagen, sondern eben in dieser Tochter seine Nachfolge zu sehen. *Die Anni* sollte später den Betrieb übernehmen.

Im Hinblick auf die Zukunft eines weiblichen Wesens war sein Entschluß völlig unüblich, ja nahezu verpönt, und er zeugte von kühner Aufgeschlossenheit. Anna liebte ihren Vater wohl zu Recht.

Überdies fand sie ihn außergewöhnlich schön. Von eher kleiner Statur, hatte sein schlanker Körper Eleganz. Das lokkige Haar, die buschigen Brauen, eine leicht geschwungene Nase und der markante Schnauzbart machten ihn zu einem gutaussehenden Mann, der den Frauen gefiel. Auch seiner Ehefrau hatte er wohl einstens gefallen. Aber schon der kleinen Anni wurde bald bewußt, daß ihr Vater, wenn er ab und zu »geschäftlich« verschwand, sein Männerglück anderswo suchte. Denn die bigotte Hermine trug Nachthemden, die vorne, über der Scham, einen Schlitz hatten, damit der Gatte sie durch diesen hindurch begatten konnte, ohne dabei ihren nackten Körper erblicken oder gar berühren zu dürfen. Anna hatte eines dieser weißleinenen Ungetüme eines Tages in der Waschküche mit Staunen inspiziert und recht schnell, obwohl noch Kind, ihre Schlüsse daraus gezogen.

*

Es war wohl auch des Vaters Wunsch nach mehr Freiheit, der ihn dazu bewog, für die Familie einen ständigen Sommerwohnsitz zu mieten, den er selbst jedoch nur an den Wochenenden aufsuchte. Er fand ein passendes Landhaus in der Ortschaft Garsten, westlich von Wien gelegen und ein in Wäldern und Wiesen verborgenes kleines Dorf. Man fuhr dorthin »aufs Land«. Und zwar mit Sack und Pack. Ein Pferdefuhrwerk wurde angeheuert und schwer beladen, denn nach des Vaters Wunsch sollten Gemahlin und Töchter auch während der Sommermonate die gewohnte Häuslichkeit um sich haben. Kleidung, Tuchenten, Bettwäsche, Geschirr und Küchengeräte wurden mitgeschleppt, um für das Landleben gerüstet zu sein.

Anna kämpfte jedesmal darum, am Ende der Anreise vorne am Kutschbock sitzen zu dürfen, und da sie Hartnäckigkeit besaß, wenn es um ihre Wünsche ging, und die anderen diesen zugigen Platz ohnehin nicht so wild begehrten wie sie selbst, gestattete man es ihr auch meist. Sie liebte diese Fahrt. Dicht neben dem Kutscher, der mit »Hü!« und »Hott!« seine Peitsche schwang, fühlte sie sich, hoch oben in wehender Luft und die Landstraße weithin überblickend, auf königliche Weise frei. Und über alles liebte sie den atemberaubenden Vorgang, wenn eines der Pferde seinen Schweif hob und, gemächlich weiterstapfend, einige wohlgeformte Äpfel ausschied und fallen ließ.

Jedesmal freute Anna sich auf die Monate in Garsten, auch

das weitläufige alte Haus dort liebte sie. Es lag in einem verwilderten Garten, der ihr unendlich groß und geheimnisvoll erschien. Die Obstbäume waren alt und mächtig, und es gab je nach Jahreszeit Kirschen, Marillen, Äpfel oder Birnen, die überreif herabfielen und im dichten Gras lagen, bereit, aufgeklaubt und verspeist zu werden. Vor allem als der Krieg die Menschen in der Großstadt Hunger leiden ließ, ging es der Familie auch dank des Garstner Obstgartens vergleichsweise gut.

Anna nahm vom Kriegsgeschehen nicht allzuviel wahr, vor allem, da dem Vater seiner Zuständigkeit nach Bayern wegen die Einberufung in die k. u. k. Truppen erspart geblieben war. Ihre Eindrücke hatten mit besorgt wirkenden Eltern, seufzenden Gesprächen der Erwachsenen, spartanischen Mahlzeiten und vor allem mit trostlos immer wieder ausgebesserter Kleidung zu tun. Nie gab es ein eigenes neues, hübsches Kleid, stets wurden, wenn man aus einem herauswuchs, Rock und Taille mit Stoffresten verlängert, damit man es weiter tragen und dann noch der jüngeren Schwester vererben konnte.

Nur als der Bruder der Mutter als gefallen gemeldet wurde, erlebte sie Anzeichen von Klage und Schmerz, jedoch wurden die Kinder vor den heftigsten Aufwallungen meist schnell weggeschickt. »Geht spielen«, wurde ihnen mit feuchten Augen befohlen.

Als der Krieg begann, war Anna fünf Jahre alt. Sie besaß einen ungewöhnlich starken Eigenwillen, sonderte sich gerne ab und konnte oft stur auf ihren Wünschen und Vorstellungen beharren. Am liebsten befand sie sich auf dem Land. Und das wohl auch, weil sie dort, im Gegensatz zur Wiener Wohnung, von familiärer Enge verschont blieb.

Wenn dies der Fall war, konnte sie ihre Familie sogar einigermaßen gut leiden. Minnie, die ältere Schwester, begegnete ihr ohnehin meist ruhig und freundlich, und die Mutter benahm sich, von ihrer Bigotterie abgesehen, so, wie Mütter sich eben zu benehmen hatten.

Kam aber Franz Goetzer am Freitag abend mit der Eisenbahn aus Wien angereist, um über das Wochenende bei der Familie zu bleiben, dann hatte Anna seinen Besuch schon den ganzen Tag lang sehnsüchtigen Herzens erwartet. Man begab sich meist viel zu früh zur kleinen Bahnstation, um den Vater abzuholen, die Mutter in weißer Sommertoilette, die Mädchen in den bunt ausgebesserten Kleidchen, Krieg hin oder her, sie wollten alle hübsch sein, wenn der Vater erschien. Und vor allem Anna wollte das.

Wenn er lachend aus dem Zug sprang, den Hut vom Kopf nahm, und jede von ihnen innig umarmte, genoß Anna dies wie eine himmlische Segnung. Sobald sie den Vater sah, war sie glücklich. Und sie blieb es auch, wenn er ab und zu unbeherrscht und streng wurde, wenn er schalt, weil sein Glas frisch gezapftes Bier, aus dem nahen Gasthaus herbeigeholt, nicht pünktlich zum Essen auf dem Tisch stand oder weil die Mädchen lärmten, während er sein nachmittägliches Schläfchen halten wollte.

Unklar blieb, ob die Mutter den Vater ebenfalls die Woche über herbeisehnte und was zwischen den Eheleuten geschah, wenn sie sich zurückzogen. Jedenfalls schien Hermine in ihrer Frömmigkeit sich nie all das vorzustellen, was die kleine Anni sich erstaunlich bald vorstellen konnte. Detailgenau malte sie sich aus, wie der Vater als einsamer Junggeselle die Wochentage in der Stadt zubrachte. Sie sah ihn zwar in seiner Werkstatt, sah ihn künstlerisch arbeiten, aber danach nur von herrlich schönen Frauen umgeben, er der strahlende Mittelpunkt. Anna war ein überreich mit Phantasie begabtes Mädchen und witterte zudem früh das Geschehen zwischen Mann und Frau. Vielleicht auch, weil sie früh ihren Vater zu lieben begonnen hatte.

*

Die Kriegsjahre verbrachten Mutter und Töchter vermehrt in Garsten, nicht nur den Sommer über zog man sich aufs Land zurück. Dort herrschten nach wie vor Verhältnisse, die man als friedlich einschätzen konnte, und es gab genügend Lebensmittel, um sich einigermaßen satt zu essen. Daß auf den Schlachtfeldern gestorben wurde, daß auch in Garsten Väter und Söhne beklagt wurden, daß allerorten Hunger und Elend herrschten, all das wurde weitgehend von Anna ferngehalten.

Da sie das dörfliche Leben genoß, den ganzen Tag über frei herumstreunte, freier, als es kleinen Mädchen sonst gestattet war, wurde die Rückkehr nach Wien für sie stets zu einer trüben Erfahrung. Man hatte Anna, ohnehin verspätet, schließlich doch für die erste Klasse der nahe gelegenen Volksschule angemeldet. Wenn auch kriegsbedingt nicht allzu regelmäßig, sie mußte zur Schule gehen, ob sie wollte oder nicht.

Und sie wollte nicht. Mehr noch, sie haßte die Schule, und das vom ersten Tag an. Zwar fand sie die Möglichkeit, endlich lesen und schreiben zu lernen, nicht schlecht, aber sie fand, es sei grausam, inmitten einer Horde anderer Mädchen dazu gezwungen zu werden. Ihr fehlte jede Form von Gemeinschaftssinn. Die Mitschülerinnen waren für sie allesamt nur dumme, schnatternde Gänse, sie gewann zu niemandem Zutrauen, auch zur jungen Lehrerin nicht, sie fühlte sich allein und elend und nur Feinden ausgesetzt.

Die Mutter schüttelte den Kopf. »Such dir doch ein nettes Mädel als Freundin aus«, meinte sie, »möglichst eines, das mit dir auch am Sonntag in die Messe geht, zu zweit ist doch alles viel lustiger.«

Daß die Sonntagsmesse je lustig sein könne, und sei es in Begleitung, fand Anna lächerlich und ebenso den Vorschlag, sich ein nettes Mädel zur Freundin zu wählen. Keines der Mädchen fand sie nett, an jedem hatte sie etwas auszusetzen, zu dick, zu häßlich, zu puppig, zu eitel, zu laut, zu ernst, zu oberflächlich, und letztlich fielen sie alle ausnahmslos unter den Sammelbegriff »blöd«.

Minnie, die ältere Schwester, war sanftmütig und um vieles umgänglicher. Sie ging nicht ungern zur Schule und hatte bereits eine »beste Freundin«.

»Was hast du denn gegen die Mädchen in deiner Klasse?« fragte sie, »sind doch alle wie du, und deine Lehrerin ist hübsch!«

»Sie mögen mich alle nicht«, sagte Anna.

»Du magst sie alle nicht!« rief Minnie.

»Stimmt, ich mag sie nicht, und die sind nicht alle wie ich! Keine ist wie ich, und die Lehrerin ist auch blöd!«

»Warum?«

»Weil sie gesagt hat, ich soll nicht frech sein.«

»Vielleicht warst du frech?«

»Ich hab nur gesagt, daß ich sowieso Künstlerin werde, sie braucht mir nicht zu zeigen, wie ich zeichnen soll.«

»Aber das ist frech!«

»Nein, das ist die Wahrheit!«

»Geh Anni!« sagte Minnie, »sei jetzt du nicht blöd!«

Und sie lächelte sanft und überlegen und wandte sich anderen Dingen zu. Wie immer blieb Anna kochenden Herzens zurück und fühlte sich verlassen. Sie bezweifelte nicht, im Recht zu sein, nur wurde sie eben von keiner Menschenseele verstanden. Einzig beim Vater fand sie Zuspruch, aber auch nur, wenn dieser gut gelaunt und nicht allzusehr in seine Arbeit vertieft war.

»Kümmer dich nicht um die Trantschen«, lautete dann sein Kommentar, »mach dein Zeug, lern was, später gehst ohnehin auf die Kunstschul'!«

Das half ihr. Schon das Wissen, daß alle um sie herum Trantschen waren, wie das Lieblingswort des Vaters für von ihm verachtete weibliche Wesen lautete, half ihr. Sie selbst würde eines Tages keine Trantschen sein, sondern Künstlerin. Sie würde die Kunstschule besuchen, Glasmalerei studieren, und die Lehrerin mit ihrem blonden Lockenköpfchen habe ja keine Ahnung!

»Tu halt so, als ob du ihr folgst«, riet der Vater, »spiel die Folgsame und ärger dich nicht.«

Und er beugte sich wieder über seine Arbeit, über einen heiligen Franziskus, den er zwischen Lämmern und Vögelchen aus farbigem Glas herausschnitt, darüber die Taube des Heiligen Geistes, die den ebenfalls heiligen Mann und das Getier vom blauen Himmel herab überwachte.

»So ein schönes Fenster!« entrang es sich Anna voll Bewunderung.

»Ja, für die Kirche zum heiligen Franziskus«, nickte der Vater, »und weißt du, was mir aufgefallen ist?«

»Was denn?«

»Daß der Heilige Geist eine Taube, also ein Tier ist. Und

da sagen die Geistlichen, ein Tier hätte keine Seele! Hätte der Herrgott dann ein Tier mitten in seine Dreifaltigkeit hineingesetzt? Ha?«

»Nein!« rief Anna und liebte ihren Vater glühender denn je. Ab nun, beschloß sie, würde sie Tiere ganz anders, viel aufmerksamer beachten und ins Herz schließen, und es beglückte sie, daß die lästige Kirchenfrömmigkeit der Mutter sich ein weiteres Mal als Blödsinn erwiesen hatte.

»Warum darf eigentlich kein Hund in die Kirche?« fragte sie wie nebenbei und scheinbar damit beschäftigt, schnurzuspringen.

»Weil Tiere nicht in die Kirche dürfen«, antwortete die Mutter in mild belehrendem Ton.

»Warum nicht?« Es bereitete Anna diebisches Vergnügen, weiterzufragen.

»Tiere haben keine Seele. Sie sind zwar auch Geschöpfe Gottes, aber ohne eine Seele.«

»Aber der Heilige Geist ist ein Tier!« triumphierte Anna.

»Was?!« schrie die Mutter, sofort einer Gotteslästerung gewärtig.

»Ja, eine Taube!« Anna strahlte.

Die Mutter verstummte und starrte grübelnd vor sich hin. Dann rettete sie sich in den kurzen Satz, den Anna immer wieder hörte, wenn Erwachsene um eine Antwort verlegen wurden. »Das ist was anderes«, murmelte Hermine und fuhr kurzentschlossen damit fort, Wäschestücke von der im Garten aufgespannten Leine herunterzunehmen und in einen Korb zu werfen. Dabei seufzte sie einige Male unzufrieden auf. Anna hingegen war äußerst zufrieden mit sich, die Mutter schien für heute zur Genüge verwirrt worden zu sein.

»Tauben sind aber Tiere, Mama!« trällerte sie nur noch und hüpfte mit ihrer Springschnur über den Kiesweg davon.

*

Der Wiener Garten, seine Versunkenheit inmitten der Stadt, seine Ungepflegtheit während der Kriegsjahre, die ihn umso ungebärdiger wuchern und blühen ließ, wurde zu Annas Zuflucht. Wenn die Schule oder die Familie sie bedrängte, flüchtete sie zwischen die Himbeersträucher oder ins Gartenhäuschen, um sich Träumen hinzugeben. Aber auch was unbedingt für die Schule vorbereitet werden mußte, erledigte sie gern im Salettl, da konnte sie für sich sein, unbelästigt, und nur vom Kastanienlaub behütet.

Im Winter, wenn es zu kalt war, sich draußen aufzuhalten, mußte sie am großen Eßzimmertisch ihre Hausaufgaben machen, neben den Schwestern, deren Geschwätz und Gekicher sie nicht teilen mochte. Nebenan in der Küche rumorte die Mutter, kam ab und zu herüber, mit guten Ratschlägen oder einer Jause, und die Töchter immer wieder zur Frömmigkeit ermahnend. Unten in der Werkstatt wiederum war es zu kalt für Anna, um untätig dabeizustehen und zuzuschauen, wie der Vater und seine Gehilfen, alle mit dicken Wollwesten und Mützen ausgerüstet, ihren Glasereiarbeiten nachgingen. Man jagte sie mit »Nix wie weg, hier erfrierst uns ja!« wieder in die Wohnung hinauf. Die Wintermonate mit ihrer häuslichen Enge waren für Anna so niederdrückend, daß sie sogar weniger laut stöhnte und schimpfte, wenn sie an kalten Wintermorgen aus dem warmen Bett kriechen und zur Schule eilen mußte.

Aber kaum wurde es Frühling, kaum wurden die Tage länger und wärmer, setzte ihre innere Revolte wieder unvermindert ein. Sie schleppte sich schlechtgelaunt und maulend Richtung Schule, ertrug die trüben Stunden dort mit Mühe, eilte nach Hause, verbarg sich bald im Garten oder sah dem Vater bei seiner Arbeit zu.

Doch Glanz erhielt das Leben erst wieder, wenn die Wochenenden oder Urlaubstage in Garsten möglich wurden, wenn Anna frei durch den Obstgarten oder das Dorf streifen, sich alle ihre Geschichten ausdenken und verträumt den Besuch des Vaters erwarten konnte. Nur dann war sie glücklich.

*

Das Kriegsende brachte vorerst keine einschneidende Veränderung für die Familie. Weiterhin galt es, gegen den Mangel an Nahrungsmitteln anzukämpfen. Aber durch die Umsicht der Mutter und die Fähigkeit des Vaters, seinen Betrieb den Anforderungen der Nachkriegszeit anzupassen, gelang es, bitterem Hunger oder Verarmung zu entgehen, ein Schicksal, das rundum vielen Menschen nicht erspart blieb. Nur die arme Großmutter Seipel trauerte um ihren Sohn. Mutter Hermine, den Bruder vermissend, besuchte sie oft, um gemeinsam zu weinen oder sie zu trösten.

Die Wohnung der Großmutter lag nur ein paar Häuser entfernt in derselben Gasse, manchmal wurde eines der Goetzer-Mädchen an der Hand gepackt und mitgeschleift. Zumindest für Anna bedeutete es stets Gewaltanwendung, zur Großmutter befördert zu werden, sie konnte deren mit Möbeln und Nippes vollgestopfte, ungelüftete Räume kaum ertragen. Außerdem erschienen dann meist auch die Schwestern der Mutter, Tante Lilli und Anna-Tant' genannt, die, schluchzend den toten Bruder beklagend, Unmengen von selbstgebackenem Streuselkuchen oder Topfenstrudel vertilgten und dazu aus großen Tassen Milchkaffee schlürften. Anna litt an der Unappetitlichkeit der mit Kuchenbröseln und Kaffeerändern umkränzten, welken Lippen. Und sie rochen nicht gut, die Tanten, sie wirkten verschwitzt und ungewaschen. Die Großmutter hingegen muffelte nur ein wenig nach Kampfer und war trotz ihres Alters eine nicht unansehnliche, zierliche Frau. Ihr schneeweißes Haar, vom Mittelscheitel aus in sorgsame Wellen gelegt, umschloß eng den Kopf und endete in einem Nackenknötchen. Aber um diese Wellen nicht zu stören, trug sie ständig ein Haarnetz, das ihr bis tief in die Stirn reichte. Damit sah sie blöde aus, wie eine Idiotin, fand Anna.

»Warum läßt du deine Haare nicht frei, Großmutter?« fragte sie einmal, »warum müssen sie dauernd in diesem Käfig sein?« Sofort griff Mutter Hermine ein. »Frag nicht immer so dumme Sachen, Anni!« rief sie. Die Großmutter aber winkte ab. »Laß das Kind«, sagte sie und sah grübelnd vor sich hin.

»Weißt Anni – ich glaube, das hält mir den Kopf zusammen«, antwortete sie dann, »vielleicht würde er mir sonst zerspringen.« Und sie begann wieder leise zu weinen.

»Du bist ein schreckliches Kind«, schalt Hermine am Heimweg. »Was du für Ideen hast! ›Die Haare im Käfig‹ – wo die Mutter eh so traurig ist wegen dem Hans!«

*

Als die Zeiten sich besserten, dachte man in gutbürgerlichen Familien wieder vermehrt über eine möglichst gute Erziehung der Kinder nach. Im Hause Goetzer waren es vier Mädchen, die als junge Frauen eine seriöse weibliche Bildung in die wohl unausweichliche Ehe mitbringen sollten. Für Hermine galten da vor allem religiöse Hingabe und häusliche Fertigkeit, die geschult werden sollten, und oftmals ereiferte sie sich über das Desinteresse des Gatten an dieser Lebensvorbereitung. Dem aber lag, bei aller Zuneigung zu den anderen Mädchen, ausschließlich an Annas künstlerischer Fortbildung, und er dachte dabei keineswegs an einen künftigen Ehemann, sondern an die Zukunft seiner Glasmalerei. Er stellte mit Befriedigung fest, daß Anna in der Schule und oft auch aus Langeweile daheim ausnehmend gut zeichnete. Er unterzog ihre Blätter einer eingehenden Prüfung, und sogar viele der von ihr nur hingeworfenen Skizzen hob er auf und sammelte sie in einer Mappe, die unten in der Werkstatt auflag. Für Anna war diese Mappe der größte Stolz ihres jungen Lebens, und sie sorgte dafür, daß Zeichnungen und kleine Malereien immer häufiger und wie beiläufig in der Wohnung herumlagen, um dem Vater in die Hände zu fallen.

Jedoch gab es noch eine künstlerische Domäne, der sie sich mit wachsender Begeisterung hinzugeben begann. Eines Tages war von den Eltern beschlossen worden, daß ein junges Mädchen aus gutem Hause das Klavierspiel zu erlernen habe, und alle vier Mädchen wurden aufgefordert, bei Frau Maria Raum regelmäßig zum Klavierunterricht zu erscheinen. Während die Schwestern sich dieser Aufforderung, die letztlich einem Befehl gleichkam, nur lustlos fügten, begann für Anna ein neues Paradies aufzublühen. Das der Musik. Maria Raum hatte als Pianistin nicht die Karriere erzielt, die ihr vielleicht in jungen Jahren vorgeschwebt hatte. Es war zu ihrer Zeit ein Hindernis gewesen, dafür als Frau geboren zu sein, und dann trat auch noch der Krieg erschwerend dazwischen. Jetzt war sie nicht mehr jung, alleinstehend und gefordert, sich mit Hilfe des Unterrichtens finanziell und auch seelisch über Wasser zu halten. Ihre Wohnung befand sich nur ein paar Straßen von der Schulgasse entfernt, die Fenster führten in einen baumbestandenen Innenhof hinaus. Das Klavier stand mitten im großen Zimmer, das kaum möbliert war und deshalb für Anna den Eindruck eines Tempels erweckte. Diese Klavierlehrerin liebte das Klavierspiel und die Musik, das wurde dem Mädchen schnell bewußt, nachdem es seine erste Stunde bei ihr genommen hatte. Junge Menschen zu unterrichten, schien für die erfolglose Solo-Pianistin nicht nur eine finanzielle Notwendigkeit geworden zu sein, sondern ihr auch Freude zu bereiten. Jedenfalls leuchtete Anna aus dem feinen Gesicht mit den leicht geröteten Wangen und glänzenden Augen etwas entgegen, das einer solchen Freude entsprach und schnell auf sie übergriff. Auch Anna widmete sich den anfänglichen Übungen und langsamen Fortschritten am Klavier mit Hingabe. Sie bemühte sich, keine Stunde bei Frau Raum zu versäumen, und übernahm sogar immer wieder welche, die ihre Schwestern gern einem leichten Schnupfen oder irgendeiner anderen angeblichen Unpäßlichkeit opferten. »Sei so gut, geh doch du heute zur Raum, Anni«, wurde sie dann gebeten, »du magst es ja so, dieses langweilige Herumgeklimpere.«

Ja, sie mochte es. Nie wurde für sie das Erlernen des Klavierspiels zum langweiligen Herumgeklimpere, im Gegenteil, die Stunden bei Frau Raum schienen ihr viel zu schnell zu verfliegen. Und mehr noch, auch sie begann das Musizieren zu lieben.

»Du machst wirklich wunderschöne Fortschritte, Anna«, sagte die Lehrerin eines Tages zu ihr. Sie saßen nebeneinander vor dem Flügel und hatten gerade vierhändig gespielt. Frau Raum legte jetzt ihre Hände in den Schoß und betrachtete Anna mit einem gedankenvollen Blick. »Du bist sehr begabt dafür, weißt du das?«

»Ich weiß, daß ich es gern tu«, antwortete Anna schlicht.

»Eben«, sagte Frau Raum lächelnd.

Ein Sommernachmittag flüsterte in den Bäumen im Hof.

»Laß uns noch ein wenig zuwarten«, fuhr die Lehrerin fort, »aber ich möchte unbedingt, daß du eines Tages vor Publikum spielst.«

»Vor Publikum?« fragte Anna entgeistert.

»Ja. Weißt du es nicht?«

»Was?«

Annas Frage klang mißtrauisch, und Frau Raum lächelte wieder.

»Tu nicht so, als hätte ich einen Überfall auf dich vor«, sagte sie dann. »Die Sache ist ganz harmlos. Ich gebe jedes Jahr ein kleines Konzert im Festsaal des Plachel-Wirtes und stelle dabei meine begabtesten Schüler einer Runde interessierter Menschen vor. Natürlich besteht das Publikum hauptsächlich aus den Familienangehörigen der Auftretenden, aber auch aus ein paar Leuten aus der Musikwelt, die mich noch von früher her kennen. Meist findet dieses Konzert vor den Ferien statt, ehe alle in die Sommerfrische verschwinden.«

»Ich mag kein Publikum«, sagte Anna.

»Warum denn nicht? Willst du nicht anderen Menschen zeigen, was du erlernt hast?«

»Nein«, antwortete Anna mit Bestimmtheit.

»Nein?«

»Ich mag andere Menschen nicht.«

Maria Raum lachte auf.

»Aber wir leben alle zwischen anderen Menschen und sollten sie deshalb auch ein wenig mögen, findest du nicht? Und ihnen auch zeigen, was wir können!«

»Ich finde, daß die meisten anderen Menschen fremde Menschen sind. Warum soll ich denen etwas zeigen?«

»Aber du willst doch Künstlerin sein«, sagte Frau Raum, ernst geworden, »deine Mutter hat mir erzählt, wie gut du zeichnest und malst und daß dein Vater dich auf die Kunstakademie schicken will.«

»Wenn ich zeichne, habe ich dabei kein Publikum«, antwortete Anna, »da bin ich ganz für mich.«

»Aber später – da willst du doch auch, daß Menschen, fremde Menschen, sich das anschauen, was du geschaffen hast.«

Anna schwieg.

»Und wenn ich dir zuhöre, weil du gut spielst, magst du das doch auch, oder?«

»Vor Ihnen hab ich keine Angst«, sagte Anna.

»Eben.« Frau Raum lächelte wieder. »Und nach einiger Zeit wirst du auch vor einem Publikum keine Angst mehr haben. Komm, laß uns weiterarbeiten.«

*

Anna liebte das Klavier so sehr, daß die Eltern ein Pianino für die Mädchen erstanden, auf dem meist einzig sie übte und spielte. Das aber nur, wenn sie sicher sein konnte, daß niemand allzu aufmerksam zuhörte. Sobald etwa die Mutter ihre Schürze abnahm, sich neben sie setzte und mit fordernden Augen eine Darbietung erwartete, fand sie rasch eine Ausrede und warf den Klavierdeckel zu. Sie lief davon, ehe Hermine protestieren konnte, sondern nur kopfschüttelnd aufstand und ratlos ihre Schürze wieder umband.

»Du bist mir eine«, murmelte die Mutter meist, und es wurde dies eine stetig wiederkehrende Bemerkung zum Verhalten dieser Tochter, die sich ihrer Meinung nach immer ungebärdiger und seltsamer aufführte, je älter sie wurde.

»Laß die Anni in Ruh«, sagte der Vater nur, wenn sie sich bei ihm deshalb zu beklagen versuchte, »sie ist halt eigenwillig, eben eine Künstlernatur.«

»Ein frecher Besen ist sie«, brummte Hermine, die mit Künstlernaturen nur den sicheren Mangel an Frömmigkeit verband, »mehr in die Kirche sollt' sie gehen!«

Darauf antwortete ihr Gatte mit einem Schweigen, an dem, wie sie wußte, nicht mehr zu rütteln war, und sie ging aufseufzend wieder ihren häuslichen Pflichten nach.

Die Gewißheit, vom Vater verteidigt zu werden, ließ Anna ihn noch tiefer lieben, er würde sie immer verstehen und beschützen, dachte sie. Für ihn wollte sie Künstlerin werden und seine Arbeit fortsetzen, das schien ihr Lebensauftrag zu sein, und sie bejahte ihn voll. Aber auch wenn jemand ihr beim Malen oder Zeichnen über die Schulter zu spähen versuchte, ließ Anna das nur ungern zu.

»Was hast du denn?« fragte Minnie kopfschüttelnd, als sie sich eines Tages beim Vorbeigehen neugierig über sie gebeugt und Anna wieder einmal beide Hände wie schützend über ihr Werk gelegt hatte, »ich schau' dir schon nix weg!«

Vielleicht doch, dachte Anna.

Nur der Vater sollte begutachten, was sie skizziert, gezeichnet, gemalt hatte, der Rest der Familie würde ohnehin nicht verstehen, was ihre Blätter ausdrückten, davon war sie überzeugt. Es gab kaum jemanden in ihrem Umfeld, den Anna nicht als fremd einstufte. Nur wenige Mitmenschen gab es, die ihr Vertrauen gewannen.

War es der Ekel vor der Frömmigkeit der Mutter? Die übermäßige Liebe zum Vater? Die räumliche Enge zwischen den Schwestern, die bereitwillig einem Leben zusteuerten, mit dem sie nichts zu tun haben wollte? Einem Durchschnittsleben, gegen das sie im geheimen revoltierte? Anna wollte besonders sein. Und genau dieser Ehrgeiz trieb sie in die Isolation, in Scheu und Argwohn. Das Besondere, dachte sie, kann sich mit niemandem gemein machen. Also vermied sie Gemeinsamkeiten, sei es in der Schule oder in der Familie. Mehr und mehr stilisierte sie sich zur Einzelgängerin. Im Wiener Garten und im ländlichen Garsten suchte sie die Segnungen der Natur aufzufinden, jedoch stets als ihr einsamer Gast. Allein streifte sie umher, allein saß sie im Salettl, träumend oder zeichnend, nie bat sie um Gesellschaft oder Begleitung.

»Was ist denn mit dir los?« fragte die Mutter.

Sie fragte es mit Besorgnis in der Stimme, als Anna sich wieder einmal rüde ihrer Annäherung entzogen hatte. »Warum darf man bei dir nie wissen, was du so im Kopf hast? Ich hab' dich doch nur gefragt, wie's in der Schule war, und du rennst vor mir weg wie vor dem Teufel!«

Genau, dachte Anna, aber sie sagte: »Ich hab' gar nicht so viel im Kopf.«

»Sei nicht frech!« wies die Mutter sie zurecht. Ihre Besorgnis hatte sich rasch wieder in Tadel verwandelt. »Jeder Mensch hat etwas im Kopf, nur bei dir kommt man nie dahinter. Was weiß ich, warum du so eine Geheimniskrämerin bist. Schau deine Schwestern an, die erzählen mir alles.«

»Das glaubst du nur«, sagte Anna, und der verwirrte Blick der Mutter tat ihr richtig wohl, »die haben auch ihre Geheimnisse.«

»Geh hör auf, die andern Mädeln sind nicht wie du, die wissen, was sich gehört, und lügen mich nie an.«

»Nicht lügen und nicht alles sagen ist nicht dasselbe.«

»Du mit deinen Weisheiten, Schluß jetzt.«

Hermine rauschte davon, und Anna fühlte sich erneut in ihrem Gefühl bestätigt, daß nur Dummheit und Unverständnis sie umgaben. Daß außer dem Vater und der Klavierlehrerin kaum Menschen zu existieren schienen, die ihrer Beachtung wert waren. Daß die Frömmigkeit eine teuflische Macht auf Menschen ausübe und daß Gott eine Lüge sei.

*

»Glaubst du an den lieben Gott?« fragte sie eines Tages den Vater. Sie stand in der Werkstatt neben seinem Arbeitstisch und sah zu, wie er die bunten Glasteile mit heißem Blei zueinanderfügte. Eine bläuliche Flamme loderte aus dem Gerät in seiner Hand, dieser Vorgang erzeugte ein ohrenbetäubendes Zischen, und es roch beißend. Die Luft legte sich einem schwer auf die Brust.

»Was willst wissen?« schrie ihr der Vater zu.

»Ob du an den lieben Gott glaubst!«

Er lachte auf, so laut, daß es das Lärmen übertönte. »Grade jetzt willst das wissen?«

»Wenn es geht, ja, Papa.«

Da stellte er die wild sausende Flamme ab, und Stille trat

ein. Er legte das Gerät beiseite, schob sich die dunkle Brille von den Augen, setzte sich nieder und schaute Anna an.

»Du hörst von der Mama ein bissel zu viel vom lieben Gott, stimmt's?«

»Ich kann einfach nicht an ihn glauben«, antwortete Anna, »alle sterben, und da soll dieser Herr Gott gut auf uns aufpassen?«

Der Vater lächelte, schwieg eine Weile und sah sie nochmals gedankenvoll an.

»Weißt«, sagte er dann, »›lieb‹ ist vielleicht genau das falsche Wort. In deinem Alter merkt man natürlich, daß es auf der Welt nicht lieb zugeht und daß man es als Mensch nicht grade leicht hat. Aber ich glaube schon daran, daß es da etwas über uns gibt oder um uns herum, ist ja egal wo, das – ja, das mehr ist als wir Menschen. Größer. Weiter. Schau, all die Heiligen, die ich auf Glas male, die waren doch nicht durch die Bank Dummköpfe. Die haben schon gewußt, warum sie für etwas leben, das sie halt Gott genannt haben, oder Vater oder Herr. Sagen wir so, Anna. Ich glaube nicht an den lieben Gott, aber ich glaube an Gott. An ein höheres Wesen.«

»Und an die Jungfrau Maria?«

»Mit der laß mich bitte in Ruh!« Der Vater stand auf, um weiterzuarbeiten. »Die halt' ich nicht aus. Aber sag das bitte nie der Mama, sie betet besonders gern zur Jungfrau Maria. Also stillgeschwiegen, ja?«

Er schmunzelte ihr zu.

»Ja«, sagte Anna.

»Ehrenwort?«

»Ehrenwort!«

Sie war inbrünstig erfüllt von ihrem Einverständnis mit dem Vater und verließ seine Werkstatt hocherhobenen Hauptes. Diese unbefleckte Jungfrau Maria, die trotzdem ein Kind geboren hatte, die war ihr immer schon suspekt gewesen. Natürlich würde sie der Mutter kein Wort von dem sagen, was der Vater von der Muttergottes hielt, aber daran denken, wenn Rosenkranz gebetet werden mußte oder sie die Marienstatue mit frischen Blumen schmückten, das könnte sie jetzt jedesmal tun. Und dann wäre es so, als befände sie sich weit weg und hätte mit diesen törichten Beweihräucherungen nichts zu tun.

Die Kraft der eigenen Gedanken wurde Anna nicht nur im Hinblick auf religiöse Behauptungen mehr und mehr bewußt. Wie Gedanken ein anderes Leben schenken können, eines, das ermöglicht, dem öden Alltag zu entrinnen, wie sie eine innere Welt erschaffen, in die man sich zurückziehen kann, das erfuhr sie auch kraft der Bücher, die sie immer reichlicher zu lesen begann. Sie liebte Lyrik und Balladen. Wohl als einzige in der Schulklasse, denn die Mitschülerinnen fanden »dieses Geschwafel fad«. Sie nicht. Sie, die alles andere in der Schule fad fand, war für Dichtung zu begeistern.

Bald versuchte Anna sich in kleinen Gedichten, die sie aber meist wieder schamvoll verwarf. Sie zerriß die Zettelchen, auf die sie Verse notiert hatte, gleich wieder, damit nur ja keiner sie fände. Ich kann's ja nicht, dachte sie, ich kann ja nicht dichten. Ich würde es nur gern können.

Ähnliches sagte sie, als die Klavierlehrerin sie eines schönen Tages aufforderte, doch im nächsten Schülerkonzert vor den Sommerferien mitzuwirken. Anna erschrak tödlich.

»Ich kann's ja nicht!« rief sie aus.

Frau Raum lachte. »Natürlich kannst du's. Sonst würde

ich dir doch nicht zumuten, vor Publikum zu spielen. Du bist eine meiner besten Schülerinnen geworden.«

»Ich kann nur hier bei Ihnen gut spielen.«

»Was man kann, kann man.« Frau Raum sah sie, ernst geworden, an. »Auch woanders als hier bei mir. Du mußt deine Menschenscheu überwinden, Anna. Die Menschen fressen dich nicht. Sie hören gern zu, wenn jemand gut Klavier spielt.«

»Haben sie denn Ihnen immer gern zugehört?«

Anna wollte das Thema wechseln, aber auch bei Frau Raum ein klein wenig Unsicherheit aufdecken. Die aber durchschaute ihr Manöver und lachte wieder.

»O ja, meine Liebe! Die Menschen haben mir immer gern zugehört – wenn welche da waren! Ich hatte nur keinen geschickten Impresario, die wollten alle nur Männer am Klavier, und niemandem lag daran, für mich junge, unbekannte Pianistin einen Konzertsaal zu füllen. Ich konnte also immer nur in kleinem Rahmen spielen, und als dann der Krieg ausbrach, hörte auch das auf.«

»Hätten Sie keine Angst gehabt in einem Konzertsaal voller Leute? Vor so vielen Menschen?« fragte Anna.

Da wandte die Klavierlehrerin den Blick ab und sah in die Bäume hinaus. Kurz kam es Anna so vor, als stiegen Frau Raum Tränen in die Augen, aber das mußte wohl ein Irrtum sein, denn sie lächelte gleichzeitig, als hätte sie ein wunderschönes Bild vor sich.

»Nein«, sagte sie, »nein, ich hätte davor keine Angst gehabt. Im Gegenteil, ich hätte mich darüber sehr gefreut. Und mein Bestes gegeben.«

»Aber Sie haben doch immer noch so viel Bestes, um es zu geben!« rief Anna. »Warum suchen Sie sich nicht jetzt so einen geschickten Impresario, jetzt mögen die Leute vielleicht auch Frauen am Klavier, und der Krieg ist schon lange vorbei!«

Da lachte Frau Raum wieder.

»Jetzt bin ich zu alt«, sagte sie.

»Aber Sie spielen doch so schön! Egal, wie alt Sie sind!«

»Zu alt ist zu alt und zu spät ist zu spät«, sagte Frau Raum. »Aber nicht bei dir, bei dir ist noch gar nichts zu spät, Anna, und du wirst mir die Freude machen, bei dem heurigen Abschlußkonzert im Plachel-Saal mit der Schumann-Romanze aufzutreten, die du so magst und so schön spielst. Ja?«

»Ich mache Ihnen gern eine Freude, Frau Raum, aber...«

»Eben. Es ist also abgemacht.«

Anna wagte keinen Einwand mehr vorzubringen und nickte. Aber schweren Herzens verließ sie die Lehrerin. Und am Heimweg wurde ihr sogar leicht übel.

*

Anna ging bereits in die Hauptschule, die blonden Locken ihrer Kindertage waren leicht gewelltem, brünettem Haar gewichen, erste weibliche Formen begannen sich unter den immer noch üblichen Hängekleidern abzuzeichnen. Aber sie würde zu keiner großgewachsenen Frau werden, sondern klein und zierlich bleiben, das stellte sie bald vor dem Spiegel fest. Blöd ist das, dachte sie, wo ich doch nicht so fesch bin wie der Vater, da sollte ich später wenigstens groß und schlank sein!

Es war ein besonders warmer, üppiger Frühsommertag, als gegen Abend das Schülerkonzert stattfinden sollte. Anna hatte seit dem Morgen Schüttelfrost und mußte sogar einmal erbrechen, sie fühlte sich, als würde sie im Plachel-Saal zum Schafott gebracht werden, und nicht an ein Klavier. Mehrmals übte sie am heimischen Pianino die Schumann-Romanze, der Vater ging vorbei und brummte wohlgefällig, während sie sich vor Aufregung ständig verspielte. Sie erhielt von der Mutter ihr bestes, weißes Sonntagskleid frisch gebügelt überreicht, die ganze Familie war zum Konzert geladen und sah Annas Auftritt mit Neugier entgegen. Sie aber meinte vor Angst sterben zu müssen.

Als sich die für das Konzert ausgewählten Schüler und Schülerinnen im kleinen Nebenzimmer des Gasthauses versammelten, fiel Annas Verfassung sogar der Klavierlehrerin auf.

»Was ist denn los mit dir, Anna?« fragte sie, »du bist mir ein bißchen zu blaß.«

»Ich fürchte mich«, sagte Anna.

»Kein Grund! Spiel einfach so wie immer!«

Frau Raum lächelte, strich ihr über das Haar und wandte sich einem anderen Mädchen zu, das vor ihr drankommen sollte und sich über seine Frisur beklagte. Anna war völlig egal, wie ihre Frisur aussah, sie hatte feuchte Finger, alle Noten des Musikstückes schienen um sie herumzuwirbeln, nie mehr einzufangen zu sein, sie wollte nur nach Hause, ins Bett, weg von allen Menschen, sonst nichts. Die jugendlichen Pianisten um sie herum schwätzten und kicherten, waren auf wohlige Weise aufgeregt, keiner schien zu leiden, nur sie.

Man konnte aus dem Saal die Stimmen der Gäste hören, ein Lärmen, das auf reichlichen Besuch hinwies. Und Anna wußte die ganze Familie, Mutter, Schwestern, Großtanten, und allen voran den erwartungsvollen und stolzen Vater unter ihnen!

Sie kauerte in einer Ecke, als die Lehrerin auf die Bühne des Plachel-Saales hinaustrat, mit wohlgesetzten Worten die Besucher begrüßte und den ersten Schüler ankündigte. Der stand aufrecht und konzentriert in Warteposition, wurde mit Applaus empfangen, und Anna hörte, wie er fehlerlos spielte. Sie selbst würde als vierte drankommen. Ein Mädchen nach ihm spielte ebenfalls ordentlich – noch eines kam an die Reihe, das kurz ein wenig falsch spielte, sich aber wieder fing – alle erhielten begeisterten Beifall, vor allem wohl von den jeweiligen Eltern – und dann – sie selbst – –

Anna wußte hinterher nicht mehr so genau, was geschehen war. Sie hatte sich nach einer kleinen Verbeugung und unter Applaus an das Klavier gesetzt – und plötzlich nichts mehr von der Schumann-Romanze gewußt. Leere im Kopf. Schweißnasse Hände. Irgendein Beginn – Stocken – Raunen im Saal – sie senkte den Kopf und wußte, daß sie jetzt weinen würde. Ihr war schlecht.

Und dann hörte sie die Stimme des Vaters.

»Zum Teufel noch mal, was mach' ich denn hier«, hörte sie ihn murmeln und dann das Türenschlagen, als er den Saal verließ. Frau Raum kam auf die Bühne und führte Anna hinaus. »Ich komme gleich«, flüsterte sie, eilte wieder vor das Publikum und kündigte nach einer kurzen und heiteren Entschuldigung den nächsten Schüler an. Als dieser spielte, kehrte die Lehrerin rasch zurück und umarmte Anna, die reglos und bleich dastand, unfähig, etwas zu sagen oder zu tun.

»Das war Panik«, sagte Frau Raum, »es tut mir leid, ich hätte deine Angst ernster nehmen müssen. Mach dir bitte nichts draus, das wird schon wieder.«

Aber ihre Stimme klang so, daß für Anna spürbar wurde, wie wenig der Lehrerin jetzt an dieser Tröstung lag, mußte sie sich doch um den weiteren Verlauf des Konzertes kümmern. Die anderen wartenden Jugendlichen schwiegen betreten oder versteckten ein Grinsen.

Schließlich ging Anna davon.

Sie ging durch den warmen Frühsommerabend, der Himmel glühte der sinkenden Sonne hinterher, und ihr war, als wäre sie gestorben. Sie hatte den Vater enttäuscht. Der Vater hatte sich ihrer geschämt. Das war das Schlimmste, das ihr bisher widerfahren war. Es war die erste Katastrophe ihres jungen Lebens, und sie fühlte sich zerstört und für immer unglücklich.

*

Daß keiner in der Familie, die schweigsam vom Schülerkonzert heimgekehrt war, sich ihr gegenüber auf vorwurfsvolle Weise äußerte, daß alle sie offensichtlich schonen wollten, wurde für Anna zu einer weiteren tiefen Beschämung. Der Vater dachte nicht daran, sich zu entschuldigen, das Konzert Knall auf Fall verlassen zu haben, obwohl er dadurch ihre öffentliche Demütigung verstärkt hatte. Er erwähnte ihren Auftritt mit keiner Silbe und richtete auch sonst kaum noch Worte an sie. Eine Glocke aus Schweigen schien sie lange Zeit zu umgeben, an der keiner rührte, ihr war, als lebe sie zwischen den Familienangehörigen wie eine Aussätzige. Also verkroch sie sich im Garten oder ging früh zu Bett, solange man die Ferienzeit noch in Wien verbrachte. Und sie weinte viel.

Erst als der alljährliche Umzug nach Garsten stattgefunden hatte, konnte sie wieder ein wenig aufatmen. Dort wußte keiner etwas von ihrem mißglückten Klavierspiel, und die Dorfbewohner traten ihr entgegen wie immer. Die Woche über war der Vater abwesend, was sie in dieser Zeit auch von seinem stummen Vorwurf befreite. Eines Tages kam er sogar mit der Nachricht aus Wien, daß die Klavierlehrerin Frau Raum ihn aufgesucht und Anna verteidigt habe, er solle das Mädchen doch unbedingt im Herbst wieder zu den Klavierstunden schicken, es wäre schade um dessen Begabung.

»Gehst halt wieder hin zu ihr«, brummte er, »aber mich bringt keiner mehr unter irgendwelche Leut', um dir zuzuhören.«

»Und mich bringt keiner mehr vor irgendwelche Leut'«, gab Anna leise zur Antwort.

Da der Vater nichts zu dieser Bemerkung sagte, da er stumm blieb, wußte sie nicht, ob er deren Sinn verstanden hatte. Ob er sie, seine Tochter Anni, die ihm künstlerisch nachfolgen sollte, verstanden hatte. Ihre Scheu vor Menschen, ihren Wunsch, Kunst nur im Verborgenen auszuüben, ihre Abscheu vor Publikum und Menschenansammlungen jedweder Art. Ob er überhaupt verstand. Sie verstehen konnte. Ob er der verständnisvolle Vater, den sie alle Zeit in ihm gesehen hatte, auch wirklich war.

Anna geriet in einen Zustand krisenhaft gesteigerten Vertrauensverlustes. Sie verlor das Vertrauen zu sich selbst, und sie verlor ihr Vertrauen zum Vater. Das führte dazu, daß sie sich ein wenig von der allein selig machenden Liebe zu ihm löste. Das, und ihr allmähliches Heranwachsen zur jungen Frau.

Schon mit etwa sechs Jahren hatte sie sich ja zum ersten Mal auf verwirrende Weise zu einem anderen männlichen Wesen hingezogen gefühlt, vielleicht sogar sich kindlich verliebt. In Garsten gab es ein Gasthaus, den Brenner-Wirt, in dem die Familie ab und an zu Mittag aß. Und die Wirtsleute dort hatten einen Stallknecht. Er war ein großer Bursche, blond, blauäugig, stark, und Anna fand ihn unermeßlich schön. Sie konnte die Augen nicht von ihm abwenden, wenn er neben den Gäulen einherging. Er wurde für das kleine Mädchen Sinnbild »siegfriedhafter Schönheit«. Die Erwachsenen hatte sie das sagen hören, und diese Worte gefielen ihr. Natürlich aber schaute dieser prachtvolle Siegfried, wenn er mit den Pferden an ihr vorbeischlurfte, sie, das Kind, überhaupt nicht an, aber was tat das schon. Daß sie ihn sah, genügte ihr. So lange, bis sie selbst im Lauf der Jahre den Burschen zu übersehen und zu vergessen begann.

Jetzt aber, ein vierzehnjähriges Mädchen, von erwachender Weiblichkeit bedrängt, ereilten Anna neue Empfindungen. Sie bemerkte Blicke und wurde aufmerksam auf sich selbst. Aufmerksam auf Regungen ihres Körpers. Sie fühlte es, wenn Männer nahe bei ihr standen und wie Männer sie ansahen. Aber sie blieb scheu und zurückgezogen, dieses Fühlen bewegte vor allem ihre Phantasie und ihre Träumereien.

Einige Häuser entfernt verbrachte in diesem Jahr ein junger Student die Sommermonate bei seinen Großeltern, die in Garsten beheimatet waren. Er fuhr meist den halben Tag mit seinem Fahrrad durch die Gegend, und Dorfkinder, die keine Fahrräder besaßen, beneideten ihn darum. Anna, die stets zu Fuß herumstreifte, begegnete ihm oftmals, auch auf einsamen, holprigen und unwegsamen Pfaden, und er begann sie höflich zu grüßen, wenn er, geschickt ausweichend, an ihr vorbeifuhr. Eines Tages jedoch überraschten sie einander an einer unübersichtlichen Wegbiegung, und der junge Mann konnte nicht mehr abbremsen. Er konnte nur noch wild die Richtung ändern, um Anna nicht niederzufahren. Also knallte er mit dem Rad mitten in dichtes Brombeergebüsch. Sein Gesicht war von Dornen aufgerissen und blutend, als er sich mit Annas Hilfe wieder aus den Ranken befreit und aufgerappelt hatte. Außerdem war die Lenkstange des Rades verbogen, und ein Reifen geplatzt.

»O je«, sagte Anna, »das tut mir aber leid.«

Der Jüngling lächelte tapfer.

»Besser, als ich hätte Sie niedergefahren.«

Anna holte ein Taschentuch hervor, eines von denen, welches die Mutter ihr jeden Morgen zusteckte und dabei sagte: »Ein junges Mädchen geht nicht ohne Taschentuch aus dem Haus!«, und das sie jetzt wirklich einmal gebrauchen konnte. Sie tupfte nach einem kurzen »Darf ich?« die Blutspuren vom Gesicht des Studenten. Sie tat es völlig unbefangen, und der ließ es sich widerspruchslos gefallen.

»Ein paar Kratzer werden bleiben«, meinte Anna zuletzt.

»Aber auch die Erinnerung an Ihre sanften Hände«, sagte da der junge Mann. Er sagte es mit einer so seltsamen Stimme, daß Anna errötete. Schnell verbarg sie das Taschentuch wieder in ihrer Kleiderschürze, fühlte aber plötzlich das Schlagen ihres Herzens unter ihren jungen Brüsten, die sich allzusehr hervorzuheben schienen.

»Was machen Sie jetzt mit dem kaputten Fahrrad?« fragte sie, um sachlichen Ton bemüht.

»Ich schiebe es nach Hause«, sagte der junge Mann, »beehren Sie mich vielleicht mit Ihrer hübschen Begleitung, damit mir dabei weniger langweilig ist?«

Wieder sagte er das mit einer so eigenartigen Stimme, fand Anna.

»Sie schaffen das schon alleine«, mit forschem Ton bezwang sie ihre Verwirrung, »ich möchte jetzt lieber weitergehen.«

»Wohin gehen Sie denn?«

»Zum Bach hinüber.«

»Zum Bach?«

»Ja, den Uferweg dort mag ich.«

»Da könnte ja ich Sie begleiten, ich könnte das Fahrrad jetzt hier liegenlassen und später wieder abholen.«

»Nein, danke!« rief Anna und lief davon.

Wovor sie davonlief, wußte sie nicht genau, aber die Hartnäckigkeit, die Stimme und der Blick des jungen Mannes ließen sie davonstürzen wie gejagt. »Idiot!« murmelte sie zwar, aber was ihr eine solche Angst eingeflößt hatte, daß es sie grußlos in die Flucht schlug, konnte sie nicht genau benennen.

Von diesem Tag an wich sie dem Studenten aus, wann immer sie seiner ansichtig wurde. Dabei grüßte er nach wie vor artig, wenn sie einander denn doch begegneten. Aber Anna vermeinte in seinen Augen ein spöttisches Lächeln wahrzunehmen, obwohl das Gesicht ernst und höflich blieb. Er war ihr unheimlich geworden. Vielleicht auch, weil er in ihren Träumen aufzutauchen begann. Sie träumte immer wieder, daß er sie zu Boden stieß und lachend mit seinem Fahrrad überrollte, ohne daß es ihr Schmerz zufügte. Eher tat ihr das im Traum seltsam wohl.

»Der arme Richard«, sagte Schwester Minnie eines Nachmittags, als sie auf Geheiß der Mutter in ihren Liegestühlen unter den Obstbäumen im Garten lagen und ausruhen mußten.

»Welcher Richard?« fragte Anna.

»Na, der Enkel von den Täublers, der hübsche Student!«

Aha, dachte Anna, Richard heißt der. Und hübsch? Finde ich nicht.

»Warum ist er arm?« fragte sie.

»Er hat heim nach Wien müssen«, Minnie seufzte mitleidsvoll, »die Mutter ist schwer erkrankt, sie hat, glaub ich, Krebs. Und sein Vater ist schon vor ein paar Jahren gestorben.«

Annas Gefühle waren zwiespältig, als sie von der Schwester vernahm, daß der Student wieder nach Wien zurückgereist war. Einerseits war sie erleichtert. Aber er tat ihr auch leid. Wegen der Eltern und so. Oder tat ihr etwas anderes noch mehr leid. Daß er ihr nicht mehr über den Weg laufen und sie ihm krampfhaft auszuweichen versuchen würde, schien den Rest des Sommers weniger interessant zu machen. Weniger schön. Es fehlte ihr irgendwie. Und im Traum überrollte er sie nicht mehr mit seinem Fahrrad, sondern trat an Wegbiegungen auf sie zu und wollte sie umarmen. Wenn sie ihn dann heftig zurückstieß, wachte sie meist auf und dachte: Schade! Aber den Traum bewußt zu verlängern und sich küssen zu lassen, verbot sie sich.

»Dem Richard seine Mutter ist gestorben«, sagte Minnie eines Tages beim Mittagessen.

»Armer Kerl«, Mutter Hermine schüttelte bedauernd den Kopf, während sie Kartoffelknödel austeilte, »woher weißt du's?«

»Er hat mir geschrieben«, antwortete Minnie ein wenig zögernd. Als alle sie erstaunt musterten, wurde sie blutrot.

»Ihr schreibt euch Briefe?«

»Nein – seinen Großeltern – die haben – – nur weil – es ist nur – er ist halt so traurig.«

Nachdem Minnie ihre Antwort mit merkbar schlechtem

Gewissen hervorgestottert hatte, starrte die Mutter ihre älteste Tochter schweigend an. Dann seufzte sie auf und setzte sich auch zu Tisch. »Gut, daß der Bursch jetzt weg ist. Oder?« Hermines ›Oder?‹ geriet so durchdringend und streng, daß Minnie den Kopf senkte.

»Und in Wien triffst du ihn nicht wieder! Du bist zu jung, und er, so ohne Eltern jetzt, soll lieber studieren, statt Mädeln nachzulaufen. Der wird sicher ein Hallodri werden, wie's ausschaut, weil keiner auf ihn aufpaßt. Fangt an zu essen, die Knödel werden sonst kalt.«

Als Minnie den Kopf wieder hob, sah Anna, daß die Schwester feuchte Augen hatte. Das beeindruckte sie. Die beiden sind ja verliebt, dachte sie, ich werde nicht mehr von diesem Richard träumen.

*

Als der Herbst die Familie in die Stadt zurückholte, ging das Leben in der Schulgasse wieder seinen Gang. Die Glasmalerei hatte der Wirtschaftslage wegen Gehilfen entlassen müssen, meist setzte sich ein erschöpfter Vater an den Abendbrottisch, und wehe, der Krug frischgezapften Biers stand dann nicht vor ihm! Da man seine cholerischen Ausbrüche fürchtete, die vor allem bei Überarbeitung beklemmend heftig ausfallen konnten, geschah dies jedoch fast nie. Eines der Mädchen wurde immer rechtzeitig ins nahe Wirtshaus geschickt, und mit üppiger Schaumkrone stand das kalte Bier auf dem Tisch, wenn der Vater aus der Werkstatt heraufgekommen war. Das einzige, was er jetzt noch hinnahm, war Hermines Tischgebet. Aber dann gab es nur noch den Bierkrug, seinen begierigen ersten Schluck und das emphatische

»Aaaahhhh!!« danach. Erst jetzt konnte die Familie entspannen, Worte wechseln und sich dem Essen widmen. Franz Goetzer, als gebürtiger Bayer, nahm das Biertrinken ebenso ernst wie seine Gattin die Religion.

Die Kriegszeit hatte dazu geführt, daß die Mädchen verzögert und unregelmäßig zum Schulunterricht gegangen waren, und deshalb hatte Anna die Hauptschule nicht rechtzeitig abgeschlossen, sie mußte sie länger besuchen, als es ihr Alter gebot. So quälte sie sich nach wie vor an jedem Wochentag früh aus dem Bett, um dann neben irgendeinem Mädchen einige Stunden auf der Schulbank zu sitzen und sich zu langweilen. Um diese Langeweile aufzubrechen, wurde von den mittlerweile jungen Damen rundum reichlich über Verliebtheiten geschwätzt und gekichert, aber Anna beteiligte sich kaum daran. Sie hatte tiefere Sehnsüchte, diese oberflächlichen Zweideutigkeiten, dieses Gegurre fand sie kindisch. Minnies Tränen um den bedauernswerten Studenten Richard, das war in ihren Augen Liebe gewesen! Zwar sprach die Schwester kein Wort mehr darüber, aber sie war in Annas Achtung gestiegen, weil sie bei Minnie und Richard trotz des mütterlichen Verbots heimliche Stelldicheins vermutete und sich eine romantische und alle Widerstände bezwingende, lodernde Leidenschaft ausmalte. So mußte es sein. Sehnsüchtig. Unerfüllt. Tragisch. Gewaltig.

*

Obwohl sie also noch ein Schulmädchen war, entschied der Vater, sie sei nun alt genug, um mit ihr über die *Wiener Kunstgewerbeschule* zu sprechen, die sie ja in absehbarer Zeit besuchen solle. Sie müsse, wie im Namen dieser Schule enthalten, Kunst und Gewerbe studieren, um für die Übernahme der Glasmalerei das nötige Rüstzeug zu erhalten.

Daß er trotz der Enttäuschung, die sie ihm mit ihrem peinvollen Klavierauftritt bereitet hatte, nach wie vor an ihre Künstlerschaft auf bildnerischem Gebiet zu glauben schien, gab Anna ein wenig Selbstsicherheit zurück. Die Wunde, die sie im Plachel-Saal zugefügt bekommen hatte, verheilte langsam. Sie freute sich auf ein Kunststudium, das sie ja immer schon ersehnt hatte, und erkundigte sich neugierig nach den Modalitäten an dieser Kunstgewerbeschule. Sie liege im ersten Bezirk, in der Fichtegasse, sagte der Vater und fuhr eines Tages kurzentschlossen mit ihr dorthin, um nähere Auskünfte einzuholen.

Sie erfuhren von den Vorbereitungsstudien, die dort stattfinden sollten, und der Name Franz Cizek fiel. Er würde diese Studien leiten, hieß es.

»Der Herr Professor Cizek ist ein international anerkannter Kunstpädagoge!« wurde ihnen von der Schulsekretärin, einer verblühten Frau unbestimmbaren Alters, in einer Weise versichert, als wolle sie den Verehrten nicht an Unwürdige ausliefern. Sie musterte Vater und Tochter und fügte dann in spitzem Ton hinzu: »Na ja – er hat früher schließlich auch mit Kindern gearbeitet.«

Anna wußte, daß diese Bemerkung mit ihrer Zierlichkeit zu tun hatte, und ihr tat wohl, daß der Vater prompt erwiderte: »Meine Tochter geht schon auf die Sechzehn zu, sie ist kein Kind mehr, gnädige Frau! Außerdem dauert es noch, bis sie bei Ihrem verehrten Herrn Professor landen wird. Habe die Ehre.« Er nahm Annas Arm, und hocherhobenen Hauptes schritten sie beide davon.

Als sie bei der Heimfahrt nebeneinander in der Tramway saßen, räusperte sich der Vater, strich nachdenklich über seinen Schnurrbart und sah sie an.

»Wenige Mädeln studieren das Kunstgewerbe«, sagte er dann, »drum war der Vorzimmerdrachen auch so pampig. Selber eine Frau, und ist bissig zu jungen Frauen, die Künstlerinnen werden wollen, typisch ist das! Aber mach du mir keine Schand', wenn du das jetzt bald tun darfst. Also Kunst studieren darfst. Werd du mir ja eine gute Studentin!«

Anna nickte beklommen, des Vaters Angst vor der ›Schand‹ ließ den Plachel-Saal wieder düster in ihr hochsteigen. Aber andererseits würde sie malen und zeichnen dürfen, und darauf freute sie sich. Gerade weil es für Mädchen eine Seltenheit war, diesen Weg einzuschlagen, freute sie sich auf eben diesen Weg, der ein besonderer war. Und so wollte sie ja leben, das wollte sie ja sein: besonders. Niemals ein Leben wie das ihrer Mutter. Niemals eines, wie es bei allen Frauen rundum üblich war.

Die Tramway ratterte Richtung Währing. Am Gürtel stiegen Vater und Tochter aus und gingen zu Fuß die Schulgasse entlang, beide schweigsam und in Gedanken versunken.

»Weißt, Anni«, sagte der Vater plötzlich, »du wirst ja mal heiraten wollen, dann wär's halt gut, du findest einen, der –«

»Ich heirate nie!« unterbrach Anna ihn.

Der Vater lachte schallend.

»Geh hör auf!« rief er so laut, daß Passanten sich umdrehten, »jedes Mädel heiratet mal. Das ist eben so. Und grade du wirst sicher keine alte Jungfer werden!«

»Grade ich werde eine Künstlerin werden, wirst schon sehen«, antwortete Anna, »und so schöne Glasfenster machen wie du.«

*

Wenn ihr auch beim Gedanken an eine für Mädchen unausweichlich scheinende Eheschließung schauderte, wurde Anna sich dennoch ihrer aufblühenden Fraulichkeit mehr und mehr bewußt. Obwohl sie mit ihrem Äußeren nie zufrieden war, sich selbst als zu klein und zu unhübsch bekrittelte, empfand sie gleichzeitig männliches Interesse an ihrer Person als etwas Folgerichtiges. Männer mußten sich wohl für ein Mädchen ihres Alters interessieren, so lief das eben ab, wenn man erwachsen wurde und sich selbst auch für Männer zu interessieren begann. Trotz aller Schüchternheit, Verunsicherung und Selbstkritik, wozu sie rasch neigte, stellte sie dies ohne Umschweife fest. Sie fand, es gehöre schlicht und einfach zu ihrem Gefühl, am Leben zu sein.

In dieser Zeit ergab es sich, daß ein älterer Onkel, der Onkel Edwin, ab und zu in die Schulgasse eingeladen wurde. Anna wußte nicht genau weshalb, und welche Art von Onkel er eigentlich war. Aber daß er sie bei der Begrüßung und zum Abschied zu dicht und anhaltend an sich drückte, das wußte sie. Meist tat er es, wenn die Eltern gerade mit anderem beschäftigt waren und auch sonst niemand zu ihnen hersah. Sie nahm den Geruch seines Anzugs wahr, einen nach Tabak und Kampfer, weil ihr Gesicht dagegengedrückt wurde. Und darunter fühlte sie ein heftiges Atmen. Des Onkels Brust hob und senkte sich, Anna schaukelte förmlich in seinen Armen. Kaum aber tauchten Familienmitglieder auf, schob er sie rasch wieder von sich, meist mit einer scherzhaften Bemerkung über die kleine Anni, die gar nicht mehr so klein sei, sondern mittlerweile ein fesches Mädel! Und er sagte es so, daß sogar Hermine lächelte und nichts Anstößiges daran fand.

Warum Anna das hinnahm, ohne sich zu wehren oder

es die Eltern wissen zu lassen, warum sie die Umarmungen des Onkels duldete, obwohl sie ihr ungebührlich erschienen, wußte sie nicht. Sie fand diesen Mann in keiner Weise reizvoll, er war alt und behäbig. Aber seine Arme, die sie festhielten, hatten für sie einen ähnlich erregenden Reiz wie damals die Begegnungen mit dem Studenten Richard. Geheimes erregte sie. Wenn etwas gegen ihren Willen geschah und sie es dennoch zuließ, erregte es sie. Wenn rundum keiner wußte, was mit ihr vorging, erregte es sie. Unausgesprochenes und Verborgenes, Sehnsucht jedweder Art, sei es die eigene oder weil sie selbst sich ersehnt fühlte, alles, was nicht aus dem Bereich des Spürens ins Licht der Tatsachen gerissen wurde, war und blieb für sie erregend. So drückte Erotik sich für sie aus. So liebte sie Erotik.

Woher die Bekanntschaft der Eltern mit Onkel Edwin rührte, erfuhr Anna schließlich, als der Vater sie eines Tages aufforderte, mit ihm den »Bund der Reichsdeutschen« zu besuchen. Sie hatte seit Jahren gewußt, daß er regelmäßig zu Versammlungen ging, bei denen deutschstämmige und deutsch gesinnte Menschen gesellig zusammentrafen. Franz Goetzer war daran gelegen, seine deutsche Abstammung hier in Wien nicht gänzlich zu vernachlässigen, mehr nicht. Die entstehenden deutschnationalen Bestrebungen nahm er nicht wahr, politisch war er ein desinteressierter Mann. Und diesem Desinteresse, diesem unaufmerksamen Hinnehmen erlag nicht nur er.

Jedenfalls meinte der Vater eines Tages, daß die beiden älteren Töchter ihn zu einer dieser Versammlungen begleiten sollten.

»Ihr seid's ja fast erwachsen«, sagte er, »da ist schon gut, wenn ihr mal was anderes und andere Leut' kennenlernt's.«

Daß dahinter wohl auch das Anliegen steckte, den beiden jungen Damen Gelegenheit zu bieten, junge Männer kennenzulernen, lag auf der Hand. Also wurden möglichst hübsche Kleider ausgesucht, die Mutter nörgelte, der Vater schimpfte und trieb zur Eile an, und zum ersten Mal betraten dann die beiden Mädchen, den Vater flankierend, einen Saal voll debattierender, rauchender, lachender, gestikulierender Menschen. Es waren vor allem Männer, die sich hier zusammengefunden hatten, nur vereinzelt war auch weibliche Begleitung auszunehmen.

Und da stürmte dieser Onkel Edwin ihnen entgegen.

Anna ahnte, was auf sie zukommen würde – und es geschah. Als er auch hier versuchte, ihren Körper zur Begrüßung eng an seine Brust zu drücken, fühlte sie sich zum ersten Mal davon belästigt. Rundum die vielen Menschen, für Anna ohnehin Ursache, ihre Scheu überwinden zu müssen, und dann das!

»Onkel Edwin, laß das ab jetzt«, sagte sie leise, »oder ich sag's dem Papa.«

Da ließ er sie schnell los und rührte sie ab nun nie mehr an.

Die beiden hübschen Töchter des Glasmalermeisters wurden gleich am ersten Abend von allen Seiten liebenswürdig begrüßt. Anna sah, wie die ältere Schwester dies ganz selbstverständlich erwiderte und sofort mit einigen jungen Herren plauderte und lachte, ohne sich die leiseste Verwirrung anmerken zu lassen. Wie sie das kann, dachte Anna neidvoll, während sie selbst mit Schüchternheit kämpfte. Und ihr wurde hier bewußt, daß nur sie selbst sich wohl Minnies tragische Liebesgeschichte mit dem Studenten Richard ausgedacht und ausgemalt hatte, denn deren heiteres Flirten zeugte von einem unbelasteten Gemüt, das kein Schatten trübte.

Anna jedoch mühte sich damit ab, zwischen den Leuten unbefangen zu wirken und ein lächelndes Gesicht zur Schau zu tragen. Sie fand zum Teil idiotisch, wonach sie gefragt, was ihr erzählt wurde, und ihr fiel schwer, auf Nichtssagendes ebenso nichtssagend zu antworten. Die Burschenschaftskappen einiger junger Kerle fand sie auch blöde. Warum trägt so mancher Student diesen Deckel gar so schräg am Kopf, statt gerade in die Stirn gedrückt, dachte sie spöttisch, sie sehen aus wie Segelschiffe vor dem Kentern!

Aber da stand ein junger Mann bei Schwester Minnie, und der trug seine Kappe so, daß er ausnehmend gut damit aussah. Überhaupt sieht der gut aus, dachte Anna, woher hat sie den schon wieder! Sie spähte zu den beiden hin, während ein rundlicher Bursche mit krebsroten Wangen ihr zu erklären versuchte, daß die aufblühenden Turnvereine ein Segen für die Volksgesundheit seien.

»Verzeihen Sie«, zwitscherte Anna schließlich verlogen, »ich glaube, meine Schwester hat mir gewinkt, ich muß zu ihr. Aber die Volksgesundheit ist wichtig, natürlich! Vielen Dank!«

Und rasch lief sie davon, schnurstracks an Minnies Seite. Die wandte sich Anna erstaunt zu.

»Ist was?«

»Nein, nein. Aber müssen wir nicht bald gehen?«

»Wieso? Der Papa trinkt grad ein frisches Bier!«

»Aha.«

Und jetzt endlich richtete der gutaussehende junge Mann, der schlank und hochgewachsen vor ihnen stand, das Wort an sie. »Sie sind Hermines Schwester?« fragte er lächelnd, und dieses Lächeln war bezwingend.

»Ja, das ist die Anni«, antwortete Minnie rasch an ihrer Stelle.

»Anna!« verbesserte Anna, was aber wenig nutzte.

»Fräulein Anni«, sagte der junge Mann mit einer Verbeugung, »darf ich mich Ihnen vorstellen –« und höflich nannte er seinen Namen. Anna war ein wenig enttäuscht, daß er nicht etwa Arturo oder Anatol oder ihretwegen Siegfried hieß, sondern ganz bieder »Josef«.

»Erfreut!« antwortete sie.

Und sie reichten einander die Hand. Eine angenehm trockene, warme Männerhand umfaßte die ihre, und hellgraue, lebhafte Augen sahen sie an.

»Aber man nennt mich meist Seff«, fügte er noch hinzu, »nicht Josef. So heißt nämlich mein Vater.«

»Seff ist auch lustiger!« bekräftigte Anna.

Aber dann erkannte sie am Schweigen der Schwester, daß Minnie wohl gern allein mit diesem Seff weitergeplaudert hätte. Sie entzog ihm also die Hand, nickte nochmals und schlenderte davon.

*

Endlich war es soweit. Anna konnte die Hauptschule abschließen und sich an der Kunstgewerbeschule anmelden. Sie tat es prompt, noch ehe ihr letztes Schuljahr zu Ende war, aber man verwies sie dort auf einige Wartezeit, die Vorbereitungsstudien unter Professor Franz Cizek seien allzu reichlich besucht. Das machte Anna wenig aus. Hauptsache, sie mußte nicht mehr Schulmädchen sein, Hauptsache, sie hatte ein Kunststudium vor sich, dem sie mit Freude entgegensah.

Den Sommer in Garsten nutzte sie dafür, Natur nicht nur zu durchwandern, sondern auch zeichnend und malend an ihren Lieblingsplätzen festzuhalten. Meist waren es Bäume, denen Annas besondere Aufmerksamkeit und Liebe galt, deren Formen sie auf unerschöpfliche Weise begeistern konnten.

Der Student Richard war mittlerweile Doktor der Medizin geworden und weiterhin oft bei seinen Großeltern zu Besuch. Manchmal traf er, wandernd unterwegs, Anna bei ihrer Arbeit an, und beim ersten Mal hatte er versucht, neugierig auf das Zeichenblatt zu spähen. Das machte sie sofort nervös und mit einem »Bitte nicht!« drängte sie ihn so entschieden davon, daß er beleidigt »Dann halt nicht, werte Künstlerin« sagte und sich entfernte. Deshalb hörte sie bei weiteren Begegnungen dieser Art nur noch sein bissiges »Hallo, gestrenge Malerin!« hinter ihrem Rücken, murmelte »Ja, hallo«, ohne aufzuschauen oder sich umzuwenden, und war froh, wenn er weiterging.

So kann sich manches im Leben verändern, dachte Anna. Zum ersten Mal fiel ihr die Wandelbarkeit von Empfindungen auf. Geträumt hatte sie von diesem Menschen, ihn ihrer Schwester als Liebhaber angedichtet, und jetzt war es ihr lästig, wenn er auftauchte. Hinzu kam, daß ihre Gedanken immer häufiger den Weg zu einem gewissen anderen jungen Mann einzuschlagen begonnen hatten. Aber das ist schließlich etwas ganz anderes! sagte sie sich.

Anna und Minnie waren mehrmals mit dem Vater bei Zusammenkünften des Bundes der Reichsdeutschen gewesen. Und fast jedesmal war dieser so auffallend gut aussehende Josef, genannt Seff, auch wieder dort aufgetaucht und hatte sich meist schnell an Minnies Seite begeben. Sie schien ihm offensichtlich zu gefallen. Die Schwester sah auf eine sinnlich verwegene Weise hübsch aus, die ihrem sanftmütigen und freundlichen Wesen kaum entsprach. Die Minnie ist doch so fad, dachte Anna, das weiß er nur noch nicht!

Sie hatte die beiden zu beobachten begonnen, während sie selbst mit anderen jungen Herren sprach oder tanzte, und ihre Eifersucht auf die Schwester, die sie doch eigentlich gern mochte, tat seltsam weh. Körperlich weh. Dieser Seff war einfach der fescheste in der Runde, warum fiel sie selbst, meinetwegen ›die Anni‹, ihm nicht auf! Wohl, weil sie zu klein und zu zart war. Zu unscheinbar.

Anna beschloß, dagegen etwas zu tun. Sie legte sich den modisch gewordenen Kurzhaarschnitt zu, mit einer verwegenen Tolle, die ihr in die Stirn fiel und ein Auge nahezu verdeckte. Sie fand, das sah verrucht aus. Auch klügelte sie an ihrer Kleidung herum und tat alles, um die so ganz anders gewordene, körperbetonte und freche Mode besonders frech zu betonen. Damit dies die brave Mutter nicht empöre, verbarg sie den allzu kurzen Rock und ihre zweifellos hübschen Beine in den schillernden Seidenstrümpfen unter einem Cape, bis sie außer Haus war. Und der Vater hatte nichts dagegen, der lachte nur.

Und dann, eines Abends, geschah es. Als es beim Bund der Reichsdeutschen wieder einmal Tanz gab, kam Seff auf sie zu und forderte sie auf. Er forderte sie auf, mit ihm den nächsten Walzer zu tanzen! Anna stockte der Herzschlag vor Überraschung. Sie hatte ein wenig tanzen gelernt. Aber wie dieser Seff sie jetzt in den Arm nahm und mit ihr einen schwungvollen Linkswalzer tanzte, das hatte sie noch nie erlebt. Daß man so herrlich tanzen, eine Frau so gekonnt dabei zu führen vermochte, grenzte für sie an ein Wunder. Anna schwebte förmlich. Auch als er sich höflich bedankt und wieder von ihr entfernt hatte, schwebte sie noch. Und dieses Schweben, verbunden mit einem weichen Gefühl des Gehaltenwerdens, blieb in ihr. Um sie. Es begleitete sie durch den Sommer.

Kein Wunder also, daß sie in Garsten lieber ungestört malte und zeichnete, als dem jungen Arzt Aufmerksamkeit zu schenken. Den hätte Minnie sich ruhig behalten können! dachte Anna sogar mit einiger Kälte. Ihr wäre lieber gewesen, die Schwester wäre vergeben, also verliebt, verlobt, verheiratet, was auch immer, als weiterhin Objekt der Begierde für diesen begehrten Seff zu bleiben.

Leider war dem aber ganz und gar nicht so. Im Liegestuhl unter den Gartenbäumen erwähnte auch Minnie eines Nachmittags verträumt den feschen Walzertänzer, während sie sich in der warmen Luft räkelte. Anna schloß die Augen und tat, als schlummere sie, um dieser Erwähnung, die wie ein Dolchstich in sie fuhr, nichts hinzufügen zu müssen.

Sie wußte also, daß sie nach dem diesjährigen ländlichen Sommerfrieden bewegten Zeiten entgegengehen würde. Es galt, die Augen und das Interesse eines Mannes auf sich zu lenken und als junge Frau für ihn Bedeutung zu erlangen. Anna nahm sich das fest vor. Sie würde zu guter Letzt reizvoller und erotischer auf ihn wirken als die Schwester. Warum auch nicht, wenn sie es so sehr wollte! Und wenn Anna etwas wollte, dann unbedingt!

Und andererseits winkte die Kunstgewerbeschule, das Kunststudium, die Erfüllung ihres Lebenswunsches, eines Tages Künstlerin zu werden.

Wenn der Vater am Wochenende die Familie im Landhaus besuchte, legte Anna ihm all ihre Skizzen und Malereien vor, die im Lauf der Woche entstanden waren, und er begutachtete die Blätter aufmerksam. Er kritisierte, lobte, gab Ratschläge, Anna erhob Einspruch, sah seine Worte ein oder widersprach. Manchmal schrieen sie einander an, dann wurde wieder ernst argumentiert, oder es erhob sich einträchtiges Gelächter. Es entwickelte sich der lebhafte Dialog zweier künstlerisch beseelter Menschen, denen Mutter Hermine beklommen lauschte. Sie wollte ja dem Gatten nicht widersprechen, aber mußte er das Mädel so sehr vom Pfad einer künftigen tugendhaften Ehefrau abbringen? Auch dieser Gedanke, daß Anni den Betrieb übernehmen solle! Wie ein Geschäftsmann! In der Pfarre in Wien hatte man sie schon angesprochen deshalb! Sogar der Herr Pfarrer! »Ihre kleine Anni soll wirklich an die Kunstschule gehen? Ist denn das etwas für junge Frauen?« Und sie hatte keine rechte Antwort gewußt und sich geschämt. Und da saßen Mann und Tochter jetzt über Blättern voller Wiesen, Bäumen, Gewässern und Wolken, nicht einmal eine Gottesmutter oder den Gekreuzigten hatte die Anni gemalt, nur die Landschaft, die man sowieso dauernd sieht!

»Was wäre, wenn die Anni – ich meine – wenn sie etwas Religiöses – also solche Bilder zeichnen würde, wie du sie für deine Kirchenfenster brauchst, Franz?« fragte sie schließlich schüchtern.

»Das kommt später!« fuhr der Gatte sie an, »die Anni lernt malen, verstehst? Das sind Naturstudien! Hat eh dein lieber Gott alles geschaffen!«

Hermine seufzte und begab sich zu den Mädchen, die am Gartentisch unter dem Nußbaum mit bunten Karten

Quartett spielten, dabei Ribiselsaft tranken und eine Menge zu kichern hatten. Hoffentlich bleiben mir die drei anderen normal! dachte die Mutter, normale fromme Frauen! Bitte, lieber Gott!

*

Es kam der Tag, an dem Anna zum ersten Mal als reguläre Schülerin die Kunstgewerbeschule in der Fichtegasse betrat.

Professor Franz Cizek, der bei allen Erwähnungen seiner Person einen ehrfurchtgebietenden Schatten vorausgeworfen hatte, erwies sich im persönlichen Umgang als zugänglicher, fast heiterer Mann. Er war großgewachsen und schlank, der dunkle Schnauzbart und die kleine, randlose Brille ließen sein Gesicht auf den ersten Blick zwar etwas düster wirken, aber sobald er lächelte oder lachte, schien sich ein Vorhang zu heben und man sah in freundliche, helle Augen. Nicht umsonst wohl hatte er als Kunstpädagoge erstmalig die freie Entfaltung spontanen künstlerischen Schaffens von Kindern gefördert und später einen Sonderkurs für Jugendkunst geführt. Da muß man solche Augen bekommen, so junge Augen, dachte Anna, wenn man junge Menschen so ernst nimmt!

Sie mochte den Professor auf Anhieb. Und auch er schien sie als Schülerin zu schätzen, obwohl er diese blutjunge Person rasch vom Stil ihrer bisherigen künstlerischen Versuche löste und ihr völlig andere Wege verordnete. Und es war gerade ihre Schnelligkeit im Umsetzen der für sie neuen Anforderungen, die ihm gefiel. Und Anna wiederum gefiel, was sie jetzt erfuhr und lernte. Daß dies mit Expressionismus, Kubismus, Futurismus und Konstruktivismus zu tun hatte, nahm sie nicht explizit wahr, sie reagierte einfach. Sie reagierte mit ihrem Talent und mit instinktivem Verständnis. Sie entwarf Tapetenmuster und Kostüme, und ihre Zeichnungen wurden, von Professor Cizek dazu angeleitet, abstrahierend. Mit Begeisterung ergab sich Anna einer abstrakten Formensprache, die ihr zuvor nie in den Sinn gekommen wäre. Es war die künstlerische Welt des Avantgardistischen, die von ihr Besitz ergriff und in der sie sich überraschend schnell heimisch fühlte.

Es gab nur wenige Mädchen in ihrer Studienklasse, aber nicht nur deshalb fiel Anna eine Mitstudentin schon am ersten Tag auf. Es beeindruckten sie deren kurzes, krauses Blondhaar und die ungewöhnlich blauen Augen. Aber das Hübscheste an ihr war wohl die ständige Bereitschaft, in helles Lachen auszubrechen.

»Ich heiße Inge«, sagte sie und setzte sich neben Anna, »und du?«

»Ich bin die Anna, aber zu Hause sagen sie natürlich Anni zu mir!«

Inge lachte.

»Bist du böse, wenn ich dich trotzdem auch Anni nenne?«

»Tu's halt, wenn du's nicht lassen kannst.«

Jetzt lachten beide.

Endlich hatte Anna eine Freundin gefunden, der sie innig zugetan war. Eine, mit der sie ihre Interessen und ihre kreative Begeisterung teilen konnte. Eine, von der sie sich auch selbst geachtet fühlte, Inge bewunderte Annas Talent. Und eine, mit der sie vor allem das Lachen teilen konnte! Anna lachte gern, und wenn sie wirklich lachte, lachte sie meist sogar Tränen. Aber ihr Charakter neigte auch übergangslos zu Schwermut, zu oft grundloser Betrübnis. Dagegen half ihr jetzt Inge, die wie eine helle Woge das Schwere und Trübe mit ansteckendem Lachen hinwegspülen und sie mitreißen konnte in Jugend und Fröhlichkeit.

»Komm, Anni!« rief sie, »mach nicht schon wieder deine tragischen Kuhaugen, holen wir uns lieber beim Hübner ein Schinkensemmerl!«

Und dann saßen zwei strahlend junge Frauen auf einer Bank im Stadtpark, die seidenbestrumpften Beine übereinandergeschlagen, ihre Brötchen mampfend und dazwischen immer wieder in Lachen ausbrechend.

Anna sprach mit Inge auch über diesen »Seff«, der nicht aufhörte, Ziel ihrer Sehnsucht zu sein. Es gab ja nach wie vor die Treffen beim Bund der Reichsdeutschen, und sie hatte sich bereits erfolgreich zwischen ihn und Schwester Minnie gedrängt. Er tanzte jetzt häufiger mit ihr, und auch das Interesse der Schwester schien abgekühlt zu sein, sie tändelte mit einem anderen jungen Mann herum.

»Was magst du denn so an diesem Kerl?« fragte Inge.

»Er ist so fesch«, sagte Anna.

»Und? Was sonst?«

»Unlängst hat er Gitarre gespielt und gesungen, herrlich, sag' ich dir.«

»Und? Was noch?«

»Inge!« rief Anna und lachte, »sei nicht so! Er tanzt Linkswalzer wie ein Gott!«

»Bist du nur deswegen verliebt in ihn?«

»Was heißt nur?«

»Habt ihr schon einmal länger miteinander geredet?«

Diese Frage stellte Inge erstaunlich ernst. Da wurde Anna auch ernst.

»Nicht wirklich. Männer wollen doch nie wirklich reden.«

»Was glaubst du, will er dann?«
»Ich glaube, er möchte mit mir schlafen«, sagte Anna leise.
»Und du?«
»Ich – ich weiß nicht.«
»Dann wart lieber noch.«
»Aber wenn er mich dann nicht mehr mag? Sondern wieder meine Schwester?«

»Puuhh«, Inge schüttelte sich, »ist Liebe anstrengend!«
»Ja, wirklich«, sagte Anna, »eine Frau zu werden ist anstrengend.«

»Werd jetzt erst mal eine gute Künstlerin«, riet Inge, »ich glaube fast, das geht leichter!«

Und jetzt lachten beide.

*

Aber Annas Zwiespalt wuchs.

Sie nahm sich Inges ernsthafte Frage zu Herzen und bemühte sich, den jungen Mann ins Gespräch zu ziehen, um mehr von ihm zu erfahren als Walzertanzen und Gitarrespielen.

Es kam zu einem Tagesausflug, den sie gemeinsam mit Minnie und deren neuem Freund unternahmen. Nach kurzer Eisenbahnfahrt wanderten sie durch die südlich der Stadt gelegenen waldigen Hügel und Weinhänge, um dann, in den Nachmittagsstunden, die Wanderung bei einem Heurigen in Perchtoldsdorf zu beschließen.

Anna und Seff gingen meist nebeneinander her, da die Schwester sich hingebungsvoll ihrem Begleiter widmete und kaum ansprechbar war. Das bot Anna die Möglichkeit, persönlichere Fragen zu stellen. Und Seff erzählte. Daß sein Vater Stationsvorstand in einem kleinen böhmischen Dorf gewesen sei, die Eltern dann aber nach Wien gezogen seien. Vor allem seine Mutter habe sehr darauf gedrungen, die vier Kinder – drei Söhne, eine Tochter – in einer deutschsprachigen Großstadt studieren und aufwachsen zu lassen. Er wohne nach wie vor bei den Eltern in der Schlösselgasse im achten Bezirk, und er studiere Welthandel. Ein echtes Dorfkind sei er gewesen, umso mehr habe es ihn dann in Wien beeindruckt, noch den Kaiser zu erleben, der vom Balkon der Hofburg herabwinkte. Oder als Kind, als er die erste Eisenbahn sah! Was für ein Wunder das war! Er habe es kaum fassen können!

Anna gefiel die Begeisterung, mit der er erzählte, dieses freudige Staunen, das er für alles aufbringen konnte. Einzig, daß er einer Burschenschaft angehörte und dort auch sogenannte Mensuren focht, begeisterte sie nicht allzusehr. Gottlob hatte er bislang nur eine einzige schwache Narbe davongetragen, und sie sagte: »Laß dir doch nicht bei diesem Blödsinn das Gesicht zerstückeln!«

Da fuhr der sonst so manierliche Seff erregt auf und erklärte ihr mit glühenden Worten, daß dies wahrlich kein Blödsinn sei und er als deutscher Student doch seine deutschnationale Pflicht erfüllen müsse. Er erklärte ihr dies so eindringlich, daß Anna auszusprechen unterließ, was ihr auf der Zunge lag. Daß er doch eigentlich Tscheche sei, hätte sie ihm gern gesagt, warum also dieses deutschnationale Getue! Aber sie unterließ es, weil sie ihn nicht erbosen wollte. Und daß ihn diese Bemerkung erbost hätte, fühlte sie. So, wie sie auch beim Bund der Reichsdeutschen fühlte, daß etwas in den Menschen hochzusteigen begann, das rasch zu Entzweiungen führen konnte, wenn man nicht schwieg und sich heraushielt. Aber ihr politisches Desinteresse, dem des Vaters ähnlich, ließ sie dieses Gefühl nicht ernst nehmen. Die Leute haben halt verschiedene Meinungen, dachte sie, am besten, man mischt sich da nicht ein. Warum plötzlich alle ›national‹ sein wollten, fand sie zwar unsinnig, aber auch unwichtig, und im Schülerkreis um Professor Cizek vermied man dieses Thema sowieso.

Anna lenkte also ab, indem sie den weiten Ausblick bewunderte, der sich gerade aufgetan hatte, man sah vom Pfad aus die Weinhänge abfallen und dahinter die Ebene sich ausdehnen. Im Weiterwandern stellte Anna dann Fragen, die wieder mehr mit Familiärem zu tun hatten, und Seff antwortete bereitwillig. Er berichtete von seiner willensstarken Mutter, die ehemals sehr schön gewesen sein mußte und vom Vater »nicht gerade gut« behandelt worden sei. Jetzt aber sei sie es, die der Familie vorstehe und den pensionierten, untätigen Vater kaum noch zu Wort kommen lasse. Ihre Leidenschaft seien Theaterbesuche. Als junges Mädchen habe sie ein Wiener Pensionat besucht und sei dort musisch gebildet worden, was aber dann im Böhmerwald, an der Seite eines ungebildeten Mannes und bald mit vier Kindern gesegnet, von ihr nicht ausgelebt werden konnte. Auch deshalb sei es ihr Wunsch gewesen, unbedingt nach Wien zu ziehen.

Anna blieb stehen und sah Seff an.

»Du liebst deine Mutter sehr, nicht wahr?«

»Ja«, antwortete er schlicht.

»Und sprechen deine Eltern eigentlich gut deutsch?«

»Na ja«, Seff zögerte, »leider – der Vater zu wenig – und beide – böhmakeln –«

»Macht doch nix!« rief Anna fröhlich.

Aber als Seff nur halbherzig grinste, kam ihr seine ›deutschnationale Pflicht‹ wieder in den Sinn und sie wechselte nochmals das Thema. Sie erkundigte sich, wo er Gitarrespielen gelernt hätte. Er erklärte, Autodidakt zu sein, einfach eines Tages damit begonnen zu haben, vor allem beim Deutschen Turnverein, den er besuche, sei er dazu angeregt worden. Er würde auch ab und zu Lieder schreiben und komponieren.

»Ja?!« Anna war begeistert. Auch er ein Künstler! »Singst du mir eines deiner Lieder mal vor?«

»Vielleicht haben die beim Heurigen eine Gitarre, dann gern!«

Und die hatten eine Gitarre. Und Seff sang. Er sang nicht nur eines, sondern unzählige Lieder. Das ganze Lokal war begeistert, es wurde gegessen und getrunken, gelacht, mitgesungen, Seff unterhielt die gesamte vom Wein beschwingte Menschenrunde. Minnie saß dicht an ihren Begleiter geschmiegt, und manchmal tauschte sie sogar ein Küßchen mit ihm. Anna tat es plötzlich leid, Seff aufgefordert zu haben, ihr vorzusingen. Sie hatte an ein einziges Lied gedacht, nicht gleich an ein Konzert und an die Beteiligung eines ganzen Lokals. Lieber wäre ihr gewesen, auch an Seff geschmiegt Wein zu trinken und ein wenig mit ihm zu kosen. So aber spürte sie die lange Wanderung und wurde müde, während um sie herum eine ausgelassene Stimmung herrschte.

Erst im Bahnwaggon nach Wien zurück konnte Anna sich ein wenig an Seffs Schulter lehnen, und er legte sogar den Arm um sie.

»Das war doch ein prachtvoller Tag!« sagte er, »nicht wahr, Anni?«

»Ja, schön«, murmelte sie müde.

»Und die Leute beim Pirchner, wie die sich über mein Musizieren gefreut haben, nicht wahr?«

»Du spielst und singst ja auch kolossal gut, Seff!« rief Minnie sofort dazwischen.

»Ja, wirklich sehr gut«, murmelte Anna und die Augen fielen ihr zu.

Trotzdem spürte sie seinen Arm, der sie fest umschloß, und seinen Oberschenkel, den er eng an den ihren drückte. Und daß sein Atem schneller wurde, spürte sie auch, und wie der Rhythmus des Zuges sie beide wiegte.

Am Südbahnhof in Wien angekommen, trennten sich die beiden Paare. Minnie und ihr Begleiter hatten beschlossen, noch in den Prater zu gehen, es sei ja schließlich noch nicht allzu spät, ob Anni und Seff mitkommen wollten?

»Nein danke, ich bin zu müde«, sagte Anna sofort.

»Und du, Seff? Willst du?« fragte Minnie arglos.

Aber Anna fand sofort, sie hätte die Frage mit lockender Stimme gestellt und dabei verführerisch die Augen verdreht. Was soll das, dachte sie zornig, die Gute hat ja jetzt einen anderen Verehrer, muß sie denn immer noch hinter dem Seff her sein!

Aber der blieb höflich an Annas Seite, obwohl deutlich fühlbar war, daß er eigentlich auch ganz gerne noch in den Prater gegangen wäre. Er brachte sie mit der Tramway nach Hause, wie es sich gehörte, aber sie sprachen wenig auf der Fahrt. Auch von der Haltestelle aus gingen sie schweigend nebeneinander her.

»Tut mir leid«, meinte Anna, als sie in der Schulgasse vor dem großen Eingangstor standen und sie in ihrer Tasche nach dem Schlüssel kramte, »ich hab' dir jetzt den Abend verpatzt, nicht wahr?«

»Ach was«, antwortete Seff, »in den Prater können wir immer wieder mal. Das war heute ein sehr schöner Ausflug mit dir.«

»Ja, sehr schön«, sagte Anna und sie blickten einander an. Wir blicken einander jetzt tief in die Augen, dachte Anna, wie Liebespaare das tun, und ein leiser Schauer durchrieselte ihren Körper. Da umfaßte Seff sie etwas ungeschickt, zog sie an sich und küßte sie. Während sie seine Lippen auf den ihren fühlte, wußte Anna nicht genau, ob ihr das gefiel oder nicht, aber sie dachte voller Stolz: Er küßt mich! Also liebt er mich!

Da es dämmerte und die Gasse unbelebt war, wurde Seff kühner und tastete begehrlich nach Annas Busen. Sie trug nur eine dünne Sommerbluse und fühlte, daß sie von dieser Berührung mehr erregt wurde als von dem Kuß. Seff nahm sofort wahr, wie ihr Körper in seinen Armen weich wurde, und er preßte sie heftiger an sich. Diese Heftigkeit aber erschreckte Anna. Sie flüsterte: »Ich glaub', es kommt wer«, und verwirrt lösten beide sich eilig voneinander. Die Gasse war nach wie vor still.

»Es kommt zwar niemand«, sagte Seff, nachdem er sich umgeblickt hatte, »aber du hast recht, Anni. Nicht hier. Wir müssen ungestört sein dafür.«

Wofür? hätte Anna gerne gefragt, aber da sie ohnehin ahnte, was er meinte, nickte sie nur verlegen.

»Ich werde mir etwas überlegen für uns zwei, ja?«

Seff lächelte sie an. Anna spürte, daß auch er verlegen war, sie spürte auch seine Schüchternheit, aber gleichzeitig das Begehren eines unverheirateten jungen Mannes, jetzt, nachdem ihr gelungen war, sein erotisches Interesse zu wecken. Sie nickte nochmals, gehorsam wie ein braves Kind, obwohl

Seffs angekündigte Überlegung ihr eigentlich peinlich war. Er meint ein Stundenhotel, glaub ich, oder etwas Unanständiges in der Art, würde ich das je wollen? dachte Anna, während sie sich der Haustür zuwandte und den Schlüssel ins Schloß schob. Dann aber drehte sie sich nochmals zu Seff um. Ihm war anzusehen, daß er sie gern weiter geküßt und angefaßt hätte, und das gefiel ihr. Aber sie selbst wollte nicht weiter geküßt und angefaßt werden, sie sehnte sich nach ihrem Bett und der Möglichkeit, ruhig zu überdenken, was der heutige Tag ihr bedeutet hatte.

»Jetzt muß ich ins Haus«, sagte sie.

»Dann gute Nacht, Anni, und schlaf gut.«

Sie gaben einander die Hand, Seff verbeugte sich höflich, und als Anna das schwere Hoftor hinter sich schloß, hörte sie seinen Schritt stadtwärts verklingen.

*

Anna war in den nächsten Wochen froh, wenn sie sich in der Fichtegasse im Kreis der Kunststudenten befand, Inges heiteres Gesicht sich ihr immer wieder zuwandte, Professor Cizek ihre Zeichnungen lobte oder ihr neue Anregungen gab, wenn sie konzentriert an der Arbeit sein und alles andere darüber vergessen konnte. Denn ihre Treffen mit Seff wurden für sie immer problematischer. Es ging noch, wenn sie beim Bund der Reichsdeutschen zusammentrafen und dort miteinander tanzten und plauderten. Da fühlte sie sich unbeschwert verliebt an seiner Seite, war stolz auf ihn, weil er so gut aussah, und genoß es, daß sie als hübsches Paar galten. Sogar der Vater hatte das schon wahrgenommen und den jungen Mann mehrmals ins Gespräch gezogen. Auch mußte er daheim von ihm berichtet haben, denn Anna hatte mehr und mehr Mühe, auf die forschenden Fragen der Mutter ausweichend zu antworten.

Aber immer öfter geriet sie in Stelldicheins, die sie vor den Eltern und auch vor Minnie verbarg, indem sie Treffen mit Kunstschülern oder notwendige Abendkurse vorschob. Und immer drängender wurden dabei Seffs Wünsche, die Anna noch nicht zu erfüllen bereit war.

Sogar mit Inge wollte sie jetzt nicht mehr über die zwiespältige, verwirrende, fast quälende Lage sprechen, in der sie sich befand. Sie schämte sich ihrer eigenen Unsicherheit und brachte es nicht fertig, diese bei Seffs intimen Annäherungen ehrlich zu äußern. Also ließ sie sich auf Zärtlichkeiten ein, die ziemlich weit führten, um sie dann unvermutet und mit kuriosen Entschuldigungen wieder abzubrechen. Das wiederum verunsicherte den jungen Mann, der immer weniger verstand, woran er mit diesem Mädchen war. Anna wollte lieben. Aber sie hatte kein sexuelles Verlangen.

Als er promoviert hatte und aus Seff ein Doktor des Welthandels geworden war, machte das auf Anna gewaltigen Eindruck. Wie nebenbei, schien ihr, hatte er das Studium beendet, und sie bewunderte ihn. Er feierte sein Doktorat ausgiebig, vor allem mit den unausweichlichen Burschenschaftlern, und in diesen Tagen bekam Anna ihn wenig zu sehen.

Nur einmal, als seine Mutter in die Schlösselgasse einlud, war sie dabei. Aber auch Minnie und andere junge Leute fanden sich ein, Anna war dort eine unter vielen, und Seff wollte es wohl auch so. Sie betrachtete aufmerksam die große, vollgeräumte Wohnung, begrüßte die leicht hinkende, blasse, jedoch energische Mutter, die Hedwig hieß, den Vater, der seine Pfeife am Fenster des Vorzimmers rauchte und wenig sprach, die Brüder Franz und Rudi und die hübsche, temperamentvolle Schwester Maria, genannt Ritschi. Alle gratulierten dem frischgebackenen Doktor, aßen, tranken, und vor allem die Mutter schien überaus stolz auf ihren Seff zu sein, der so brav studiert hatte, so ganz nach ihren eigenen ehrgeizigen Wünschen. Aber seiner Bekannten schenkte sie nach einer kurzen, beiläufigen Begrüßung nicht die geringste Beachtung. Was Anna jedoch kaum auffiel, da Seffs jüngerer Bruder Rudi sich sehr bald eingehend mit ›der Anni‹ befaßte. Er suchte immer wieder ihre Nähe und brachte sie zu etwas, wozu man sie nur selten bringen konnte, obwohl sie es liebte: nämlich herzhaft zu lachen. Im Gegensatz zu seinen in dieser Hinsicht etwas ungelenken Brüdern vermochte Rudi herrlich ironisch zu sein, hatte Witz, und seine Blödeleien erreichten Kabarettreife. Er gefiel Anna auf Anhieb. Und sie fand, daß er in diese Familie eine ganz andere, eigenwilligere Farbe brachte. Sicher, auch Ritschi war eine vergnügliche Person, die sich rühmte, hintereinander fünfzig Zwetschkenknödel essen zu können, und selbst schallend darüber lachte. Aber dieser Rudi war nicht nur witzig, er besaß auch eine kluge und humorvolle Gelassenheit, die Anna imponierte. Nie regte er sich auf, allem und jedem galt vorerst sein lächelnder Spott. Sie fand, daß er in seiner Liebenswürdigkeit der ganzen Familie guttat, sie wurden alle liebenswürdig neben ihm. Vor allem Mutter Hedwig strahlte auf, ihr abgearbeitetes Gesicht wurde hell und jugendlich, wenn er sie neckte oder amüsierte. Dieser jüngste Sohn schien ihr all die Freude und Leichtigkeit zu schenken, nach der sie sich an der Seite ihres dumpfen und brutalen Ehemannes vergebens gesehnt hatte und die sie sonst nur auf Bühnen vorfand, wenn sie selbstvergessen im Theater saß und fremde Geschichten durchlebte.

»Der Rudi macht deine Mutter sehr glücklich, nicht wahr, Seff?«

Anna stellte diese Frage, als sie ein paar Minuten nebeneinander am offenen Fenster standen und auf die Schlösselgasse hinunterblickten, die sich mit der ersten abendlichen Dämmerung zu füllen begann.

»O ja, sehr. Er ist ihr der Liebste von uns allen«, antwortete Seff, ohne daß irgendein Schatten über seinen Worten gelegen hätte. Er stellte es schlicht fest, als eine erfreuliche Tatsache. »Ich hol' jetzt aber meine Gitarre hervor, nicht bös' sein«, sagte er dann und wandte sich ins Zimmer zurück, zu den lärmenden und schmausenden Gästen, und bald wurde laut musiziert und gesungen.

Anna blieb nicht mehr lange, sie und Minnie fuhren mit der Tramway nach Hause.

»Eine nette Familie«, sagte die Schwester, »ein bissel komisch halt.«

»Wieso komisch?« fragte Anna.

»Na ja – ich weiß nicht – fünfzig Zwetschkenknödel!«

»Du, die Ritschi ist berufstätig und hat schon die ganze Welt gesehen, als Steward auf einem Linienschiff. Ich glaub', mit den Knödeln hat sie übertrieben.«

»Und der Vater, der nur am Gang sitzen darf beim Pfeifenrauchen!«

»Ich glaub', der war früher sehr grauslich zur Mutter, jetzt ist sie es zu ihm.«

»Sind die alle eigentlich fromm?«

»Ich glaub', nein.«

Das ist das Angenehmste in dieser Familie, dachte Anna. Das und der Rudi.

*

Nach der Euphorie des erworbenen Doktortitels wurde das Leben für Seff unerwartet schwierig. Er fand keine passende Anstellung, womit er nicht gerechnet hatte. Also mußte er sich mühselig auf Arbeitssuche begeben. Wenn er und Anna sich trafen, kam ein weniger vergnügt und unbesorgt wirkender Mann auf sie zu, er schilderte ihr seine Sorgen, und sie versuchte, ihm mitfühlend Gehör zu schenken.

Dieses Mitgefühl jedoch steigerte sein Liebesverlangen, da war sie ja schließlich, die Anni, eine junge Frau, ihm ganz nah. Er wollte die trübe berufliche Situation durch erotischen Glanz erhellen, und Anna ließ sich darauf ein. So sehr, daß sie eines Tages nicht mehr entwischen konnte. Sie hatten einander bei einem Ausflug zu zweit hinter einer Wiesenböschung derart stürmisch umarmt, daß Anna ihn schließlich mit aller Kraft von sich schieben mußte.

»Nicht hier«, stammelte sie. Und fügte dann hinzu: »Überleg dir halt wirklich was...«

»Ja?!!«

»Ja...«

Und Seff überlegte nicht sehr lange.

Er schlug einen Nachmittag vor, an dem Anna behaupten konnte, in der Kunstgewerbeschule bis spät in den Abend beschäftigt zu sein. Und er schlug ein Hotel vor, in dem sie sicher nicht kompromittiert würde, sie dürften es nur nicht gemeinsam betreten und verlassen, er hätte alles so vorbereitet, daß nichts passieren würde. Tja, aber etwas muß dort passieren, dachte Anna, und sie dachte es mit einem Schauder, der sich aus Lust und Abwehr zusammensetzte. Irgendwie gefiel es ihr plötzlich, sich als junge, verwegene Frau zu sehen, als Frau ohne frömmlerische Prüderie und ganz anders als die Mutter.

Im Kunstunterricht konnte sie nicht schweigen, sie mußte Inge gestehen, worauf sie sich einlassen würde. Daß sie Seff versprochen hatte, mit ihm zu schlafen, sehr bald, in zwei Tagen schon. Die Freundin starrte sie ungläubig an.

»Und du willst es wirklich?« fragte sie.

»Ich glaube schon«, antwortete Anna.

Ihr selbst fiel auf, daß es halbherzig klang.

»Du glaubst?« schrie Inge.

Die anwesenden Studenten schauten erstaunt von ihren Arbeiten hoch, Inge lächelte ihnen beschwichtigend zu, aber packte dann Annas Arm und zerrte sie auf den Gang hinaus.

»Anni!« rief sie beschwörend, »mach keine Dummheiten! Bitte! Du sehnst dich doch gar nicht so fürchterlich danach, ich seh' es dir an. Du bist nur zu feig, es ihm länger abzuschlagen.«

»Stimmt nicht«, versuchte Anna zu widersprechen.

»Na gut, dann bist du eben auch ein bissel neugierig, kann sein. Aber liebst du ihn denn so sehr, daß es für dich unbedingt sein muß?«

Anna zögerte. Aber dann fiel auch ihr dieses Zögern auf und sie rief Inge mit wilder Entschlossenheit zu: »Ja, ich liebe ihn so sehr! Hör bitte auf, mir meine Gefühle ausreden zu wollen!«

Inge blickte Anna wortlos an, dann seufzte sie auf und lehnte sich aus dem offenen Gangfenster. Die Sonne schien ihr ins Gesicht, und sie schloß die Augen. Anna stand verloren da und wußte nicht, was sie mit dem plötzlichen Schweigen anfangen sollte. Schließlich lehnte sie sich ebenfalls über das Fensterbrett, Schulter an Schulter mit der Freundin. Fern drang Straßenlärm zu ihnen herauf, aber deutlicher vernahmen sie die Ahornbäume im benachbarten Park, sie rauschten im Sommerwind.

»Na ja«, sagte Inge leise, »bei dem Rauschen der Bäume kriegt man schon Lust.«

Anna wandte den Kopf zur Freundin.

»Lust worauf?« fragte sie.

Inge lachte laut auf.

»Na, worauf glaubst du? Anni, Anni! Du bist wirklich eine köstliche Mischung aus Unschuldslamm und Vamp!«

»Ach so, auf das«, sagte Anna und sah wieder vor sich hin.

*

Als sie sich zwei Tage später auf den Weg machte, um Seff in dem besprochenen und von ihm genau beschriebenen Hotel zu treffen, war Anna ähnlich nervös wie damals auf dem Weg zum Plachel-Saal. Ich sollte mich doch irgendwie darauf freuen, dachte sie, oder Sehnsucht haben, irgendein körperliches Verlangen spüren. Aber ich spüre gar nichts. Ich fürchte mich nur. Warum habe ich eingewilligt, es zu tun, was wäre, wenn ich einfach nicht komme, sondern umkehre und wieder nach Hause fahre?

Aber sie fuhr nicht wieder nach Hause. Sie fuhr zu dem kleinen Hotel, das in der Innenstadt lag, in einer kaum begangenen, schmalen Seitengasse. Das Entree war eng und muffig, nur ein verschlissenes Sofa hatte darin Platz. Hinter dem Empfangspult saß eine verschlafen wirkende, dicke Frau, die ihr glücklicherweise wenig Beachtung schenkte. Als Anna mit nahezu versagender Stimme nach der Zimmernummer fragte, genau wie Seff es ihr aufgetragen hatte, wurde ihr mürrisch Auskunft erteilt. Sie erklomm also auf schmaler Treppe eilig den zweiten Stock, sah endlich die Tür, klopfte, und als Seff ihr öffnete, flüchtete sie in das Zimmer, als hätte man sie gejagt. Er lachte auf.

»Was ist denn los, Anni?«

»Peinlich ist es, furchtbar peinlich!« Anna flüsterte, als fühle sie sich von allen Seiten belauscht.

»Die Wände hier haben keine Ohren, du kannst ruhig normal sprechen!« sagte Seff. Und er lachte sie wieder fröhlich an, obwohl auch ihm anzumerken war, daß er sich nicht wirklich wohl und sicher fühlte. Schließlich aber nahm er Anna in die Arme.

»Komm, jetzt beruhige dich bitte erst einmal. Ist doch ein nettes Zimmer, oder? Ich hab' uns Wein mitgebracht und was zum Naschen. Komm, setz dich doch. Da, in den bequemen Stuhl. Werde bitte wieder ruhig, nichts passiert dir, nichts, was du nicht willst.«

Und Anna passierte nichts. Und was passierte, wollte sie auch irgendwie. Obwohl sie es einfach geschehen ließ.

Als Seff sie nach Hause brachte, tauschten sie vor dem Tor noch einen langen Kuß, in den beide viel Leidenschaft legten. Schließlich hatten sie sich ja kurz davor vereinigt, für Anna war es ein erstes Mal gewesen, und sie hatten einander nackt gesehen und gespürt. Das mußte wohl etwas mit Leidenschaft zu tun gehabt haben, dachte Anna. Aber als sie langsam durch den nächtlichen Hof zur elterlichen Wohnung ging, fragte sie sich seltsam leidenschaftslos, was ihr da eigentlich geschehen war. Ein kurzer Schmerz, ein bißchen Blut, ein sehr aufgeregter Mann und rasch ein wenig Feuchtigkeit zwischen ihren Schenkeln. Sein heftiger Atem, dessen Rhythmus sie aus Höflichkeit zu übernehmen versuchte. Das Netteste war, danach nebeneinander zu liegen, seine warme Haut zu fühlen und ein wenig zu plaudern. Dann wuschen sie sich, tranken ihre Weingläser aus, und er bat sie, vorauszugehen und an der Straßenecke auf ihn zu warten, er komme gleich nach.

Als Anna daheim leise ihrem Zimmerchen zustrebte, rief die Mutter: »Anni, bist du's? Das war aber heut' ein gar langer Unterricht!«, und sie hörte die verschlafene Stimme des Vaters: »Frau, laß die Anni in Ruh, das ist halt so, wenn man Kunst studiert, da verfliegt die Zeit.«

Seine Arglosigkeit und sein Vertrauen trafen Anna, und obwohl sie sich dagegen zu wehren versuchte, kämpfte sie plötzlich mit Scham und schlechtem Gewissen. Als sie möglichst lautlos in ihr Bett kroch, zog sie die Decke über den Kopf und wäre gerne zur Gänze verschwunden.

*

Am 3. Dezember 1928 feierte Anna ihren neunzehnten Geburtstag. Wie alt ich schon bin, dachte sie. Es gab ein kleines Fest im Kreis der Familie, und auch Seff wurde eingeladen. Anna hatte ihn schon Wochen davor zu Hause präsentiert, es ging irgendwie nicht mehr anders, und alle fanden ihn sympathisch. Minnie trug der Schwester in keiner Weise mehr nach, ihr Seff abspenstig gemacht zu haben, und er wurde, obwohl unausgesprochen, allgemein als Annas Verlobter betrachtet. Anna wußte nicht recht, ob ihm das auch behagte, aber da er nach allen Seiten hin freundlich und zuvorkommend blieb, beließ sie es dabei. Er wurde für alle »Annis Seff«, ein junger Mann, dem erlaubt war, die Tochter jederzeit zu treffen und dem man vertraute. Wenn die wüßten! dachte Anna manchmal. Daß wir in einem Stundenhotel waren und uns bereits geliebt haben! Sie wählte nachträglich für dieses Treffen gern die Formulierung, sie hätten einander »geliebt«. Es gefiel ihr besser, als »miteinander geschlafen« zu haben. Und da sie es auch nicht mehr wiederholten, verlieh sie diesem Erlebnis mehr träumerischen Glanz, als es in Wahrheit besessen hatte. Wenn also Seff in Gesellschaft den Arm um sie legte, weil er das ja offiziell durfte, fühlte sie sich geheimnisvoll über alle erhaben und weiblich erwachsen.

Nur Inge wußte Bescheid. Aber als Anna ihr gleich danach, und alles ein wenig ausschmückend, von ihrem Abenteuer berichtet hatte, war die Reaktion der Freundin eine äußerst prosaische gewesen. »Bist du auch sicher nicht schwanger geworden?« fragte sie sofort und jagte Anna damit einen Schrecken ein, der ihr für eine Weile jeden romantischen Rückblick verdarb. Sie erkannte, daß sie diese Möglichkeit auf gefährlich dumme Weise außer acht gelassen hatte, und erst, als eine Woche später ihr Körper jede Befürchtung ausschloß, konnte sie aufatmen und wieder ihren verklärenden Träumen nachhängen.

Nur wollte sie sich auf keinen nochmaligen Besuch des Stundenhotels einlassen, sie verschob alles auf später. Später werden wir uns genug lieben, dachte Anna. Ein wenig stutzig machte es sie zwar, daß auch Seff sie nicht mehr bestürmte, dieses amouröse Treffen zu wiederholen. Sicher denkt er auch an später, sagte sie sich, um den leisen Gedanken, sie könne ihm vielleicht gleichgültig geworden sein, nicht weiter aufkommen zu lassen. Wir sind ja so oft beisammen, dachte sie, und wir küssen uns immer zum Abschied. Alle sehen uns als Liebespaar, also müssen wir doch auch eines sein.

*

Die aufkeimenden nationalsozialistischen Strömungen waren im Umfeld der Kunstgewerbeschule nicht zu spüren, und Anna empfand dies als Wohltat. Sie entwickelte instinktiv Abwehr gegen den martialischen Sprachduktus, gegen das dümmlich-brutale Verhalten, das allerorts mehr und mehr wahrnehmbar wurde. Ob in der Tramway oder beim Bund der Reichsdeutschen, diese Spezies, für die sich die Bezeichnung »Nazis« durchzusetzen begann, schien sich sprunghaft zu vermehren. »Wie die Karnickel«, sagte der Vater. Wenn Anna sich bei ihm zu beschweren versuchte, zuckte der nur mit den Achseln. »Blöde Leut' halt«, brummte er, »das vergeht wieder«, und führte ihr lieber vor, wie man ein Blattmotiv aus buntem Glas zuschneiden und in die Bildkomposition einfügen mußte. Anna sah ihm dabei zu und ließ sich von ihm anleiten, es selbst zu versuchen. Sie befand sich gerne in der Werkstatt, zwischen den dichten Bleidämpfen und dem grellen Licht der Hängelampen über den Arbeitstischen. Er würde ihr zukünftiges Leben bestimmen, dieser ungeheizte, von Glasstaub erfüllte, verwinkelte Raum. Der Vater hatte sie im eigenen Betrieb als Lehrling angestellt, seit einem Jahr schon. Es gab einen Lehrvertrag bei der *Genossenschaft der Industriemaler in Wien*, ausgestellt für Anny Goetzer. Sie hatte sich inzwischen vorgenommen, das allseits gebrauchte »Anni« mit einem Ypsilon aus seiner Gewöhnlichkeit zu holen, vor allem, wenn es um ihre Künstlerschaft, um ihren Berufsweg ging. Der Lehrherr und der Vater oder Vormund mußten den Vertrag unterschreiben, und unter beides setzte Franz Goetzer in schön geschwungener Schrift seinen Namen. Was auf dem Dokument ausgebessert werden mußte, war das vorgedruckte *in Betreff der Lehre seines Sohnes oder Mündels*. Das wurde durchgestrichen, und handschriftlich *Tochter* darübergesetzt. Sie, Anna, war also *Lehrling*, eine weibliche Bezeichnung dafür gab es nicht, und neben ihrem Kunststudium erwarb sie sich beim Vater auch Kenntnisse *zur Herstellung kunstvoller Kirchenfenster*, wie es auf dem prächtigen Briefkopf der *Glasmalerei und Mosaikanstalt Franz Goetzer* zu lesen stand.

Aber vorrangig war es die Malkunst, die *allgemeine Formenlehre* bei Professor Cizek, der ihr Studium zu gelten hatte, das Handwerk würde erst später vom Vater auf die Tochter übergehen. So wollte es der Vater, und so wollte es auch sie selbst. Die Zukunft schien klar vor ihr ausgebreitet zu liegen, sie als Glasmalerei-Chefin, und Seff als gut dotierter Handelsmann in irgendeiner Firma, er würde schon eine passende Anstellung finden.

*

Eines Vormittags, als Anna gerade am Entwurf eines Stoffmusters arbeitete, rief die Sekretärin sie etwas ungehalten zum einzigen Telefonapparat, der sich im Sekretariat der Schule befand. Und es meldete sich überraschenderweise Seff, der sie dringend bat, ihn heute noch zu treffen.

»Was ist denn los?« fragte Anna.

»Ich muß dir etwas sagen«, sein Atem ging laut und erregt, »aber erst, wenn wir uns sehen, Anni!«

Er wirkte ein wenig ungeduldig.

»Gut, gut, ich komme ja! Um fünf bin ich im Café Frauenhuber!« beschwichtigte ihn Anna und legte den Telefonhörer auf.

Will er mich wieder einmal in dieses Hotel verführen? fragte sie sich. Oder will er mich gar schon demnächst heiraten? Er hatte sie neugierig gemacht, und sie saß nach dem Unterricht überpünktlich im Kaffeehaus.

Als Seff auf sie zueilte, lächelte er, sein Haar war windzerzaust, sein Schal flatterte, er wirkte auf glückliche Weise aufgelöst. Rasch nahm er bei ihr Platz, legte den Arm um sie und rief aus: »Stell dir vor, Anni, ich fahre nach Brasilien!«

Anna starrte ihn an.

»Nach Brasilien?«

»Ja, bald schon! Wir –« Er unterbrach. »Einen kleinen Braunen bitte«, sagte er zum Kellner, der fragend vor ihm stand. Dann wandte er sich Anna wieder lebhaft zu, die ihn plötzlich anstrahlte. Nachdem Seff das Wort »wir« ausgesprochen hatte, war ihr plötzlich klar geworden, worum es ging. Er will mit mir eine Reise nach Brasilien machen, dachte sie, deshalb seine Eile, das wollte er mir unbedingt heute noch sagen! Als Seff Atem holte, um weiterzusprechen, kam sie ihm mit der Frage »Wann also fahren wir los?« zuvor. Und sie lachte auf, voll Vergnügen, die Situation so schnell durchschaut zu haben.

Aber Seff wurde ernst. Es war, als hätte eine plötzliche Wolke sein Gesicht verdunkelt.

»Ach Anni«, murmelte er.

»Ja, Seff?«

»Es ist anders – ich mache keine Reise – ich – ich wandere aus.«

»Was tust du?«

Anna sah ihn fassungslos an.

Er zögerte. Dann nahm er ihre Hand in die seine.

»Schau, Anni! Ich finde hier einfach keine ordentliche Anstellung, das weißt du doch. Diese Suche ist auf Dauer trostlos. Und die Texas Oil Company in Rio will mich haben – und sie bezahlen gut – ich muß diese Chance einfach nutzen – versteh das bitte –«

»Aber vorhin hast du doch ›wir‹ gesagt – du wolltest doch etwas über uns beide sagen –«

Seff sah betreten vor sich hin.

»Ja – ich wollte sagen – wir – wir beide werden uns längere Zeit nicht sehen – wir müssen uns leider trennen – für einige Zeit wenigstens –«

»Und dich von mir zu trennen, macht dich so fröhlich? Mir das zu sagen, hat dir nichts ausgemacht?«

Anna fühlte, daß Wut in ihr hochstieg.

»Ich habe gedacht, du freust dich für mich«, sagte Seff leise. Ihm war erst jetzt bewußt geworden, daß er sich gedankenlos verhalten hatte, daß seine beglückte Aufbruchsstimmung Anna zutiefst beleidigen und kränken mußte.

Und Anna war zutiefst beleidigt und gekränkt.

Eigentlich wäre sie gern aufgesprungen und wortlos davongelaufen. Aber sie nippte weiter an ihrer Zitronenlimonade und spürte, daß ihre Augen sich mit Tränen füllten. Das wiederum ärgerte sie so sehr, daß sie Rettung im Zorn suchte.

»Sicher weißt du schon längst von dieser Anstellung in Brasilien und warst nur zu feig, es mir früher zu verraten«, warf sie Seff entgegen. »Du bist eben ein Feigling, das weiß ich schon lang. Immer freundlich, wenn du gar nicht freundlich sein willst, nur damit es ja keine Debatten gibt. Immer deine

Angst vor der Aufrichtigkeit, wenn die andere stören oder ärgern könnte. Immer lieb Kind willst du sein! Sicher wolltest du dich schon lange von mir trennen und hast trotzdem weiter meinen Verlobten gespielt. Wie stehe ich denn jetzt da! Du denkst wirklich nur an dich. Ins Hotel wolltest du mich kriegen, ja, aber Gefühl hast du keines für mich. Und ich Trottel dachte, du liebst mich! Was für ein lächerlicher Irrtum. Fahr du ruhig in dein blödes Brasilien, ich weine dir sicher keine Träne nach, ich komme sehr gut ohne dich zurecht –«

Jetzt heulte Anna, und Seff genierte sich, weil sie immer lauter geworden war.

Einige Gäste des Kaffeehauses sahen zu ihnen her.

»Ja, laß die Leute nur schauen«, sagte Anna leiser und suchte vergeblich nach einem Taschentuch, »sollen die nur mitkriegen, daß du ein Verräter bist.«

Seff griff in die Sakkotasche und reichte ihr sein großes Männertaschentuch, in das sie sich allzu geräuschvoll schneuzte. Auch das war ihm peinlich, aber er versuchte nochmals den Arm um sie zu legen. »Du irrst dich, Anni.« Er flüsterte, um die Aufmerksamkeit des Lokals wieder von ihnen beiden abzulenken. »Ich hab von der Zusage der Texas Oil erst heute erfahren, in der Früh, und da wollte ich es dir gleich sagen. Eines Tages kommst du mir vielleicht nach, wer weiß – Rio soll eine wunderschöne Stadt sein – aber erst einmal muß natürlich ich dort Fuß fassen –«

»Ja, ja«, murmelte Anna, »Fuß fassen! Ich weiß schon, wie das ausschaut – fesche Negerinnen anlachen –«

»Jetzt hör aber auf!« Seff war ungehalten geworden, »erstens gibt es in Brasilien viele Deutsche –«

»Ja, Nazis!« rief Anna dazwischen.

»Deutsche Menschen!« Jetzt wurde sogar Seff laut. »Viele wandern eben aus, weil es dort Arbeitsmöglichkeiten gibt. Viele haben Haziendas und betreiben Ackerbau und Viehzucht. Und die meisten Brasilianer selbst sind hellhäutig, es gibt dort nur ganz wenige Neger.«

»Na Gott sei Dank!« rief Anna, »dann bin ich ja beruhigt.« Sie starrte verweint vor sich hin.

»Beruhige dich jetzt bitte wirklich«, Seff sprach wieder leise auf sie ein, »es dauert ja noch, bis ich abreise, Anni. Zwei Monate sicher. Wir können alles in aller Ruhe bereden.«

Anna hob den Kopf und sah Seff an. Er gefiel ihr, wie immer. Aber heute gefiel er ihr noch mehr als sonst. Es tat ihr weh, ihn anzusehen. Als sei er bereits von der fernen, fremden Welt aufgesogen worden. Als sei er bereits verschwunden.

*

»Es ist so beschämend«, sagte Anna, nachdem sie ihrer Freundin alles erzählt hatte.

»Ach was«, Inge schüttelte den Kopf, »so mußt du's nicht sehen. Er fährt ja nur voraus!«

»Das ist es eben!« widersprach Anna, »er fährt nicht nur voraus! Es ist völlig unsicher, ob er je wünschen wird, daß ich nachkomme. Er will eindeutig alleine nach Südamerika. Ich hab den Eindruck, er flüchtet vor mir.«

»Du und das Übertreiben!« Inge lachte. »Darin bist du wirklich Spezialistin. Ein Mann, der partout mit dir ins Bett wollte und löblicherweise gleichzeitig in deiner Familie heimisch wurde, der dich seinen Eltern vorgestellt hat, seinen Geschwistern, der dich unablässig treffen will, dieser Mann soll jetzt plötzlich vor dir flüchten? Geh Anni!«

»Grade deshalb!« rief Anna, »es ist ihm zu eng geworden, glaub' ich. Zu familiär!«

»Aber wenn er hierzulande keine Anstellung findet!« Inge schien ihn verteidigen zu wollen.

»Ach was«, sagte Anna, »daran glaube ich auch nicht, irgendwas, irgendeinen Posten hätte er schon finden können. Ich glaube, ihn reizen die vielen Deutschnationalen in Südamerika, ihn reizt das Neue, das Andere.«

»Er wirkt so gar nicht wie ein Abenteurer, dein Seff.« Inge sah versonnen vor sich hin.

»Wie wirkt er denn auf dich?« fragte Anna, neugierig geworden, »du hast ihn ja nur wenige Male gesehen, wie findest du ihn eigentlich?«

»Fesch«, sagte Inge.

»Ja, gut, das wissen wir. Aber sonst?«

»Grundanständig.«

»Du meinst langweilig?«

»Nein, das nicht. Aber er ist ein guter Mensch, glaube ich.«

»Ein bissel feig«, sagte Anna.

»Besser als bös'«, gab Inge zur Antwort.

Da schwieg Anna.

Die ganze Familie Goetzer reagierte verblüfft auf Seffs Auswanderungsplan. Daß gerade er das beschlossen hatte, mit dem Doktortitel in der Tasche, und so nett, wie er immer war, jedes Für und Wider wurde unablässig erörtert, Anna konnte es nicht mehr hören. Sie fand Seff mittlerweile nicht nur feig. Sie fand, daß er sich auch ›bös‹ verhielt, egal, wie Inge das sah. Ließ er sie doch im Regen stehen, machte sich einfach davon, ohne ihre Situation zu erwägen! Anna fühlte, wie die Empörung in ihr anwuchs, ob sie es wollte oder nicht.

Sie wurde immer unglücklicher und wütender. Seine Reisevorbereitungen nahmen ihn in Anspruch, also trafen sie einander weniger oft. Vielleicht auch mied er sie, weil bei ihren Treffen ständig Annas Anklage und bittere Fragen in der Luft lagen.

»Du darfst es ihm nicht so zeigen, wie gekränkt du bist«, meinte Inge, als sie an einem Vormittag vor ihren Staffeleien saßen, »das Herumjammern läßt Männer nur noch mehr zurückschrecken.«

»Ach Männer! Auf die pfeif' ich sowieso!« sagte Anna.

»Ach ja. Und deshalb bist du so unglücklich.« Inge sah sie kopfschüttelnd an. »Verrenn dich nicht, Anni, sei klug und hör auf mich.«

Als die Freundin sich wieder ihrer Zeichnung zuwandte, fühlte Anna, daß Inge recht hatte. Daß sie sich genau so benahm, wie sie sich nicht benehmen sollte. Daß Seff dadurch ihrer überdrüssig werden mußte, daß es ihn noch weiter von ihr wegtrieb als seine Reise nach Brasilien.

Sie begann sich zu beherrschen und verdrängte Wut und Schmerz zugunsten eines freundlichen, fröhlichen Gesichtes, wenn sie und Seff einander trafen. Es fiel ihr zwar schwer, schien aber doch so weit zu gelingen, daß es ihn überzeugte. »Wie schön, Anni, daß du nicht mehr grantig bist«, sagte er erleichtert, und sie schwieg und lächelte nur. Daß dieses Lächeln säuerlich geriet, fiel Seff zum Glück nicht auf.

Er lud Anna sogar in die Schlösselgasse ein, als im Kreis seiner Familie Abschied gefeiert wurde. Nur sie lud er dazu ein, und das schenkte Anna Zuversicht. Wenn er mich als so dazugehörig empfindet, hat er Empfindungen für mich, dachte sie. Er wird mich nicht vergessen, auch wenn die Mädchen in Rio noch so hübsch sein sollten. Rudi, der am Familientisch neben ihr saß, sprach ähnliches unbekümmert aus.

»Seff, laß im fremden Land ja die Finger von irgendwelchen feschen Brasilianerinnen«, sagte er, »und verscherz es dir nicht mit deiner feschen Anni hier in Wien!«

Man lachte und Anna wurde rot.

Aber dann wurde der nächste Gang aufgetragen und lautstark begrüßt, Wein wurde nachgegossen, Ritschi erzählte gellend laut Witziges aus ihrem Leben, es ging lebhaft zu am großen Tisch des Eßzimmers. Nur Mutter Hedwig lachte und plauderte nicht, sie blieb ernst und schweigsam. Anna gewann den Eindruck, daß auch die Anwesenheit der Freundin ihres scheidenden Sohnes sie störte. Seine Mutter mag mich nicht, dachte sie, ich bin für sie ein Eindringling.

Als Anna aufstand, um auf die Toilette zu gehen, sah sie den Vater am Gangfenster zum Innenhof sitzen und sein Essen schweigend in sich hineinschaufeln. Das war ihr unheimlich.

»Warum ißt euer Vater am Gang?« fragte sie Rudi leise, als sie sich wieder an den Tisch setzte. Da sah sie dieser ernster an, als es sonst seine Art war.

»Dahinter steckt eine lange Geschichte«, sagte er, »eine dieser tragischen Ehegeschichten eben. Er sitzt jetzt lieber draußen beim Essen. Das ist irgendwie langsam so geworden.«

Rudi seufzte und Anna stellte keine Frage mehr.

Zum Nachtisch gab es Topfenpalatschinken mit Zwetschkenröster, und Ritschi machte sich daran, wieder einmal einen Rekord aufzustellen. »Wie viele, glaubt ihr, schaffe ich?« rief sie mampfend aus. »Dir wird schlecht«, sagte die Mutter ruhig, »laß das.«

Seff zog plötzlich Anna und seinen Bruder Rudi ins Nebenzimmer. Dort standen unbenutzte Ehebetten, und ein violetter Lampenschirm aus Seide hing von der Decke. »Hier schlafen meist Gäste«, erklärte man Anna, »der Vater hat sein Bett im Alkoven, die Mutter ihres im Kabinett hinter der Küche.« »Aha«, sagte sie erstaunt.

Aber es ging Seff um etwas anderes.

»Rudi!« sprach er den Bruder mit großem Ernst an, »ich bitte dich, schau ein bissel auf die Anni, kümmere dich um sie. Sie war am Anfang so desperat, daß ich wegfahr'. Du bist ein Spaßvogel und sie hat so schnell ihre tragischen Augen, also paß drauf auf, daß sie lustig bleibt, ja?«

»Geh Seff«, murmelte Anna verwirrt, »laß doch den Rudi in Ruh.«

Der aber lachte auf. »Nichts lieber als das, Bruder!« rief er, »klar kümmere ich mich um deine hübsche Anni, damit sie vor Sehnsucht nach dir nicht umkommt. Ich werd' sie schon aufmuntern!«

»Siehst, Anni!« Seff schaute sie erleichtert an. »Das kann der! Beim Rudi wird einem nie fad, glaub mir!«

Er und sein Bruder nahmen Anna in die Mitte und kamen Arm in Arm als Trio ins Speisezimmer zurück. Dort ging es nach wie vor munter her, wie bei einem Wettkampf. »Acht Palatschinken!« verkündete Ritschi gerade, und Bruder Franz brummte kopfschüttelnd: »Einmal platzt du!« Im allgemeinen Gelächter fiel Anna sofort das blasse Gesicht der Mutter auf, die ernst, fast düster zu ihr herschaute. Dieser Blick ließ sie frieren. Und auch, daß Seff seinen Bruder dazu vergattert hatte, sie zu unterhalten, sobald er selbst weg war, gefiel Anna ganz und gar nicht. Er beruhigt damit nur sein Gewissen, dachte sie, er will sich in der Fremde frei und unbelastet fühlen, darum geht es ihm!

Sie beobachtete Seff, der wieder am Tisch saß und von seinen Vorhaben in Brasilien erzählte, was er alles in diesem Land gerne kennenlernen würde und daß er bereits die portugiesische Sprache zu erlernen versuche. Sogar erheiterte er die Tischrunde mit einigen Vokabeln, die er richtig auszusprechen versuchte, was aber teilweise mißlang. »Jetzt aber erst mal meine *partida*!« rief Seff, »das kann ich so sagen, wie es sich gehört, und Portugiesisch lern' ich danach noch perfekt, paßt nur auf!«

Er ist voll in Fahrt, dachte Anna traurig, seine Augen blitzen, wie sie es nur bei echter Freude tun, ich kenn' ihn ja schon ganz gut. Ja, er ist glückselig in dieser Vorfreude auf seine *partida*, was ja sicherlich Abreise heißt, und ich werde hinter seinem Schiff im Vergessen verschwinden.

*

Obwohl im Bund der Reichsdeutschen heftig politisiert wurde, ließ Anna das wenigste an sich heran. Daß es im ganzen Land schwere wirtschaftliche Probleme gab, daß es Sozialdemokraten und Christlich-Soziale gab, bekam sie irgendwie mit. Daß alle um sie herum gegen die »Sozis« und eher für die Nationalsozialisten in Deutschland waren, blieb ihr nicht verborgen. Daß es eine Revolte gegeben und der Justizpalast gebrannt hatte, erfuhr sie natürlich, die Zeitungen berichteten mit riesigen Aufmachern, und ganz Wien sprach davon. Aber das wohlgeordnete Familienleben daheim verhinderte jede irritierende Diskussion, man lebte an Begriffen wie Marxismus und Faschismus gutbürgerlich vorbei, wobei die Frömmigkeit der Mutter wie eine zusätzliche Schallmauer wirkte, die keine politische Erschütterung in den engen Kreis der Familie eindringen ließ.

Durch Seffs Auswanderungsplan darauf hingestoßen, begann Anna sich des drohenden Zeitgeistes aus rein persönlichen Gründen jedoch ein wenig bewußter zu werden. Der Nationalsozialismus, der in Österreich verboten war, schwelte schließlich auch in ihrem Liebsten und trieb ihn davon. Leichthin hatte sie das neue Wort »Nazi« übernommen, vor allem, weil die Studenten mit ihren blöden Parolen ihr mißfallen hatten. Aber der Vater war in der Lage gewesen, sie zu beruhigen, er bezeichnete Leute, die sich nationalsozialistisch gebärdeten, als ›Karnickel‹ und ›blöd halt‹, daran konnte sie bislang festhalten.

Bis Seff beschloß, sie zu verlassen. Da begann Anna sein Verhalten als politisch beeinflußt zu betrachten. Nicht, daß sie jetzt etwa mehr von Politik verstanden hätte. Aber sie konnte sich auf diese Weise besser einreden, er wolle nicht etwa ihretwegen nach Brasilien abhauen. Der Nationalsozialismus war schuld daran, daß sie sich trennen mußten! Nur der!

Seine Mutter und alle Geschwister würden Seff zum Bahnhof begleiten und sich dort von ihm verabschieden, da wollte Anna nicht dabei sein. Auch weil sie fühlte, daß Mutter Hedwig das nicht gutheißen würde.

Anna und Seff trafen einander also am Abend davor in einem Beisel in Währing. Anna brachte keinen Bissen hinunter, weil sie krampfhaft ihre Tränen verschlucken mußte, und Seff entging das natürlich nicht.

»Ach Anni«, sagte er trübe.

Sie hob den Blick und sah ihn mit nassen Augen an.

»Ja?«

Er seufzte.

»Ich schreibe dir doch regelmäßig, wir werden in Kontakt bleiben, das kannst du mir glauben!«

»Ja«, sagte Anna. Mehr brachte sie nicht heraus. Ein Verstummen hatte von ihr Besitz ergriffen, gegen das sie sich nicht wehren konnte. Sie war froh, daß Seff weitersprach.

»Es ist gut, daß ich morgen abreise, Anni. Du verstehst zu wenig davon, aber meine politische Einstellung verträgt sich zur Zeit nicht mit den österreichischen Zuständen.« Ach ja, deine ewigen Nationalsozialisten, die hier illegal sind, dachte Anna, sagte aber kein Wort. »In Brasilien werde ich Menschen treffen, mit denen ich einer Meinung sein kann«, fuhr Seff fort, »ich hab' die interessante Arbeit bei Texas Oil, werde mir Land und Leute genau ansehen und dieses Südamerika wirklich kennenlernen, hoffe ich. Der Franz und die Ritschi sind doch auch so gern immer wieder auf der ganzen Welt unterwegs, wir Geschwister scheinen das im Blut zu haben. Aber der Rudi, der bleibt in Wien! Darüber bin ich froh, daß jemand ein bissel auf dich aufpaßt. Er ist doch ein netter Kerl, der Rudi, findest du nicht?«

Anna nickte und dachte: Laß mich doch endlich mit deinem Bruder in Ruh, du bist der, der abhaut. Aber wieder schwieg sie.

Es war ein Abschiedsabend, der sich schwer auf ihre Seele legte. Auch weil sie fühlte, wie gern dieser Seff davonfuhr und alles andere hinter sich ließ, auch und vor allem ›seine Anni‹, die er selbst gar nicht besitzen wollte, mit der er sich ja schließlich nie verlobt hatte. Daß er trotzdem allseits als ihr Verlobter galt, wurde für ihn zu einer Fessel, von der er sich zu befreien versuchte, auch deshalb wollte er außer Landes gehen, nicht nur aus existentiellen und politischen Gründen, das war Anna jetzt klar. Und diese Klarheit tat ihr am meisten weh.

Als er sie vor dem Haustor in der Schulgasse umarmte, brachte Anna kein Wort hervor. Sie umklammerte ihn nur kurz und heftig, suchte ihren Schlüssel hervor und sperrte auf. Aber ehe sie in der Einfahrt verschwand, rief Seff ihr noch hinterher: »Bitte Anni, nimm's nicht so tragisch!« Da wandte sie sich mit einem Auflachen um. »Ach wo, Seff! Die Anni macht das schon!« Und mit dem Gefühl, über alle Maßen heroisch gehandelt zu haben, warf sie das schwere Tor hinter sich zu.

*

Die ersten Tage nach Seffs Abreise glichen einer endlosen Dunkelheit, in die kein tröstendes oder bedauerndes Wort Eingang fand. Anna schlief viel, versuchte in Tagträume zu entfliehen, aß wenig und machte den Eltern Sorgen. Aber obwohl sie sich tödlich getroffen wähnte, ging die Welt nicht unter, sondern das Leben trotzdem weiter. Und es füllte sich zu Annas Erstaunen allmählich auch wieder mit etwas Helligkeit. Es war vor allem Freundin Inge, die sie aus ihrem Weh zu reißen verstand, indem sie Anna trotz der immer wieder scherzhaft zitierten ›tragischen Kuhaugen‹ eine Menge aufbauender und vergnüglicher Unternehmungen verordnete. Das reichte von Theaterbesuchen bis hin zu Tanzabenden mit Studienkollegen, und Inge ließ Annas melancholische Abwehr einfach nicht gelten. »Keine Widerrede, du kommst mit!« hieß es, und Anna begann zu gehorchen. Anfangs lustlos, aber mit der Zeit bereitwilliger. Vor allem, nachdem sie den ersten Brief aus Brasilien erhalten hatte, in dem immerhin stand, und sei es aus Höflichkeit, daß man sie vermisse, schwand die ärgste Düsternis und Anna konnte wieder ab und zu fröhlich sein.

Außerdem meldete sich eines Tages, wie versprochen, auch Seffs Bruder Rudi bei ihr. Sie verabredeten sich. Und als Anna am frühen Abend mit Inge das Gebäude der Kunstgewerbeschule verließ, staunte auch die Freundin. »Der ist ja fast genauso fesch«, flüsterte sie Anna zu, »in dieser Familie muß wo ein Nest sein!«

Anna verbiß sich ihr Lachen, aber sie hatte ähnliches gedacht, als sie Rudi erblickte. Hochgewachsen, in lässig-eleganter Haltung stand er da und wartete auf sie. Nachdem sie ihn und Inge einander vorgestellt hatte, verabschiedete sich die Freundin, jedoch nicht ohne Anna aufmunternd zuzuzwinkern.

Und Anna ließ sich ohne Umschweife auf diese Aufmunterung ein. Rudi gefiel ihr. An diesem ersten Abend waren sie beim Heurigen, und sie lachte zum ersten Mal seit Seffs Abschied wieder Tränen. Aber auch darüber, über diesen schmerzhaften Abschied konnte sie mit Rudi sprechen, er war nicht nur lustig, sondern auch ein ernsthafter Zuhörer und Ratgeber. Er versuchte ihr den Bruder aus seiner Sicht zu erklären, Seff sei ein furchtbar lieber Mensch, aber nicht allzu mutig und deshalb gern in irgendwelchen Gruppierungen zu Hause.

»Du meinst – er ist das – was man einen Vereinsmeier nennt?« fragte Anna zögernd.

Rudi lächelte.

»Ein bißchen«, sagte er, »aber nicht nur. Er kann zeitweise auch sehr zurückgezogen und nur für sich allein bleiben wollen. Ein sturer Einzelgänger kann er auch sein.«

»Letzteres hab ich gemerkt«, sagte Anna trocken.

Bald sahen sie einander häufiger. Rudi holte Anna gern von der Kunstschule ab, sie besuchten Cafés, ab und zu ein Restaurant und öfter das Heurigenlokal in Grinzing. Und seine beständig gute Laune baute Anna wieder auf, wenn Briefe aus Brasilien sie niedergedrückt hatten. Erstens trudelten diese äußerst selten ein, und sie glichen Pflichtübungen. Jedenfalls erschien es Anna so. Seff berichtete zwar begeistert von der Schönheit des Landes, er hätte bereits Freunde gewonnen, in der Texas Oil Company wäre seine Arbeit ein Vergnügen, seine Zeilen strotzten vor Lebensfreude. Aber sie enthielten kaum Äußerungen, die ihr, Anna, galten. Keine Empfindung wurde fühlbar, die aus dem Herzen zu kommen schien, fand Anna, nur Floskeln wie »Natürlich wäre schön, Du könntest dies oder das auch sehen« oder »ich grüße Dich mit einem Kuß« hatte er für sie übrig. Keines seiner Worte drückte Sehnsucht oder gar Verlangen aus.

Rudi tröstete sie. »Er findet sich erst mal selber zurecht«, sagte er, »alles ist neu für ihn, das frißt auf, glaub mir. Später wirst du ihm mit Sicherheit mehr und mehr fehlen, glaub mir auch das.«

Und Anna versuchte ihm zu glauben und ihren Liebesschmerz zu bändigen. Sie freute sich, wenn Rudi auftauchte. Bis ihr auffiel, daß sie sich allzusehr freute. Daß auch er sie zur Begrüßung immer strahlender ansah und zum Abschied immer fester an sich drückte, blieb ihr ebenfalls nicht verborgen. Verlieben wir uns gar? dachte Anna, und ein Schauder des Verbotenen durchfuhr sie. Rudi war schließlich der Bruder des Mannes, dem ihr Liebesleid galt! Und er hatte Rudi darum gebeten, während seiner Abwesenheit auf ›seine Anni‹ aufzupassen, ohne daran zu zweifeln, daß sie und Rudi nur Freunde bleiben würden. Ein plötzlicher Trotz stieg heiß in Anna auf. Selber schuld! dachte sie. Er vermißt mich kein kleines bißchen, obwohl er das in seinem ersten Brief erwähnt hat, aber nur wie ein braver Schüler! Er ist überglücklich dort in seinem Brasilien! Keine Silbe davon, daß er mich vielleicht liebt oder sehnsüchtig an mich denken würde! Also! Ich könnte jetzt ohne jedes schlechte Gewissen eine Liaison mit seinem Bruder beginnen!

Aber Anna hatte ein schlechtes Gewissen. Also versuchte sie Abstand zu halten, zu ihren eigenen Empfindungen ebenso wie zu Rudis fühlbaren Annäherungsversuchen. Obwohl es ihr mehr und mehr Mühe bereitete, entzog sie sich allzu engen Umarmungen und vermied, sich von ihm zur Begrüßung küssen zu lassen. Aber das erotische Flirren zwischen ihr und Rudi wurde unübersehbar und fiel auch Freundin Inge auf.

»Verpatz dir den Seff nicht«, sagte die eines Tages, »ein bissel flirten tut dir sicher gut, aber laß es nicht mehr werden.«

»Nix wird mehr!« antwortete Anna, während sie sich vor dem Spiegel in der Schultoilette frisierte und Inge ihr dabei zusah.

»Und wegen nix machst du dir solche Mühe, diesen kühnen Wuschelkopf zustande zu bringen?« fragte die Freundin ironisch, »tust du das nicht nur, weil er dich jetzt gleich wieder abholen wird?«

Anna ließ den Kamm sinken und schaute ihrem Spiegelbild ernst in die Augen. »Ich tu's, weil der Seff nicht da ist«, sagte sie.

Inge trat mit prüfendem Blick hinter sie.

»Glaubst du das wirklich?«

»Ja. Er hat mich sitzenlassen.«

»Er schreibt dir doch dauernd.«

»Ja, ähnlich wie seinen Freunden, seiner Mutter und den Geschwistern, denk' ich. Er schreibt halt brav. Aber er liebt mich nicht.«

»Liebst du ihn denn wirklich? Ganz ehrlich?«

Ohne sich umzuwenden, starrte Anna die Freundin im Spiegel an.

»Aber ja! Frag nicht so!«

»Ist er dir nicht nur deshalb so wichtig geworden, weil er sich entzogen hat? Weil man immer das haben will, was man nicht kriegt?«

Anna blieb reglos Aug in Auge mit der Freundin, bis sie plötzlich den Kopf schüttelte.

»Inge, du bist unausstehlich«, sagte sie.

Dann wandte sie sich vom Spiegel ab, verstaute den Kamm in der Handtasche, strich ihren kurzen Rock und die Seidenstrümpfe glatt und ging. An der Tür aber wandte sie sich nochmals um.

»Vielleicht krieg' ich ihn ja doch noch, meinen Seff!« sagte sie mit einem plötzlichen Lausbubenlächeln, dann verschwand sie.

Daheim in der Schulgasse hielt Anna den Flirt mit Rudi geheim, denn man bedauerte sie dort immer noch wie eine Kranke. Für die Familie blieb sie die unschuldig Verlassene, der man Trost angedeihen lassen mußte. Heurigenbesuche! Noch dazu mit Seffs Bruder! Das hätten sie niemals verstanden, es hätte ihr Weltbild zerstört. Also redete Anna sich auf Abendkurse aus, wenn sie später nach Hause kam. Die Mutter fand zwar, daß es doch genügen müßte, tagsüber so etwas Unnötiges wie Kunst zu studieren, aber der Vater maßregelte seine Gattin sofort, wenn er solches vernahm. »Das verstehst' nicht, Mama, da geht's eben anders zu als in deiner Kirch'n!« Zu solchen Sätzen ließ er sich hinreißen, und der Haussegen stand deshalb öfter schief. Wenn man ihre Frömmigkeit angriff, war Hermine nur schwer wieder versöhnlich zu stimmen, und Anna schämte sich, daß der Vater die Mutter solcherart beleidigte, um ahnungslos die Schwindeleien seiner Tochter zu verteidigen. Sie war zwar stolz, daß er so viel von ihrem Studium hielt, aber seine Gutgläubigkeit tat ihr weh. Immer wieder nahm sie sich vor, ihre Rendezvous bleiben zu lassen, oder zumindest einzuschränken, aber Rudi belebte ihr junges Frausein, das gekränkt worden war. Ohne seine heitere Verehrung hätte sie zu sehr gelitten.

*

Alles war wie immer. Kunstgewerbeschule. Freiheit und familiäre Enge. Flirts und Einsamkeit. Das Gefühl, hübsch zu sein, immer wieder davon abgelöst, sich als häßliches Entlein zu fühlen. Die Weltwirtschaftskrise, von Anna kaum wahrgenommen, weil im heimischen Wohlergehen geborgen. Der Glasmalereibetrieb lief gut. Seff war schon so lange im Ausland, trotz der Routine ihres Briefwechsels begann sein Bild allmählich zu verblassen. Er schickte Fotos, die ihn strahlend und verwegen zeigten, soweit die winzigen, schlecht belichteten Aufnahmen mit den gezackten Rändern es zuließen. Aber er selbst schien sich auch mehr und mehr zu verkleinern, eine winzige ferne Figur zu werden, Anna wußte oft nicht mehr, was er ihr je bedeutet hatte. Wenn sie an ihn dachte, schob sich oft das lächelnde Gesicht seines Bruders dazwischen, und das machte ihr Angst. Gerade deshalb ließ sie sich in schmachtenden Posen fotografieren, Aufnahmen, die Seff beweisen sollten, daß sie um ihn litt. Meist waren es ebenfalls winzige, verwackelte Bildchen, aber sie vertieften den Sehnsuchtsruf, der aus ihren geschriebenen Worten zu ihm dringen sollte. Manchmal legte sie den Briefen auch ein Gedicht bei, denn das Gefühl des Verlassenwerdens hatte ihr Bedürfnis, sich lyrisch auszudrücken, wieder erweckt. Und auf Seff schien ihre Poesie Eindruck zu machen. Unterschied sie sich doch von den eher schlichten Texten seiner Wanderlieder, die er oft auch selbst verfaßte, aber er fand neidlos: »Liebste Anni, Du bist ja wahrlich eine Dichterin!« So schrieb er, mit begeistertem Ausrufezeichen, als er eines ihrer Gedichte erhalten hatte.

Die Qual spür ich wieder
dann weine ich sehr
es sonnet und blühet
nur im Traum um mich her

So lautete das Ende dieses Poems, und daß Seff gerade davon angetan war, gab Anna Auftrieb. Oft saß sie, verborgen im Garten oder nachts im Bett, und schrieb. Stürzte sich dichtend in Liebesleid und Sehnsucht, sah den feschen Seff vor sich, zwischen Palmen und schönen Brasilianerinnen, was sie erregte. Beim Gedichteschreiben verliebte sie sich neuerlich in ihn, und trotzdem so, als wäre es zum ersten Mal.

So balancierte sie also zwischen dem Traum einer ersehnten, fernen Liebe und der Realität, eine junge, hübsche Kunststudentin zu sein, die sich ihrer Anziehung auf Männer bewußt wurde und dem Leben in seiner Gänze sehnsüchtig entgegensah. Die nicht nur litt, weil ein Liebster sie augenscheinlich verlassen hatte, sondern auch an den drückenden Gegebenheiten des Alltags, der Familie. Die auffliegen wollte. Wegfliegen.

Schwester Minnie schüttelte verständnislos den Kopf, als Anna eines Tages mit ihr über diese quälende innere Auflehnung sprechen und sie nach vielleicht ähnlichen Empfindungen befragen wollte.

»Geh Anni, was hast' denn! Wir haben's doch gut, schau wie arm manche Leut' heutzutage dran sind!« wies Minnie die Schwester zurecht. Sie selbst schien ruhig und freundlich dahinzuleben, hatte immer noch ihren Freund, der mittlerweile auch zum Hochzeitstag der Eltern und zu anderen Familienfesten eingeladen wurde, ein netter junger Mann mit dicken Brillengläsern. Auch die jüngeren Schwestern wurden langsam erwachsener, aber Anna übersah sie nach wie vor. Die Mutter blieb auf lästige Weise fromm, der Vater arbeitete wie immer in seiner Werkstatt. Außer ihren Lehrstunden bei ihm, die sie liebte, die ja auch in einer völlig andersartigen Welt stattfanden, wurden Anna häusliche Gemeinsamkeiten mehr und mehr verhaßt. Deren brave, dumpfe, regulierte Spießbürgerlichkeit drückte sie nieder, drückte auf ihre Seele. So konnte doch das Leben nicht aussehen, dem sie entgegenging! Ihr Weg mußte sich davon doch völlig unterscheiden, mit Glanz und Abenteuer gesegnet sein!

*

Der Juni 1929 wurde für Anna ein Monat des Triumphes. Sie bestand die Gesellenprüfung im Glasmalereihandwerk und erhielt einige Tage später ein glänzendes *Jahreszeugnis der allgemeinen Abteilung der Kunstgewerbeschule des österreichischen Museums, Wien 1. Stubenring Nr. 3.*

Professor Cizek drückte ihr lächelnd die Hand, Inge umarmte sie begeistert, ohne ihre eigenen nicht allzu guten Noten arg zu betrauern, und man wünschte einander einen schönen Sommer. Inge hatte vor, ihn im Haus ihrer Mutter in der Wachau zu verbringen, vielleicht würde Anna sie besuchen, auf jeden Fall würde man einander schreiben. Rudi stand mit einem Blumenstrauß vor dem Eingangstor und grinste, als Anna ihn erspähte. »Hab' ich's mir doch gedacht, daß heute eine Heldin auf die Straße tritt«, sagte er, »ich melde mich sofort für einen Heurigenbesuch zur Feier dieses Sieges an!« Wie lieb, dachte Anna, aber doch ein bißchen zu intim, wie er mein Leben verfolgt. Trotzdem verabredete sie sich mit ihm.

In der Schulgasse wurde sie gefeiert, vom Vater mit ehrlicher Begeisterung, von den Damen des Hauses etwas halbherziger. Hermine hätte diese Tochter lieber gut verheiratet gesehen, statt mit ihr als kommender Glasmalerei-Chefin rechnen zu müssen, und die Schwestern waren wohl ein wenig eifersüchtig, daß Anna vom Vater so bewundert und ihnen vorgezogen wurde. Aber es gab ein Familienfest im Garten, mit Großmutter, Tante Anna, Cousin Peppi, weiteren Familienmitgliedern und Bekannten, auch ein paar Nachbarn waren geladen, und sogar der Onkel Edwin erwies Anna, diesmal körperlich höchst distanziert, die Ehre. Da benahmen sich auch die Schwestern schattenlos aufgekratzt, alle prosteten Anna zu, der Nachmittag war frühsommerlich warm, die Kastanien blühten, und der einzige, der fehlte, aber von niemandem erwähnt wurde, war Seff. Und die einzige, der dies die Freude verdarb und das Gemüt verdunkelte, war Anna. Also gut, dachte sie trotzig, dann feiere ich eben mit deinem Bruder! Wenn du es so willst!

Sie konnte sich nicht mehr auf Abendkurse ausreden, deshalb traf sie Rudi diesmal zu einem Ausflug in den Wienerwald, offiziell »mit Freunden« unternommen.

Nachmittags landeten sie in einem Heurigengarten, saßen sich gegenüber, die Gesichter über den schmalen Holztisch einander immer näher zugeneigt, und Anna ließ tiefe Blicke zu, bei denen ihr leise Schauer durch den Körper rieselten. Aber küssen ließ sie sich nicht. Noch nicht, dachte sie.

Rudi erkundigte sich nach ihren Plänen.

»Was hast denn jetzt vor, Anni, mit dem Gesellenzeugnis in der Tasche? Und den drei Jahren Kunstgewerbeschule erfolgreich hinter dir?«

»Kunst möchte ich noch weiterstudieren, beim Cizek«, sagte Anna. »Der Vater gibt den Betrieb ja noch nicht auf, und ich fühle mich ja vor allem als Künstlerin.«

»Und was sagt der Seff dazu?«

Anna schwieg und sah vor sich hin.

»Weiß er von deinen Erfolgen?« bohrte Rudi weiter.

»Ich hab's ihm telegraphiert«, antwortete Anna, »aber ich weiß nicht, was er dazu sagt. Er hat noch nicht geantwortet.«

Da schwiegen beide, und Rudis Blick auf Anna wurde gedankenvoll.

»Er hat eine Menge zu tun drüben, unser Seff«, sagte er dann, offensichtlich bemüht, den Bruder vor ihr nicht schlechtzumachen, »uns schreibt er ja dauernd von seinen G'schaftln und wie schnell und gut er Portugiesisch lernt.«

»Ja«, sagte Anna, »er ist eben ein G'schaftlhuber.«

Da lachte Rudi nur auf, statt den Bruder zu verteidigen, und bestellte noch zwei Gläser Wein. Anna aber blieb traurig, obwohl sie sich bemühte, fröhlich zu wirken. Den kümmert, was ich tu und denke, dachte sie, warum ist es nicht der Seff, der mir gegenübersitzt, mir gratuliert, mich nach meinen Plänen fragt und mich eigentlich gern küssen würde?

Rudi brachte sie nach Hause. Es war noch nicht spät, die Gasse hell, der Himmel über den Häusern rosig. Als er sie an sich ziehen wollte, fühlte Rudi ihren körperlichen Widerstand und ließ sie rasch wieder los.

»Ich werd' im Sommer viel unterwegs sein«, sagte er, »aber ich melde mich. Immer wieder.«

Anna küßte ihn auf die Wange.

»Leb wohl, Rudi«, sagte sie.

*

Es geschah einige Wochen später, Ende Juli, an einem schwülen Tag. Die dunkle Wolkendecke verhieß ein Gewitter, aber Anna wollte noch nicht ins Haus gehen, sie verharrte trotz des fernen Donnergrollens regungslos im Liegestuhl unter den Obstbäumen.

»Gleich!« rief sie, als die Mutter sie durch das Fenster aufforderte, zum Nachmittagskaffee in die Stube zu kommen. Mit ihr und den Schwestern befand sie sich zur Zeit in Garsten, davor hatte sie Inge in der Wachau besucht, und jetzt wollte sie eine Weile hier ausruhen. Wovon, wußte sie nicht recht, aber sie fühlte sich müde, nahezu erschöpft. Vielleicht hatte sie mit der Freundin allzu viele weibliche Probleme erörtert. Sie hatten über den Fluß geschaut, saßen mit baumelnden Beinen nebeneinander auf einer hohen Steinmauer, und unter ihnen floß die Donau vorbei. Ebenso verfloß die Zeit, langsam und träge, in diesen untätigen, sommerlichen Tagen, die die Freundinnen zu endlosen Gesprächen verführte. Anklage, Selbstmitleid, Liebe, das junge Frausein, der ewige eine, oder vielleicht kein Mann, all dies wurde von ihnen unermüdlich, fast ausschweifend beredet. Vielleicht hatte Anna das so müde gemacht. Hier, in der geliebten Ländlichkeit ihrer Kindertage, ihres romantischen Rückzugs als Mädchen, hier wollte sie »genesen«. Daß sie von irgend etwas geplagt war, das Genesung forderte, fühlte sie. Was genau es war, konnte sie aber nicht sagen.

Anna räkelte sich faul in ihrem Liegestuhl, erhob sich aber dann doch und ging zur Nachmittagsjause ins Haus hinüber. Es roch nach frischgebackenem Kuchen, Hermine und die Schwestern hatten ihre Handarbeiten zur Seite gelegt, und Anna schlürfte ihren Kaffee, ohne auf das am Tisch herrschende Geplauder einzugehen. Auch hier in Garsten schlich die Zeit dahin. Ab und zu hatte Anna ein wenig gezeichnet oder geschrieben, jedoch ohne wirklichen Antrieb, sie blieb der sommerlichen Trägheit hingegeben.

An diesem Abend sollte der Vater mit dem Spätzug aus Wien zu ihnen kommen, das Wochenende stand vor der Tür. Wie immer erwartete man ihn, aber nur Anna wanderte durch die Dämmerung zum Bahnhof, um ihn abzuholen. Hermine und die anderen Töchter blieben damit beschäftigt, ein möglichst schmackhaftes Abendessen zuzubereiten, denn seine Ankunft wurde stets mit Speis' und Trank gefeiert.

Als der Vater aus dem Zugabteil stieg und auf Anna zukam, fühlte sie in seinen langsamen, fast schweren Bewegungen sofort auch etwas anderes auf sich zukommen, etwas von einschneidender Bedeutung.

»Was ist denn?« fragte sie, nachdem sie einander kurz umarmt hatten, »hast du was, Papa?«

Er sah sie mit einem dunklen Blick an.

»Das kann man wohl sagen«, erwiderte er, »ich hab was. Da, in meiner Tasche.«

»Was denn?«

»Einen Brief.«

»Einen Brief?«

»Ja, aus Brasilien. Von deinem Seff. Er hat bei mir um deine Hand angehalten.«

»Er hat –?«

»Hat er.«

Anna war sprachlos. Beim nächtlichen Heimweg schwieg sie, obwohl ihr auffiel, daß der Vater schwerer atmete als sonst. Auch als er die Gattin und die anderen Töchter begrüßt hatte und man sich an den gedeckten Tisch setzte, schwieg sie. Als er aufseufzte und den Brief hervorzog, um ihn der versammelten Familie vorzulesen, schwieg sie. Stumm vernahm sie Seffs wohlgesetzten, förmlichen Heiratsantrag. Das verblüffte Gesicht der Mutter und die Aufschreie der Schwestern quittierte sie mit keinem Wort. »Anni!! Was sagst!?« gellte es in ihre Ohren, »er will dich ja doch heiraten! Er hat dich doch nicht sitzenlassen!!«

»Ja, aber!« rief Hermine dazwischen, »er will, daß du rüberkommst! Der will dich gar nach Brasilien locken!«

Anna saß mit gesenkten Augen schweigend da. Sie wußte, wer sie im allgemeinen Aufruhr wortlos fragend ansah. Sie wußte, daß der Vater auf ihre Antwort wartete. Sie wußte, daß diese Heirat ihn tief enttäuschen und all seine Pläne zerstören würde. Und sie wußte, daß in ihr trotzdem nur Jubel herrschte. Sie würde nach Brasilien reisen! Sie würde ihren Seff heiraten! Endlich würde geschehen, was sie so lang ersehnt hatte.

Als sie den Kopf hob und den Vater anschaute, nickte der

nur traurig.«So, wie du jetzt strahlst – klar wirst ihm hinterherfahr'n.«

*

Die Monate bis zu ihrer Abreise wurden für Anna ein Wechselbad aus Vorfreude und Wehmut. Vor allem die Gewißheit, dem Vater die Pläne seines Alters durchkreuzt zu haben, tat ihr weh. Mehr als die Gewißheit, jetzt auch die Kunstgewerbeschule und ihre eigene künstlerische Laufbahn zu beenden. Das geht dann schon irgendwie weiter, dachte Anna, ich kann ja auch in Brasilien als Künstlerin arbeiten. Aber der Papa! Der hat so auf mich gebaut, und jetzt lasse ich ihn im Stich! Wer führt den Betrieb, wenn er nicht mehr kann? Diese Überlegungen quälten sie, obwohl, oder vielleicht gerade deshalb, weil der Vater ihr keine Vorwürfe machte.

Franz Goetzer war von ihr natürlich schmerzlich enttäuscht worden, aber er versuchte seiner Tochter nichts auszureden, sie in keiner Weise zurückzuhalten. Eine junge Frau heiratet eben eines Tages, ein ehernes Gesetz, er hatte das ja auch bei der Anni erwartet, daran war wohl nicht zu rütteln. Dumm war nur das ferne Brasilien, warum konnte dieser zögerliche Bräutigam denn nicht hier in Wien bleiben!

Wer aus diesem Grund nicht zu jammern aufhören wollte, war Mutter Hermine. Zu den Negern würde die Anni reisen, in ein wildes Land, nur Dschungel und Hitze dort, den ganzen Ozean muß sie überqueren, was da alles passieren kann, lieber Gott, warum diese Strafe! Heiraten, ja! Aber doch nicht bei den Hottentotten!

»Hör auf mit deinem Gejeier«, sagte der Vater schließlich, »erinnere dich, die Anni war so unglücklich, wie der Kerl auf einmal davon ist. Jetzt sei froh, daß er sie doch nicht hat sitzenlassen!«

»Und die Glasmalerei?« fragte Hermine aufgebracht, »damit hat sie dich sitzenlassen!«

Der Gatte schwieg. Seine Frau hatte eine Wunde berührt, über die er nicht sprechen wollte. Bis zu seinem Tod wollte er das nicht.

Die Reisevorbereitungen nahmen Anna in Anspruch. Briefe gingen hin und her. Sie würden in Rio Grande heiraten, wo Seff zur Zeit tätig war. Eine Schiffspassage wurde gebucht, im November, auf dem Schiff ›Weser‹ des Norddeutschen Lloyd in Bremen. Sie mußte sich um ein *Certificado negativo de antecedentes penales* bemühen, auf deutsch »Sitten-Zeugnis« genannt, was Anna empörte. Aber die *Polizei-Direction Wien* stellte es ihr, der *Kunstgewerblerin, ledig*, am 6. Oktober aus. Auch ein *Attestado de vaccinacao e saude*, ein Impf- und Gesundheitszeugnis, verlangte die *Republica dos Estados Unidos do Brasil*, der *Consulado do Brasil* und ein Amtsarzt der Wiener Polizei unterschrieben, jeweils am 9. und 15. Oktober. Man verlangte von ihr den Geburtsschein, Taufschein, Heimatschein. Scheine, Scheine, Scheine.

Anna verbrachte wegen all der notwendigen Dokumente so viele Stunden auf Ämtern, daß es ihr fast die Abenteuerlust verdarb. Aber die jetzt feurigeren Liebesbriefe ihres Verlobten, wie sie ihn ab nun mit Fug und Recht nennen durfte, gaben ihrer Vorfreude immer wieder neue Nahrung. Manchmal hatte sie das Gefühl, zu schweben. Ja, bereits davonzuschweben, nicht mehr wirklich in Wien anwesend zu sein.

Es gab die Abschiedstreffen mit Inge und anderen Kunststudenten, wobei nur zwischen ihr und der Freundin kurzfristig Traurigkeit ausbrach. »Du kommst mich in Brasilien besuchen!« lautete jedoch der rasche Trost.

Es gab die Nachmittage in der Schlösselgasse bei Seffs Familie, wo sie als künftige Schwiegertochter jetzt eine weitaus innigere Aufnahme fand. Sogar Mutter Hedwig bemühte sich, freundlich zu wirken, und Anna genügte das. Macht nichts, daß sie mich nicht mag, dachte sie, Hauptsache, ihr Sohn liebt mich.

Wer seine leise Betrübnis mit Ironie zudeckte, war Rudi. »Endlich hat er's begriffen, mein langsamer Bruder!« sagte er und wurde für sie sofort zum netten Schwager. Warum in dieser Konstellation nicht weiterhin vertraute Blicke und Umarmungen zulassen! Daß er darunter vielleicht ein wenig litt, machte Anna erstaunlich wenig aus.

In ihrer eigenen Familie wurden immer wieder besorgte Fragen gestellt, die Mutter jammerte, der Vater schwieg. Es wurde gekichert und geweint und Annas Garderobe im Hinblick auf südliche, ja tropische Anforderungen neu zusammengestellt. Mitglieder der Verwandtschaft und Freunde fanden sich immer wieder ein, um rührselig Abschied zu nehmen. Man saß im Garten beisammen, es gab heiße Spätsommertage, dann das goldene Laub der Kastanien, der Oktober zog vorbei.

*

Am 3. November 1930, an einem trüben Spätherbsttag, verließ Anna Wien. Als der Zug aus dem Bahnhof rollte, blickte sie unter Tränen zurück und winkte, sie winkte wie wild, weit aus dem Abteilfenster gebeugt, bis all die vertrauten Menschen ihres bisherigen Lebens aus dem Blickfeld gerieten und verschwunden waren. Dann erst nahm sie Platz, trocknete ihre Augen, atmete tief ein und wurde sich bewußt, ihre weite Reise jetzt auch wirklich angetreten zu haben. Der Leopoldsberg, die herbstlichen Auwälder am Fluß, vertraute Donauufer glitten an ihr vorbei und entschwanden ebenfalls.

Anna fuhr nach Prag. Dort sollte sie Verwandte der Schwiegereltern besuchen, sich ihnen als Seffs künftige Ehefrau vorstellen und auch bei ihnen nächtigen. Man empfing sie mit Neugier und Herzlichkeit, sie mußte Fragen beantworten, und allerhand Familiengeschichten wurden ihr erzählt. Auch Episoden aus einer Zeit, als Seff die beiden mehrmals in Prag besucht hatte. Letztere interessierte Anna am meisten, denn manchmal beschlich sie das Gefühl, ihren fernen Bräutigam kaum mehr zu kennen. Das wird sich legen, wenn wir wirklich beisammen sind! dachte sie. Wenn wir endlich wirklich beisammen sind!

Nur kurz war der Aufenthalt in dieser Stadt, die auf Anna einen romantischen und altertümlichen Eindruck machte. Aber Hedda und Tonsch, zwei junge, reizende Leute, Cousine und Cousin von Seff, führten sie herum und ließen sie fröhliche, ja übermütige Stunden erleben. Die beiden brachten sie tags darauf auch zur Bahn, umarmten sie innig und winkten ihr nach wie einer Freundin.

Und Anna fuhr weiter. Sie fuhr über Dresden, Magdeburg, Hannover. Sie sah Windmühlen in den weiten Ebenen und im Licht eines fahlen Morgens die Umrisse Bremens, ehe der Zug in die große Bahnhofshalle einfuhr. In Bremen gab es für sie einen Aufenthalt von drei Tagen, und Anna bemühte sich, alles selbständig und furchtlos zu bewältigen, da auch hier noch einige Formalitäten erledigt werden mußten. Anfangs wagte sie allein durch die Stadt zu schlendern, die ihr als bedeutende deutsche Handelsmetropole avisiert worden war. Aber schon am zweiten Tag lernte sie im Hotel einen

höflichen, etwas älteren Deutschen kennen, dessen sehr blaue
Augen ihr gefielen und Vertrauen einflößten. Auch er würde
mit demselben Schiff, der ›Weser‹, nach Südamerika reisen
und bot ihr an, sie zu begleiten und ihr behilflich zu sein,
wann immer sie Hilfe benötige.

Das erleichterte ihr ab nun die Reise. Der Mann hieß Bernd
Zettler, war Leiter einer Handelsagentur, unaufdringlich und
klug, und ihn zur Seite zu haben ließ Anna die weiteren Stationen ihrer Reise im Gefühl einer gewissen Geborgenheit
erleben.

An einem strahlenden Morgen fuhren sie im Sonderzug des
›Norddeutschen Lloyd‹ nach Bremerhaven. Und Anna erblickte dort zum ersten Mal in ihrem Leben das Meer. Der
Zug hielt am Hafen, direkt vor der ›Weser‹. Sich diesem Schiff
für viele Tage anzuvertrauen, um die endlose Wasserfläche
der Weltmeere zu überqueren, ließ Anna ein wenig schaudern. Sie verstaute ihr Handgepäck in der Kabine, eilte wieder an Deck und beobachtete von der Reling aus das lautstarke Treiben am Kai, das Verladen der Gepäckstücke, und
weitere Passagiere, die an Bord gingen.

Plötzlich aber zog Schlechtwetter auf, der Novemberwind
peitschte die Wellen, feiner Sprühregen setzte ein. Das Heulen der Sirene ertönte so unvermittelt und ohrenbetäubend,
daß Anna erschrak. Dann begann die Bordkapelle zu spielen, sie spielte gegen den Wind an, und trotz beabsichtigter
freudiger Aufbruchsstimmung klang die Musik seltsam wehmütig. Auf einmal fühlte Anna sich verlassen. Da stand sie
nun, unter den vielen fremden Menschen, allein auf einem
riesigen Dampfer, der langsam ablegte. Die winkenden Menschen am Ufer blieben zurück und auch ihr »Heimatland«.

Sie konnte nicht anders, als es so zu nennen, so zu empfinden. Ja, sie verließ ihre Heimat.

Da trat Bernd Zettler lächelnd an ihre Seite.

»Jetzt geht es also wirklich los, Fräulein Anna«, sagte er, und seine Nähe tröstete sie. Auch daß er es beibehielt, sie Anna zu nennen, und auf so unerschütterliche Weise höflich blieb, tat ihr wohl. Ob ihre Kabine in Ordnung sei? Er einen Tisch organisieren solle, an dem sie gemeinsam speisen könnten? Mit seinen Fragen nahm er ihr das Abschiedsweh, und sie freute sich wieder auf alles Kommende. Ja, die Kabine sei sehr hübsch. Ja, gern säße sie bei den Mahlzeiten mit ihm an einem Tisch.

*

Schon am ersten Abend jedoch steigerte sich das Schlechtwetter zu einem orkanartigen Sturm, das Schiff wurde von den Wogen wild hin und her geschleudert, niemand konnte an Deck bleiben, und Anna zog sich in ihre Kabine zurück. Ihr war totenübel, sie mußte sich immer wieder übergeben, hatte entsetzliche Angst, und in dieser endlos scheinenden Nacht verfluchte sie ihre Reise. Aber schon am folgenden Morgen beruhigten sich sowohl die See als auch Annas Magen, sie erholte sich bei einem Frühstück an der Seite Bernd Zettlers, der ihre Ängste zartfühlend belächelte, und fand das Leben wieder wunderbar.

Ab nun folgten herrliche Sonnentage, Anna genoß die Weite des Meeres, das Leben an Bord, die köstlichen Mahlzeiten und ihren höflichen Begleiter. Auf der Fahrt durch den Kanal waren ab und zu schmale Küstenstreifen zu erblicken, aber erst nach vier Tagen setzte die ›Weser‹ im Hafen von

La Coruña, einer spanischen Hafenstadt, zum ersten Mal zur Landung an. Es geschah an einem strahlenden Morgen, und hier sah Anna auch zum ersten Mal Palmen! Wirkliche Palmen! Jene Palmen, um die sie Seff schon so lange beneidet hatte! Man stieg aus, sie und Bernd streiften durch enge Gassen, aßen am Markt frische Mandarinen, und Anna bewunderte spanische Frauen mit schwarz umrandeten Augen und großen goldenen Ohrringen. In La Coruña erfuhr sie zum ersten Mal ein ihr völlig fremdes südliches Land.

Die nächste Landung erfolgte in der Hafenstadt Vigo. Auch dort durchstreifte man die Gassen, Anna trank in einer Taverne unbekümmert spanischen Rotwein, der ihr rasch zu Kopf stieg, aber sie hatte ja ihren Beschützer zur Seite. Taumelnd bestieg sie mit Bernd eine Festung, und etwas benommen erblickte sie das leuchtend blaue, spiegelglatte Meer, das die Küste umschloß. Er aber brachte sie sicher an Bord zurück, sie schlief ihren Schwips aus, und es war später Abend, als die ›Weser‹ Vigo verließ. Die Stadt hatte all ihre Lichter angezündet, und wie eine leuchtende Pyramide entschwand sie Annas Blicken.

Das Schiff erreichte schließlich die portugiesische Küste, und vom Hafen in Leixões fuhren Passagiere mit der Straßenbahn nach Porto, unter ihnen Anna und Bernd. Sie stiegen zum Fluß Douro hinab und erklommen danach die hohe, das Tal überspannende Brücke genannt Maria Pia. Die beeindruckte Anna am meisten. Sie stand lange dort oben und betrachtete dieses Stadtbild, dessen Eigenart sie nie mehr vergessen sollte.

Der nächste Hafen war der von Lissabon. Sie erkundeten die Stadt teilweise per Auto. Da gab es das riesige, prächtige Kloster am Tejo mit seiner maurischen Architektur, die

Festung hoch über der Stadt und von dort aus den weiten Blick über das Meer, die engen Gassen, die abwärts führten, und die breiten, baumbestandenen Avenidas im Zentrum. Schuhputzer liefen ihnen schreiend hinterher und Anna ließ sich amüsiert die Schuhe blank bürsten. Aber übergangslos wurde der Himmel trübe, und es begann zu regnen, »Tja, so ist das eben in Portugal«, sagte Bernd, offensichtlich ein erfahrener Weltenbummler. Bei strömendem Regen erreichten sie den Hafen und erklommen eilig die mittlerweile angenehm vertraut gewordene ›Weser‹.

Vier Tage dauerte die Fahrt zur Insel Madeira, das Schiff zog bei wieder strahlend sonnigem Wetter seine Bahn. Anna beteiligte sich an Bordspielen oder tanzte ab und zu, wenn die Kapelle nachmittags aufspielte. Aber am liebsten lag sie untätig und entspannt im Liegestuhl an Deck und tat gar nichts. Sie blickte über die Meeresfläche und liebte die Welt.

Als sie in Funchal, der Hauptstadt Madeiras, an Land gingen, kannte Annas Entzücken keine Grenzen. Die milde warme Luft und Blüten, Blumen, und wieder Blüten, dieser ewig scheinende Frühling, und hinter der Blütenpracht das Meer – »wie gespannte blaue Seide«, schrieb sie überschwenglich auf eine Ansichtskarte nach Wien, »die Welt ist zum Küssen!« Und so überschwenglich war Anna auch zumute. Mit einem Auto gelangten sie auf kurvigen Straßen zu einem Berghotel und bestaunten das grandios vor ihnen ausgebreitete Panorama. Sie fuhren mit den typischen Ochsenschlitten Madeiras über glatt gepflasterte Straßen, immer an Pflanzungen, tropischen Gewächsen und bunten Häuschen vorbei. Sie tranken in einem Kellergewölbe Madeirawein, der Tag verflog.

Als das Boot die Passagiere wieder an Bord der ›Weser‹ zurückgebracht hatte, stand Anna bei der Abfahrt des Schiffes lange an Deck und sah den grünen Streifen dieser Insel, die sie so sehr bezaubert hatte, ihren Blicken entschwinden. Leb wohl, Erde, dachte sie, denn zwölf Tage lang, bis Rio de Janeiro, würden sie nur noch Wasser sehen.

Es wurde immer sonniger und wärmer, alle Menschen an Bord zogen sich luftig und hell an. Anna liebte es, von ihrem Liegestuhl aus die Unendlichkeit von Wasser und Himmel wahrzunehmen, während irgendwo ein Grammophon spielte, dessen Melodien der Wind verwehte. Bernd Zettler lag oft neben ihr, auch der Sonne hingegeben, sie gerieten in Gespräche »über Gott und die Welt«, wie Anna einmal scherzend sagte. Aber die Gedanken dieses nicht mehr jungen Mannes gefielen ihr, weil sie nichts mit Geschwätz zu tun hatten und weil er sie als Gesprächspartnerin ernst zu nehmen schien. An den Abenden gab es oft Konzerte, manchmal auch Tanz oder Kino. Danach stand sie mit Bernd an der Reling, sie schauten in die Sterne oder auf die glitzernden Wogenkämme des dunklen Meeres hinaus, und Anna empfand dabei eine gegenseitige Sympathie, wie sie es für sich selbst formulierte. Eine, die diese sorglose Stimmung Reisenden eben schenkt. Sie befand sich auf einer beglückenden Reise, mehr nicht.

Man näherte sich dem Äquator und gleichzeitig der unerläßlichen Äquatortaufe. Anna im Badetrikot war ein hübscher Täufling und ließ all die lächerlichen Rituale über sich ergehen, bis hin zum kurzen Untergetauchtwerden in einem ›Taufbecken‹ und prustendem, nach Luft ringendem Auftauchen. Jedenfalls erhielt sie einen prunkvollen ›Taufschein‹, auf dem *Wir, Poseidon, Dreizackschwinger und Erderschütterer, von Zeus Gnaden* das *Fräulein Anny Goetzer* in aller Form für rechtens getauft erklärte.

Am Abend desselben Tages gab es ein opulentes Festessen und anschließend ein Kostümfest, das Anna ausgiebig genoß. Sie konnte sich nach Herzenslust austoben, denn ihre Idee war es gewesen, sich von einem der jüngsten Deckmatrosen einen Anzug auszuleihen. So sprang und tanzte sie also im Matrosenkostüm herum, und nicht nur Bernd Zettler fand, sie sehe ganz bezaubernd damit aus. Die Sommernacht, der Sternenhimmel, bunte Lampen, Wein und Sekt, die unermüdlich spielende Bordkapelle und von allen Seiten her Bewunderung – Anna hatte das Gefühl, als sei sie endlich wirklich am Leben. Dort angekommen, wohin sie gewollt hatte. Lebendig bis in die letzte Faser ihres Körpers und ihres Denkens. Sie war glücklich. Zum ersten Mal im Leben schattenlos glücklich. Nachts taten ihr die müde getanzten Füße weh, aber noch im Schlaf schien sie zu schweben.

*

Ein Tag reihte sich viel zu rasch an den anderen.

Anna sah fliegende Fische, die in Schwärmen vor dem Bug des Dampfers aus den Wellen stiegen, knapp über dem Meeresspiegel dahinflogen wie Vögel, um dann wieder unterzutauchen. Auch die Spiele der Delphine, die immer wieder das Schiff begleiteten, entzückten sie.

Eines Tages kam Land in Sicht, Fernando Noronha, eine felsige Insel, an der die ›Weser‹ ruhig vorbeiglitt. Verbrecher und politische Gefangene seien dort in Haft, hieß es, und Anna starrte auf kahle, ausgedörrte Erde, die in der Sonne zu verglühen schien. Dieser erste Gruß Brasiliens machte sie auf seltsame Weise traurig. Und wohl auch der Umstand, daß die Zeit auf der ›Weser‹ sich ihrem Ende zuneigte.

Es gab einen Abschiedsball, der jedoch wegen plötzlichen Schlechtwetters nicht allzu schwungvoll geriet. Die Nässe und der Nebel an Deck zwangen die Passagiere, im Saal zu bleiben, und dort wurde es so stickig, daß es Anna die Lust zu tanzen raubte. Auch war Bernd Zettler auffallend schweigsam geworden, er saß neben ihr, das Sektglas in der Hand, und starrte vor sich hin.

»Prost!« sagte sie.

»Ja, prost, Fräulein Anna.«

Und sie stießen an. Aber statt zu trinken, blickte er weiterhin zu Boden.

»Ich bleibe für zwei Wochen in Rio«, sagte er schließlich, »dann geht mein Schiff nach Deutschland zurück, wie ich Ihnen schon sagte.«

Anna sah ihn aufmerksam an.

»Ich bleibe auch ein paar Tage in Rio, bis mein Küstendampfer nach Rio Grande losfährt, das wissen Sie ja, Bernd.«

»Und Sie müssen nach Rio Grande?«

Anna starrte Bernd Zettler an.

»Ich heirate in Rio Grande!«

»Wollen Sie das wirklich?«

»Natürlich will ich das wirklich!«

Jetzt schwiegen beide, und eine andere, eine beunruhigende, fast verstörende Stimmung machte sich zwischen ihnen breit. Etwas ließ die heitere, selbstverständliche Nähe plötzlich schmerzhaft werden. Ich hab den Mann gern, dachte Anna, aber habe ich ihn zu gern? Was will er? Hat er Verlangen nach mir? Und ich? Was ist mit mir los?

»Verzeihen Sie, Fräulein Anna, ich benehme mich blöde.« Bernd Zettler trank sein Sektglas jetzt auf einen Zug leer und lächelte sie an. »Ein alter Mann sollte sich eben nicht mehr verlieben.«

»Sie sind kein alter Mann«, sagte Anna, »aber in mich verlieben sollten Sie sich wirklich nicht. Mein Bräutigam erwartet mich.«

»Ja, leider. Aber lassen wir das jetzt. Wie wär's mit diesem English Waltz, wollen wir den tanzen?«

Als sie über die Tanzfläche glitten, spürte Anna die Hand des Mannes auf ihrer Taille anders als zuvor. Berührte er sie anders oder fühlte sie es anders? Die Unschuld zwischen ihnen war verlorengegangen, und Anna haßte den wohligen Schauer, der sie plötzlich in Bernd Zettlers Armen durchfuhr. Bin ich verrückt geworden? fragte sie sich entsetzt, Seff wartet auf mich, im Januar werden wir heiraten, und da würde ein fremder Herr am liebsten mit mir durchbrennen, und ich tanze sogar noch hingebungsvoll mit ihm!

Irgendwann eilte Anna über das regennasse Deck zu ihrer Kabine. Sie lief wie gejagt. Bernd Zettler würde in Rio täglicher Begleiter bleiben, ihr die Stadt zeigen, die ihm wohlbekannt sei, sie schließlich zum Schiff nach Rio Grande bringen und sich dort für immer von ihr verabschieden. Nachdem das heroisch beschlossen worden war, hatte Anna leider zugelassen, daß er sie küßte. Viel zu lange und von ihr viel zu sehr erwidert küßte.

Jetzt lag sie schlaflos auf dem schmalen Kabinenbett, Regen floß über die Luke, das Schiff schlingerte im Wellengang, und sie schämte sich dieses Kusses wegen.

*

Am 2. Dezember 1930, an einem trüben, regnerischen Morgen, tauchten im Nebel die undeutlichen Umrisse der so gepriesenen Einfahrt nach Rio de Janeiro auf. »Schade, daß wir solches Wetter haben«, sagte Bernd Zettler, der neben Anna am Bug des Schiffes stand, »da sind Inseln vorgelagert, dann die einmalig schöne Bucht – nicht einmal der Zuckerhut ist heute zu sehen. Aber Sie werden Rio sicher auch strahlend sonnig erleben, Fräulein Anna, ich verspreche es Ihnen.«

Es sollte jedoch bis zum versprochenen Schönwetter noch seine Zeit dauern. Ein Vertreter des ›Norddeutschen Lloyd‹ kam an Bord und eröffnete, daß der Küstendampfer nach Rio Grande wegen Überfüllung erst acht Tage später abgehe. Die ›Weser‹ machte in Rio Grande nicht mehr Halt, seit im Jahr davor dort eine Revolution niedergeschlagen worden war. Seff hatte von vergangenen Unruhen geschrieben und ihr dieses ferne Land dadurch noch erregender werden lassen. Nur der um noch einige Tage verlängerte Aufenthalt in Rio war Anna neu. Sie nahm Abschied von vertraut gewordenen Passagieren, die mit der ›Weser‹ weiterfuhren. Acht Personen, darunter Bernd Zettler, gingen mit ihr von Bord. Leider herrschte immer noch schlechtes Wetter. Das kleine Hotel, in dem die Reisenden untergebracht wurden, war jedoch hübsch und von einem tropischen Garten umgeben, der in der Nässe duftete. Auch lag Bernd Zettlers Quartier nicht allzuweit davon entfernt.

Kaum hatte Anna sich in ihrem Zimmer eingerichtet, erhielt sie den feierlichen Besuch eines Amtsrats der österreichischen Gesandtschaft, der ihr Briefe von Seff überbrachte und sie zu einer Rundfahrt durch Rio einlud. Er sei ein guter Bekannter ihres Bräutigams, erklärte er, und es sei ihm eine Freude, Seffs zukünftige Frau im fremden Lande herzlichst zu empfangen! Folgsam ließ Anna sich durch eine nebelverhangene Stadt fahren, deren Schönheiten ihr verborgen blieben. Mittags war sie mit den übrigen in Rio festgehaltenen Mitreisenden in der Gesandtschaft zu einem luxuriösen Mahl geladen. Davor wurde sie dem Gesandten und seiner Gattin vorgestellt, und Anna fühlte sich, von Zuwendungen umhüllt, als umschwärmte Botschafterin ihres eigenen wunderschönen Landes. Ich bin auf der großen weiten Welt wie zu Hause, dachte sie, und wie gut ich mich in Diplomatenkreisen benehme, wer hätte gedacht, wie leicht das geht!

Trotzdem war sie heilfroh, als Bernd Zettler später wieder auftauchte. Vor allem auch, weil er ihr half, die Formalitäten für ihr Gepäck im großen Zollschuppen am Hafen abzuwickeln. Zettler würde zwar auch eigene Geschäfte erledigen müssen und nicht unablässig Zeit für sie haben, aber ihn anwesend und immer wieder in greifbarer Nähe zu wissen, gab Anna in der unbekannten, fremdsprachigen Stadt die nötige Zuversicht.

Am späten Abend, bereits zu Bett, nahm Anna sich Seffs Briefe vor, las sie ohne Eile und aufmerksam, einen nach dem anderen. Sie waren von Vorfreude und Enthusiasmus erfüllt, und jetzt, sie erwartend, wärmer und liebevoller denn je zuvor. Warum nur überkam sie der Anflug eines schlechten Gewissens, während sie las. Ich übertreibe wieder einmal, dachte Anna. Gut, da gab es diesen einen unnötigen Kuß, aber sonst doch nichts. Es gibt nur einen netten, etwas älteren Reisebekannten, der mir hilft!

Und der nette Reisebekannte half ihr wirklich. Zwei weitere Regentage, die sie ohne seine Gesellschaft in Schwermut gestürzt hätten, half er ihr durchzustehen. Er führte sie in Museen, sie speisten in Restaurants mit Blick auf das aufgewühlte graue Meer, sie erlebte durch ihn eine Stadt im Tropenregen und konnte sogar Gefallen daran finden.

Am dritten Tag, als sie die Fensterläden öffnete, erwartete Anna endlich ein strahlender Morgen, der sie aufjubeln ließ. Nun, im Glanz der brasilianischen Sonne, erfuhr sie alle Schönheiten, die ihr so lange verschleiert gewesen waren. Die sanften Buchten, an denen Rio sich erstreckt, kleine vorgelagerte Inseln, und, mitten aus der Stadt sich erhebend, die Hügel und steil aufragenden Berge.

In der Gondel einer sich kühn aufwärts schwingenden Seilbahn gelangten sie auf den Gipfel des berühmten Zuckerhutes, und der Ausblick von dort oben belohnte Annas Ängste während des Schwebens zwischen Himmel und Erde. Sie meinte sich über der Welt zu befinden.

Den ebenso berühmten Corcovado, einen über 700 Meter hohen Berg, der sich mitten aus der Stadt erhob und von einer gigantischen Christusstatue gekrönt war, erklommen sie zu Annas Erleichterung in einer gemütlichen Zahnradbahn, die durch tropische Wälder langsam aufwärts tuckerte. Dann aber hatten sie die Stadt Rio vor sich liegen, in Berge gebettet, von den Uferwellen der langgestreckten Bucht umspielt und der Weite des tiefblauen Ozeans zugewandt.

»So unbeschreiblich schön ist hier alles«, sagte Anna leise.

Bernd Zettler nickte.

»Werden Sie in Rio leben?« fragte er dann.

»Später schon, denke ich«, antwortete Anna.

Anna und Zettler unternahmen wiederholt Autofahrten auf der Avenida Niemeyer, und Anna bewunderte diese Straße. Sie führte aus der Stadt hinaus, an Felsen, Schluchten, wuchernden Gärten und Wäldern vorbei, und stets entlang dem Meer.

Avenida Niemeyer.

Anna wußte nicht, warum dieser Name sich ihr so tief einprägte.

Aber trotz der Schönheit, der wunderbaren Eindrücke des Aufenthaltes in Rio wurde Anna allmählich begierig, weiterzukommen, dem eigentlichen Ziel zu. Und es tat not, sich von Bernd Zettler zu verabschieden, Anna wußte es. Allzu vertraut hatte diese Zeit in Rio sie werden lassen, Sympathie, ja Zuneigung verband sie, und diese mußte durchtrennt werden. Auch Anna tat es weh, aber Bernd Zettler schien zu leiden.

Trotzdem begleitete er sie am Abreisetag zum Hafen, tapfer lächelnd und in tadelloser Haltung. Der Küstendampfer, den Anna und die anderen Weiterreisenden bestiegen, hieß ›Araraquara‹, er war geräumig, modern, und ihre Kabine war hübsch. Als sie ihr Gepäck mit Bernds Hilfe darin verstaut hatte, ging sie, ehe das Schiff losfuhr, nochmals mit ihm von Bord. Sie standen da, zwischen umhereilenden Menschen, im Lärmen des Hafenbetriebes, und sahen einander an.

»Danke«, sagte Anna schließlich, »danke für alles.«

»Auch ich danke Ihnen, Fräulein Anna«, antwortete Bernd Zettler. »Sie sind ein bemerkenswerter junger Mensch, passen Sie auf sich auf. Und vergessen Sie Ihre Kunst nicht!«

»Werd' ich!« Anna lächelte ihn an. »Beides! Auf mich aufpassen und meine Kunst nicht vergessen.«

»Fein«, sagte Bernd Zettler, »leben Sie also wohl.«

Jetzt will er mich sicher noch einmal küssen, dachte Anna. Aber er schloß sie plötzlich in die Arme, kurz und fest, schob sie dann von sich und ging.

*

In rötliche Abendsonne getaucht, entschwand Rio de Janeiro Annas Blicken, nur die Umrisse des Zuckerhutes konnte sie noch lang erkennen. Sie lehnte an der Reling und starrte zurück, als hätte sie etwas für immer verloren. Erst als es dunkel wurde, verließ sie das Deck und gesellte sie sich zu den anderen Mitreisenden, die bereits im Speisesaal zu Tisch saßen. Dort herrschte lebhaftes Debattieren, Anna wurde mit »Warum so spät, schönes Fräulein?« launig begrüßt und begann sich angeregt am Gespräch zu beteiligen. Schließlich fängt doch jetzt erst alles richtig an, dachte sie, was soll diese Wehmut. Was vorbei ist, ist vorbei, und in diesem Fall war's wirklich an der Zeit, daß es vorbei ist. Ein paar Tage, und ich heirate!

Bei ruhigem Seegang schlief Anna in dieser Nacht besonders tief, ihr war, als müsse sie eine Müdigkeit ihrer Seele loswerden, und am Morgen, als der Dampfer im Hafen der Stadt Santos anlegte, fühlte sie sich zu neuen Abenteuern aufgelegt. Hier, im Haupthafen des brasilianischen Kaffee-Exports, sollte die ›Araraquara‹ einen ganzen Tag lang liegenbleiben, und einige Unternehmungslustige, unter ihnen Anna, mieteten kurzentschlossen ein Auto, um São Paulo, die Stadt des Kaffeereichtums, wie man sie nannte, zu besuchen.

Vorerst fuhr man viele Kilometer im ebenen Land dahin, meist durch Bananenpflanzungen, bis sich plötzlich die Sierra vor ihnen erhob, ein Gebirgszug, der weithin die brasilianische Küste begleitet.

Nach einer etwa dreistündigen Fahrt tauchte das Häusermeer von São Paulo vor den Reisenden auf. Und in dieser Stadt erfuhr Anna Gegensätzliches. Da es Mittag geworden war, suchte die Gesellschaft ein, wie angekündigt wurde, »deutsches Stammlokal« auf, es hieß »Zum Franziskaner«, und sie aßen dort akkurat so, wie man eben in München zu essen pflegt. Anna aber nahm dies ohne große Verwunderung hin, schließlich befand sie sich in deutscher Begleitung, und es schien hierzulande für deutsche Bedürfnisse bestens gesorgt zu sein.

Was sie aber mit Staunen erfüllte, war São Paulos höchster Wolkenkratzer! 24 Stockwerke hoch! Dann die großen Warenhäuser, all die exquisiten Läden, das Gewühl der belebten Straßen des pulsierenden Stadtzentrums. Aber auch breite, wohlgepflegte Alleen, prächtige Villenviertel und exotische Parkanlagen besichtigten sie. Anna sog den eigenartigen, süßen Duft, der immer wieder die Luft erfüllte, tief in sich ein. Ihr war, als sei dies der Duft ihres neuen Lebens.

Sonnenverbrannt, erschöpft und von den Erlebnissen des Tages erfüllt, erreichte die Reisegruppe den Dampfer, der bald nach ihrer Rückkehr ablegte und weiterfuhr. Zwei Tage ruhiger Seereise lagen noch vor Anna, dann würde sie Seff endlich gegenübertreten.

An einem sonnenklaren Nachmittag fuhr die ›Araraquara‹ mit direktem Kurs auf die Küste zu. Bald war das Schiff zu beiden Seiten von mächtigen Steindämmen flankiert, die vom Festland weit in das Meer hinausragten. Die *Barra* von Rio Grande schütze die *Lagoa*, ein ausgedehntes Binnenmeer, vor der Wucht des Ozeans, erklärte man Anna. Die Hafenstädte Rio Grande, Pelotas und Porto Alegre lägen hinter diesem Schutzwall.

Noch eine halbe Stunde Fahrt. Annas Herz begann immer wilder zu klopfen. Sie stand an der Reling und blickte angestrengt voraus. Schließlich erreichte die ›Araraquara‹ den Hafen von Rio Grande, drehte bei, und das Landemanöver begann. Am Kai drängten sich Menschenmassen, aber Anna erspähte ihn sofort. Da stand er, ihr Seff, hochgewachsen, braungebrannt, fesch wie eh und je. Er hielt Ausschau nach ihr, mit den Händen das Gesicht beschattend, und sein Blick streifte ungeduldig über die Ankömmlinge an Deck. Anna konnte in der Spannung seines gestreckten Körpers die gleiche Aufregung erkennen, von der sie selbst erfüllt war. »Seff!!« schrie sie und winkte. Da sah er sie. Er lachte auf, hob beide Arme, schwenkte sie durch die Luft, und sein »Anni! Hallo, Anni!« konnte sie trotz des allgemeinen Lärmens bis auf Deck herauf vernehmen. Er freut sich wirklich, daß ich komme, dachte Anna. Diesen Mann, der da so strahlend zu mir herauffuchtelt, den werde ich morgen heiraten. Ihr traten plötzlich Tränen in die Augen.

*

Anna fiel in diese Hochzeit wie ein geworfener Stein. Schon als sie den Küstendampfer verließ und von Seff endlich umarmt wurde, konnte sie dieses Wiedersehen nach so langer Zeit nicht Schritt für Schritt und bewußt auf sich wirken lassen. Freunde und Bekannte hatten den jungen Mann begleitet, seine Braut in Empfang zu nehmen, und es waren derer viele, denn Seff, ledig, ungebunden, hatte in der deutschen Kolonie Rio Grandes Geselligkeiten kaum ausgelassen und eifrig Kontakte gepflegt. Anna wurde von Arm zu Arm weitergereicht, lautstark begrüßt und unverhohlen begutachtet. »Da hat der Seff behauptet, seine Braut wäre nicht g'rade schön! So ein Schwindler!« Das vernahm Anna, und es versetzte ihr einen Stich. Aber sie kam nicht dazu, irgendeiner Irritation nachzuhängen, man begleitete das junge Paar zu der nahe gelegenen, von Deutschen geführten Pension, in der es zunächst wohnen sollte.

Durch Annas verspätete Ankunft war der Hochzeitstermin bereits für den darauffolgenden Tag angesetzt, und Seff hatte sich gezwungen gesehen, alles alleine vorzubereiten. Anna probierte also ein Brautkleid an, das sie nicht, wie vorgesehen, selbst hatte auswählen können, sondern eines, das für sie ausgesucht worden war. Es gefiel ihr nicht und paßte schlecht. »Macht nichts«, meinten die deutschen Damen, die das Kleid besorgt hatten, und drapierten ihr einen riesigen Schleier über Schultern und Hals. Am Haar wurde er mit Perlenschnüren und einer Blume festgesteckt, künstliche Blüten zierten ihn zur Gänze. So wurde das schlecht sitzende Kleid verhüllt. Weiße Strümpfe und Schuhe, ein ausladendes Hochzeitsbouquet, und fertig war die Braut. Seff zeigte sich den entzückten Damen mit schwarzem Sakko, gestreifter Krawatte, Stecktuch, einer Blume am Revers und sah wie immer gut aus. Ohne eitel zu sein, sieht er immer gut aus, stellte Anna wieder einmal fest.

Erst spät abends blieben sie einander überlassen. Die zwei ineinanderführenden Räume ihrer künftigen Wohnstätte besaßen kein eigenes Badezimmer. Wo bleibt da die deutsche Gründlichkeit? dachte Anna mit dumpfem Unwillen. Sie duschte aber widerstandslos in dem für alle Pensionsgäste zugänglichen Raum unter einem schwachen Wasserstrahl. Sie tat es wie in Trance.

Kurz standen sie noch schweigend nebeneinander am schmalen Balkon, mit Blick auf den trüb beleuchteten Hafen, dann sank Anna an Seffs Seite übergangslos in einen erschöpften Schlaf, zu müde, um irgendeines erotischen oder gar leidenschaftlichen Gefühls fähig zu sein. Und auch Seff schlief rasch ein.

Sie wurden am nächsten Tag von heißer Sonne und Eile

hochgerissen und nach brasilianischem Ritus kirchlich getraut. Die Hochzeit verlief turbulent, und Anna fand keinen Atemzug lang Ruhe, sich ihrer eigenen Empfindungen bewußt zu werden. Plötzlich hatte sie diesen Ring am Finger und war Seffs Frau. Danach entstand ein Hochzeitsfoto in einem brasilianischen Fotoatelier, und Anna lächelte in die Kamera, als sei sie glücklich. Dann folgte die Hochzeitstafel, üppig und endlos, und mit markigen, deutschnational durchsetzten Ansprachen und Trinksprüchen reichlich garniert. Anna wußte nicht, ob diese Festlichkeit den Vorstellungen entsprach, die sie sich von ihrer Verehelichung mit Seff gemacht hatte. Sie fühlte sich fremd unter den Leuten, obwohl es doch Landsleute waren, oder zumindest Leute, die ihre Sprache sprachen.

Aber schon am Tag nach der Hochzeitsfeier und einer Nacht, in der Anna sich müde, beschwipst und vollgegessen ihrem Ehemann hingab, der, rasch befriedigt, neben ihr sofort in tiefen Schlaf sank, saß das Paar bereits in der Eisenbahn nach Pelotas. Sie ratterte ins Landesinnere, etwa zwei Stunden lang. Durch ins Unendliche verlaufende Weideflächen fuhren sie, die nur hie und da von kleinen Baumgruppen und Gehöften unterbrochen wurden. Sie sahen unzählige Rinderherden und ab und zu ein Rudel wilder Pferde.

Pelotas war eine der üblichen brasilianischen Kleinstädte, mit einer wohlgepflegten Praça im Zentrum und Schmutz und Ärmlichkeit in den Randbezirken. Dieser Gegensatz fiel Anna hier zum ersten Mal bedrückend auf, auch, weil sie vom luxuriösen Auto ihrer Gastgeber abgeholt wurden. Sie fuhren durch Gassen, in denen erkennbar bittere Armut herrschte und man den Wagen und seine Insassen stumpf begaffte. In Anna erwachte Scham, die sie aber schnell wieder vergaß. Landeten sie doch in der noblen Stadtwohnung reicher, deutscher Großgrundbesitzer, die sie liebenswürdig empfingen. Seff kannte die Familie Brauner des längeren, und sie hatten ihn und seine junge Frau eingeladen, die Flitterwochen bei ihnen zu verbringen. Sie nannten sich Fazendeiros, wie die brasilianischen Landbesitzer, denn schon der Urgroßvater war in diese Gegend eingewandert und hatte sich hier niedergelassen.

Und zur Fazenda der Brauners wurden Anna und Seff tags darauf gebracht, im Ford einer der Töchter des Hauses, die sie geschickt auch über unwegsame Straßen chauffierte. Retiro hieß der Besitz. »Zuflucht, Stille, Einsamkeit, wie man will!« erklärte man Anna.

Die aus mehreren Gebäuden bestehende Fazenda lag an einem sanften Flußlauf und war von Eukalyptuswäldern und Wiesengründen umgeben. Sie wurden im Oberstock des Haupthauses untergebracht, in einer Wohnung mit eigenem Bad! Anna jubilierte! Und eine Terrasse gab es, von der aus man die Landschaft bis zum Fluß hin überblicken konnte.

Jetzt traten wieder Abenteuer und Schönheit in Annas Leben. Hier, in Retiro, wurden sie als das ideale junge, glückliche Paar gesehen, und Anna fühlte sich auch so. Sie war glücklich. Seff hatte sie hierhergebracht, zu einem der schönsten Flecken dieser Erde, und man verwöhnte sie hier. Sie saß zum ersten Mal in ihrem Leben auf einem Pferd! Zwar nur auf dem sanftesten Tier, aber dennoch trabte sie an der Seite ihres mutigen, verwegen aussehenden Ehemannes über endloses Weideland. Sie fuhren in einem hohen zweirädrigen Wagen in die nahe gelegene deutsche Kolonie, unternahmen in Gesellschaft ihrer Gastgeber Ausflüge, die Gegend zu erkunden und gesellten sich auf Abendspaziergängen zu anderen jungen, heiteren Menschen der Fazenda.

Anna erlebte dieses Land mit seinen Gütern, Feldern und Tieren als Paradies. Zwischen mannshohen Hortensiensträuchern, die in voller Blüte standen, gingen sie morgens zum Fluß, um dort zu schwimmen. Elysische Stille herrschte an diesem Gewässer, das so klar war, daß man bis auf seinen Grund sehen konnte. Große blaue Schmetterlinge wirbelten darüber hinweg.

Es gab aber auch betörend schöne Nächte. Sie saßen nur zu zweit auf ihrer Terrasse, Anna an den warmen Männerkörper neben sich geschmiegt. Der Mond beschien den Fluß und die Landschaft, das Wasser glänzte und die Luft duftete nach Blüten. Für Anna war die Welt plötzlich wie verzaubert. Und Seff gehörte dazu, wurde Teil dieses Zaubers. Hier konnte sie ihn lieben, wie sie alles hier liebte.

Die Tage in Retiro waren Tage des Glücks.

*

Die Rückkehr in die zwei Kämmerchen der kläglichen Pension in Rio Grande war für Anna umso bestürzender. Es war der Sturz aus dem Paradies, hinab in irdisches Ertragenmüssen. Hier der Blick vom schmalen Balkon auf die verwahrlosten Schuppen des Hafens und das schläfrige Gewässer der Lagune. Nur hin und wieder zog ein Küstendampfer vorbei, die Luft war durchdrungen vom Geruch nach Zwiebeln und gegerbten Häuten.

Rio Grande erwies sich als langweilige Kleinstadt, an einer flachen und reizlosen Küste gelegen. Langgezogene, öde Straßen reihten sich aneinander, gesäumt von niedrigen Häusern, deren Gärten hinter hohen Mauern verborgen waren. Anna fühlte sich von den Senhoras beobachtet, die träge neugierig in den Fenstern lehnten. Ihr schien, es gäbe nur Frauenaugen, die sie aus dem Hinterhalt verfolgten, sie weigerte sich bald, alleine auf die Straße zu gehen. Auch in Läden wagte sie sich anfangs kaum, da sie die portugiesische Sprache zu schlecht beherrschte.

Seff ging den Tag über seiner Arbeit nach, und sie verbrachte die meiste Zeit allein. Wenn er endlich wieder erschien und ihre Einsamkeit aufhob, widmete sie sich seinen Interessen und stellte eigene Bedürfnisse und Wünsche zurück.

Anna wurde von deutschen Familien, vorrangig Hamburger Exportkaufleuten, die mit Fellen und Häuten handelten, zu Antrittsbesuchen geladen. Man servierte eisgekühlten Tee in abgedunkelten Räumen, matt zurückgelehnte Menschen begrüßten das junge Paar. Annas »europäische Frische« wurde bewundert, aber mit leisem Bedauern hinzugefügt, daß sie bald ebenso schlapp aussehen würde wie alle anderen in der Runde, das mache das Klima! Wie hoffnungsvoll, dachte Anna.

Auch den Deutschen Club lernte sie kennen, mit begrüntem Innenhof und erstklassigem Restaurant, wo die Damen sich nachmittags zu Kaffeeklatsch und anschließendem Bridgespiel trafen. Da man sie ständig dazu aufforderte, gesellte Anna sich immer öfter hinzu, erlernte das Kartenspiel, wurde dabei sogar eine der Besten. Sie tat es, um irgend etwas zu tun. Seff pflegte sie nach Büroschluß im Club abzuholen und sie bummelten noch ein wenig durch die Stadt. Aber da in den Straßen abends wenig los war, landeten sie bald wieder in ihren traurigen, engen Räumen.

Es gab im Kreis der dominierenden deutschen Familien natürlich auch immer wieder Festlichkeiten, bei denen schweres Essen, bestehend aus schwarzen Bohnen, scharf gewürzten Würsten und verschiedenen Sorten Fleisch, das Hauptvergnügen auszumachen schien. Schwarze Köchinnen bereiteten diese Gerichte zu, und ein scharfer, aus Zuckerrohr gebrannter Schnaps wurde dazu gereicht. Meist waren auch Offiziere der Frachtschiffe eingeladen, und Anna, häufig Tischdame eines dieser Herren, riß die Runde mit ihrem Wiener Dialekt zu Entzückensäußerungen hin. Das beflügelte sie kurzfristig, plaudernd und kokettierend warf sie sich in den Tumult eines solchen Abends. Jedoch hinterließen diese Geselligkeiten meist nur Kopfschmerzen und einen verdorbenen Magen.

Es konnte hier, im südlichen, subtropischen Teil Brasiliens, ab und zu auch sehr kühle Tage geben, mit Nebel und triefender Feuchtigkeit. Aber meist war es heiß, oft unerträglich heiß. In Zeiten der größten Hitze verbrachten Anna und Seff die Wochenenden manchmal an einem Strand, der eine gute Autostunde von Rio Grande entfernt war. Hilfreiche Freunde, die deutschen Eheleute Feddersen, luden sie immer wieder ein, mitzukommen. Dort, um den Ort Casino, befanden sich die Sommerresidenzen der begüterten brasilianischen Gesellschaft. Es waren weitläufige, aus Holz gebaute Villen mit großen offenen Veranden und von den schattenspendenden Laubbäumen und Palmen ihrer Gärten umgeben. Mächtige, grasbewachsene Dünen schützten die Häuser gegen das Meer.

Hinter diesen aber erstreckten sich endlos weite Sandstrände, dröhnte die wilde Brandung des Ozeans und schoben sich turmhohe Wogen heran. Kaum einer getraute sich ins offene Meer hinaus. Anna wagte sogar nur ihre Fußsohlen in den letzten Ausläufern der Wellen zu netzen, wenn sie am Ufer entlangwanderte. Es waren keine Badefreuden, die man hier genoß, man saß unter Schirmen oder in Strandkörben, lag zwischendurch im heißen Sand, man picknickte und ließ den Blick schweifen. Was Anna hierherlockte, waren die endlose Weite und das wilde Meeresrauschen, beides so anders als die träge plätschernde Lagoa und feuchte Schwüle von Rio Grande. Die reglose Alltäglichkeit dort schien hier von Wasserglanz und Meerwind aufgelöst zu werden.

Wenn die Sonne tief stand, kamen auch die Brasilianer aus ihren Häusern und genossen die kühlere Brise. Anna beneidete diese wohlhabenden Herrschaften um ihre großzügigen Anwesen, sehnte sie selbst sich doch immer dringlicher nach einer eigenen Wohnung. Auch wenn diese winzig klein wäre, es verlangte sie so sehr danach, endlich unabhängig zu sein! Nicht mehr ständig von Pensionsgästen oder Zimmerwirten belästigt und aufgestört zu werden! Aber es gab in Rio Grande keine Wohnungen zu mieten, nur kleine Häuser, mit Innenhof oder Gärtchen, und das konnte Seff sich nicht leisten. Außerdem besäßen sie kein einziges Möbelstück, um so ein Domizil einigermaßen einzurichten. Anna mußte es also weiterhin auf sich nehmen, ihre Privatsphäre mühsam gegen das Eindringen belästigender, fremder Nähe aufrechtzuerhalten.

Manchmal versuchte sie sich Abgeschiedenheit zu suggerieren, ähnlich wie zu Hause im Kabinett neben dem elterlichen Schlafzimmer oder verborgen im Garten. Wie dort begann sie zu zeichnen, kleine Bleistiftskizzen entstanden, nach Motiven, die sie umgaben. Die Hafengebäude. Ein Kamelienbaum im Gestrüpp des Gartens. Eine kleine Katze. Aber Seff, wenn er heimkam und die Blätter sah, konnte sich nicht enthalten, sie zu beurteilen und Korrekturen oder Änderungen vorzuschlagen. Anna verschluckte ihren Unwillen, sie sprach nicht aus, daß seine Ratschläge ihr zuwider waren. Sie sagte nichts, aber sie hörte wieder auf zu zeichnen.

Ihr eigenes Leben entglitt Anna immer mehr. Der Mann, dessentwegen sie hier war, ihr Mann, befand sich zwar neben ihr, er schlief neben ihr, er ging am Tage neben ihr, er war freundlich und meinte es gut. Aber er meinte es nach seinen eigenen Gesichtspunkten gut, auf schlichte Weise der Annahme, diese wären auch ihre. Anfangs war es nur ein Sprung, unsichtbar, kaum vorhanden, den Anna nicht wahrhaben wollte. Aber langsam tat sich zwischen ihnen ein Spalt auf. Die Enge und Einsamkeit des Alltags taten ihr übriges.

Eines Tages erwog Anna zu ihrem eigenen Entsetzen einen brieflichen Hilferuf an Bernd Zettler. Hatte er sie doch gebeten, ihm zu schreiben, wenn es ihr schlechtgehe, er würde sich immer wieder in Brasilien aufhalten. Es ging ihr schlecht, sehr schlecht an dem Tag, aber den Brief schrieb sie nicht. Im Gegenteil, sie warf sich vor, überhaupt an so etwas gedacht zu haben, ihr wurde nachträglich übel vor Scham. Nein, es war doch alles gut so, wie es war. Das wollte und mußte sie unbedingt wieder glauben. Das Klima war schuld, die Schwüle, dieses seltsame Land mit all den seltsamen Menschen, Deutsche, die sie nicht mochte, reiche brasilianische Familien, in die man nicht Eingang fand, bettelarme Schwarze, die sie ängstigten, und vor allem die beengten Wohnverhältnisse. Das alles war schuld. Und ihre Untätigkeit.

Sie dachte oft an ihren Vater und wie sehr sie ihn enttäuscht hatte. Sie sah ihn vor sich, wie er die Qualität und Farbe einer

Glasscheibe prüfte, indem er sie gegen das Licht hielt und dabei leise durch die Zähne pfiff. Es tat ihr weh, sich das vorzustellen. Aber sie erhielt von ihm kein Wort des Vorwurfs, auch jetzt nicht, wenn er mit großer, schöner Schrift einige Zeilen unter die langen Episteln der Mutter setzte. Zwei Schwestern heirateten. Anna bekam Fotos, auf denen sie glücklich lächelnd, weiß gekleidet mit Schleier und Myrtenkranz, neben irgendwelchen Herren standen. Sie erhielt auch Fotos von Familienfesten, runden Geburtstagen, Festtafeln im Garten, mit Bekannten und Unbekannten, und sie fühlte sich als Außenseiterin, in jeder Hinsicht, und nun wohl für immer.

*

Im Versuch, eine besser geeignete Wohnmöglichkeit zu finden, zogen sie zweimal um. Vor allem Anna drängte immer wieder zu einer Veränderung. Sie lernten ein Ehepaar aus Vorarlberg kennen, das in einem weitläufigen, typisch brasilianischen Haus lebte, und mieteten sich dort ein. Wieder in zwei Zimmer ohne Bad. Aber auch dort fand Anna nicht den gesuchten Freiraum, auch dort entging sie der Enge und ihrer Niedergeschlagenheit nicht. Einzig das Baby der Vorarlbergerin, einer einfachen, unbekümmerten Frau, das zufrieden und halbnackt in seinen Windeln lag, gewann Annas Herz. Bald wurde es ihr zur lieben Gewohnheit, den Buben einmal am Tag zu besuchen. Getulio hieß er, und wenn er Anna anlächelte, wurde ihr warm ums Herz. Sie, die mit Kindern nie viel anzufangen gewußt hatte, verliebte sich in den Kleinen. Aber schon nach einigen Monaten lockte ein anderes Wohnquartier, und da hieß es wieder Abschied nehmen von Getulio, der freundlich lächelnd bereits seine ersten Zähnchen zeigte. Sein ahnungsloser, heller Blick blieb ohne Trennungsschmerz, als Anna ihn ein letztes Mal an sich drückte. Ihr tat dieser Abschied weh.

Diesmal mieteten sie gemeinsam mit einem Ehepaar, das eben erst aus Hamburg angereist war, ein ganzes Haus. Wieder bewohnten Anna und Seff zwei Zimmer, diesmal etwas geräumiger, Küche und Bad wurden von beiden Paaren benutzt. Aber es gab Bambusstauden, die im Hinterhof flüsterten, blühenden Jasmin im Vorgärtchen und sogar eine Palme neben dem Eingangstor. Sie hielten sich Hühner und eine Katze. Und Anna wurde, damit sie »etwas Lebendiges neben sich habe«, von Seff ein kleiner, weißer Hund geschenkt, der einem Wollknäuel glich. Sie nannte ihn Schwipsi und verlor ihr Herz an dieses lebhafte und vergnügte Wesen.

Doch Annas Beziehung zu den Mitbewohnern blieb eine oberflächliche. Sie fand die beiden geistlos und nicht wirklich sympathisch. »Du bist einfach zu wählerisch!« Seff schüttelte den Kopf.

Einer seiner Bürokollegen war Brasilianer, und auch mit diesem und seiner nur brasilianisch sprechenden Familie verkehrten sie vermehrt. Annas Sprachschatz erweiterte sich dadurch. Aber die Lautstärke, mit der man auf sie einbrüllte, wenn sie etwas nicht verstand, war Anna bei aller Liebenswürdigkeit der Leute nur schwer erträglich. »Immer hast du was auszusetzen!« Seff seufzte.

Doch Anna blieb vermehrt den Geselligkeiten fern, ließ ihn häufig alleine ausgehen. Seffs schlichte Bereitschaft, alles wunderbar zu finden, konnte sie nicht teilen.

Ihre Katze wurde trächtig. Eines Nachmittags war es soweit, sie bekam die Jungen, und Anna befand sich bei dem Tier, als es zu werfen begann. Mit großem Interesse und noch größerem Mitgefühl beobachtete Anna die schwierige und schmerzvolle Geburt, und in ihr entstand eine tiefe Abwehr, etwas in der Art je selbst erleben zu wollen. Diese Mühsal des Frauseins! dachte sie, wie weh das alles tut! Die kleinen Kätzchen suchten, noch blind, nach den Zitzen der Mutter, und Anna überlegte besorgt, was wohl mit ihnen geschehen solle und ob sie überleben würden.

Da ging die Gartentür. Früher als sonst kam Seff vom Büro nach Hause, er stürmte mit langen Schritten auf sie zu und sagte etwas, das sie zunächst nicht verstand, so sehr war sie von den Vorgängen der Katzengeburt in Anspruch genommen.

Bis sie endlich begriff, was er sagte.

Sie würden nach Rio gehen! Nach Rio de Janeiro! Er sei von seiner Firma dorthin versetzt worden, die Reise fände schon in einer Woche statt.

*

Es war März und die größte Hitze vorbei. Anna saß an Deck der General Osorio, eines Motorschiffs der Hamburg–Amerika-Linie, und dachte an das Neue, das sie erwarten würde. Zwei Jahre Verlorenheit in Rio Grande, das mußte genügen. Kein Bedauern regte sich in Anna, als sie die flache Küste sich wieder entfernen sah. Nur ihrem geliebten Hund Schwipsi, der zurückgelassen werden mußte, trauerte sie nach, nicht aber den Menschen. Auch nicht denen, die vorübergehend zu Freunden geworden waren, die sie an Bord begleitet, denen sie zum Abschied gewinkt hatten. Die ließ sie leichten Herzens hinter sich. Eher hatte Anna das Gefühl, entronnen zu sein. Leise vibrierend hob und senkte sich das Schiff im Dahinfahren, entlang der Bordwand rauschte das Wasser, die Meeresfläche glänzte bis hin zum Horizont. Trotz leichter Seekrankheit fühlte sie sich glücklich und dankbar. In Rio würden Seff und sie endlich ihr persönliches, nur ihnen gehörendes Glück finden, davon war Anna überzeugt.

Bei herrlichstem Wetter legten sie in Rio de Janeiro an. Sofort überfiel Anna die ganz andere Atmosphäre. Alles war lebendiger, temperamentvoller. In der Nähe des Hafens ragte der einzige Wolkenkratzer Rios, A Noite genannt, in den tiefblauen Himmel. Wir sind in einer Weltstadt, dachte Anna, den Göttern sei Dank. Nun wird alles besser.

Wieder wohnten sie anfangs in einer Pension. Aber diesmal gefiel Anna diese Unterkunft. Das Haus lag in einer der schönsten Buchten Rios, die Gloria hieß. Eine hohe Mauer trug die Terrasse und umschloß den Garten, in dem es üppig blühte und duftete. Der Blick schweifte weit über die Bucht, das Meer und die endlosen, gebirgigen Ufer. Abends schimmerten die Lichter herauf und deren bewegte Spiegelungen im Wasser. Die Pension war in spanischem Stil erbaut, äußerst gepflegt, und Anna empfand hier zur Gänze »eine internationale und kultivierte Atmosphäre«, wie sie mit einigem Stolz nach Hause schrieb.

Sie und Seff befreundeten sich mit einem jungen Ehepaar aus Berlin, das ebenfalls in der Pension zu Gast war. Die beiden waren, keine Selbstverständlichkeit in diesen Zeiten, glückliche Besitzer eines Autos. Also fuhr man gemeinsam in die Umgebung Rios und besuchte einige markante Ausflugsziele.

Eines Tages begann Anna auf der Terrasse der Pension Aquarelle zu malen, die sie selbst als gut gelungen einschätzte. Eine Schweizerin, die vorhatte, mit ihrem todkranken Mann in die Heimat zurückzukehren, bat sie inständig, ihr diese zu verkaufen. Zwar fiel es Anna schwer, sich von den Blättern und ihren eigenen, damit verbundenen Erinnerungen zu trennen, aber sie tat es, weil sie von der Schweizerin ausnehmend reichlich dafür bezahlt wurde. Das Leben in der luxuriösen, von Amerikanern, Engländern, Schweizern und Deutschen bewohnten Pension, die noblen Zimmer, das ausgesucht gute Essen, all die Annehmlichkeiten dort gingen langsam über Seffs Verhältnisse. Er war gezwungen, nach einer billigeren Wohnmöglichkeit Ausschau zu halten. Und als sich wie auf Wunsch ergab, daß ihre Freunde, die jungen Berliner, spontan ein geräumiges und zur Gänze möbliertes Haus mieteten, gingen sie begeistert auf deren Vorschlag ein, bei ihnen zu wohnen. Auch diese flache, hübsche Villa besaß eine Terrasse, einen Garten und den Blick über das Meer. Anna war entzückt und hatte ein friedliches, heiteres Zusammenleben vor Augen.

Aber wieder konnte sie das Erträumte nicht verwirklichen, strauchelte sie über die Realität des Alltags. Zwischen den jungen Frauen entstanden Spannungen, und für Anna wurde die Situation sehr bald unerträglich.

»Du mußt immer gleich streiten, warum nur?« klagte Seff, dem die Unstimmigkeiten peinlich waren, »man kann sich mit Freunden doch irgendwie einigen!«

Aber Anna bestand darauf, die Villa zu verlassen und eine in der Nähe frei gewordene kleine Wohnung zu beziehen. »Um unsere Freundschaft zu retten, um keine Feindschaft daraus werden zu lassen!« lautete ihre Begründung. Die Rettungsaktion ging aber nicht auf, die beiden Paare entfremdeten sich rasch und gingen einander nicht ab.

Außerdem wurde Anna schwanger.

*

Santa Teresa hieß der Stadtteil, in dem sie jetzt wohnten. In Gärten versunkene Häuser und Villen bedeckten die Hänge der hügeligen Gegend. Schmale Straßen wanden sich empor, oft entlang hoher Gartenmauern. Immer wieder gab es Ausblicke auf die Buchten und das leuchtende Meer, auf dem die Schiffe wie Spielzeug wirkten. Auch eine Straßenbahn mit offenen Waggons erklomm die Hügel, bis zur Endstation Silvestre.

Dort, am höchsten Punkt dieses Gebietes, befand sich ein hübsches Restaurant mit einer schattigen Terrasse. Hier saßen sie manchmal gegen Abend, Anna und Seff, wenn die Sonne zu sinken begann und statt der Hitze gemäßigte Wärme herrschte. Davor aber hatte Seff seine schwangere Frau wie einen störrischen Esel durch die Gegend getrieben, sie müsse Bewegung machen, forderte er energisch. Bergauf und bergab zwang er sie zu gehen und ließ ihre Einwände, sie sei zu müde, nicht gelten.

Als in Santa Teresa klar geworden war, daß Annas anhaltende leichte Übelkeit und schließlich das Ausbleiben der Monatsblutung tatsächlich ihre Schwangerschaft bedeuteten, hatte Seff sich sofort darüber gefreut. So überschäumend und offensichtlich war seine Freude, daß es Anna rührte und auch ein wenig beschämte. War sie doch anfangs mehr erschrocken als erfreut gewesen. Aber dann überredete sie ihr eigener Körper, der allmählich Leben in sich entstehen fühlte, das Kind ebenfalls freudig zu erwarten. Die Übelkeit schwand, gelassene Ruhe begann Anna zu erfüllen, und Seff war glücklich, seine Frau so zu erleben. So ohne Nervosität und Schwermut, so ganz anders als zuvor. Und sie kamen einander näher in dieser Zeit. Die langen Spaziergänge, zu denen Seff sie drängte, führten auch zu längeren Gesprächen, sie tauschten sich aus, wie sie es noch nie getan hatten.

Außerdem ergab es sich durch Seffs Vermittlung, daß Anna für die unter deutscher Leitung stehende Firma Casas Pernambucas Stoffmuster zu entwerfen begann. Es war eine Arbeit, die sie zu Hause leisten konnte, die sie interessierte und die auch recht gut bezahlt wurde. Anna fuhr mit der Straßenbahn ins Stadtzentrum, holte die Aufträge ab und brachte ihre Muster dann wieder in die Firma zurück. Die Kühnheit ihrer Entwürfe gefiel dort, und deshalb konnte sie die Einmischung Seffs, der niedlichere Motive bevorzugt hätte, diesmal mit Humor abwehren. »In der Firma wollen sie es so, mein Lieber«, sagte sie, »und schließlich habe ich bei Professor Cizek gelernt und nicht in einem Dilettantenkurs für höhere Töchter!«

Tagsüber malte und zeichnete Anna mit Eifer, fühlte das Kind in ihrem Leib heranwachsen und begann sich auf Seffs Heimkehr, die gemeinsamen Spätnachmittage und Abende, ihre langsamen Wanderungen und die Rast bei Silvestre mehr und mehr zu freuen.

Wenn es dunkel war, saßen sie am geöffneten Fenster und schauten über die glitzernden Buchten Rios hinweg. Ein blühender Mimosenbaum erfüllte die laue Nacht mit seinem Duft, Anna fühlte Seffs Schulter warm und zuverlässig neben sich, ich glaube, ich bin glücklich, dachte sie.

Trotzdem zogen sie wieder um und verließen Santa Teresa. Befreundete Österreicher, die in eine andere Stadt übersiedelten, empfahlen ihnen ihr Häuschen am Meer. Es sei oberhalb der Avenida Niemeyer gelegen, »so romantisch«, mit Terrasse und Meerblick. Anna und Seff dachten an das Kind, an den schönen, weiten Strand gleich unterhalb des Hauses, und mieteten sich dort ein.

Anfänglich fühlte Anna sich wie im Paradies. Im Schatten eines Hibiskusbaumes, der mit roten Blüten übersät war und die Terrasse überwucherte, pflegten sie zu frühstücken, ehe Seff sich auf seinen Weg ins Büro machte. Vom schmalen Steig aus, der zur Autobushaltestelle hinunterführte, winkte er nochmals zurück und verschwand dann im dichten Gesträuch, das den Steilhang bedeckte. Anna hatte ebenfalls grüßend die Hand gehoben, blieb jedoch träge zurückgelehnt in ihrem Korbstuhl sitzen und blickte über das morgendlich glitzernde Meer hinweg. Es dauerte, bis sie sich aufraffte und geringfügigen häuslichen Hantierungen nachging. Aber da nichts und niemand sie zu irgend etwas drängte, verbrachte Anna die meiste Zeit weiterhin untätig, im Baumschatten auf der Terrasse, den Ozean und die Buchten vor Augen. Sie beobachtete Kolibris, die mit ihren langen Schnäbeln aus den roten Hibiskusblüten Nektar saugten. Manchmal kam eine kleine verwilderte Katze zu Besuch, die zu Anna Vertrauen gefaßt hatte und in ihrem Schoß ruhte, dicht an das Kind in ihrem gewölbten Leib geschmiegt, das sich immer häufiger zu bewegen begann.

In den letzten Monaten ihrer Schwangerschaft sah Anna der Geburt ohne jede Auflehnung entgegen, sie fühlte sich auf stille, wie lauschende Weise wohl. Und sie las viel. Las alles, was sie von Seff gebracht bekam, der bei deutschsprachigen Bekannten nach Lektüre für sie fahndete. Darunter befanden sich auch Bücher von Adalbert Stifter. Dieser Autor begeisterte Anna ganz besonders, wohl auch seiner Landschaftsbeschreibungen wegen, die angesichts des tropischen Meeres, der in der Hitze flimmernden Buchten plötzlich Bilder und Stimmungen der sanften, österreichischen Heimat in ihr wachriefen. Vor allem die Erzählung »Brigitta« tat es ihr an.

»Sollte es ein Mädchen werden, muß es Brigitte heißen!« sagte sie zu Seff.

»Brigitte! Schön!« fand auch er, »ein schöner deutscher Name!«

Vorerst wurde Anna die äußerst exponierte Lage des Hauses, seine große Entfernung zur Stadt, nicht bewußt. Obwohl sie es gerade deshalb aufgeben mußte, weiterhin Stoffmuster zu entwerfen. Ihr schwer gewordener Körper, die steilen Treppen und die komplizierten Verkehrsverbindungen ließen es nicht mehr zu, für Casas Pernambucas zu arbeiten. Das tat ihr leid. Aber was jetzt überwog, war das Kind, das sie erwartete. Und daß Seff fürsorglich jeden Abend so rasch er konnte vom Büro heimkehrte und den Steilhang zu ihr heraufkeuchte.

»Unsere Burg!« nannte er das Haus über dem Meer stolz auf der Rückseite eines Fotos, das er nach Wien an Mutter Hedwig sandte. »Anny im Pyjama auf der Terrasse. Aufgenommen am 17. Juli.«

*

Im Deutschen Frauenheim in Rio de Janeiro brachte Anna am 24. August 1933 ein gesundes Mädchen zur Welt. Die

Geburt verlief ohne Komplikationen. Nie wieder mache ich so etwas durch! dachte Anna empört, während sie sich von der Qual der letzten Wehen wie zerrissen fühlte, sie laut aufstöhnte und schrie, der Schweiß ihr über das Gesicht floß. Aber schon, als sie den Säugling zum ersten Mal in den Armen hielt, schwand die Erinnerung an den Schmerz. Seff, der endlich ins Zimmer durfte und voll Erregung an das Bett trat, war vorerst sprachlos vor Glück. Er küßte Annas Stirn. Vorsichtig hob er dann das Kind hoch und wiegte es zärtlich. »Brigitte« flüsterte er, »da bist du ja.«

Es war früher Morgen und die Sonne ging auf, strahlend, als wolle sie das junge Glück segnen. Annas Zimmer im Frauenheim besaß einen Balkon, auf den Seff, zu Tränen gerührt und vom nächtlichen Warten erschöpft, hinaustrat. Und da sah er den ersten Zeppelin seines Lebens vorbeifliegen! »Anni!« rief er, »schau, wie schön! Ein Zeppelin! Für unsere kleine Gitti!«

Brigitte, die so rasch zur Gitti wurde, war ein heiteres und freundliches Kind. Anna meisterte ihre Mutterschaft ohne jede Hilfe. Seltsam, daß man das plötzlich kann! dachte sie. Sie stillte das Baby acht Monate lang, aber die Hitze raubte ihr den Appetit und sie magerte ab. Ihr selbst fiel das kaum auf, nur Seff fand ab und zu besorgt: »Du solltest mehr essen, Anni! Dich richtig ernähren!«

Einmal am Tag, die Kleine auf dem Arm, turnte Anna die vielen Stufen und Pfade hinunter zum Strand, der zwischen Felsen und begrünten Hängen einen paradiesischen Badeplatz bot. Die Wellen wurden an manchen Tagen zur tosenden Brandung, manchmal berührten sie nur sanft plätschernd das Ufer. Die kleine Brigitte spielte im feuchten Sand, während Anna auf das weite Meer hinausblickte. Ich habe Heimweh, dachte sie. Ich lebe hier im Paradies und habe Heimweh.

Gegen Mittag wurde der Sandstrand glühend heiß und war barfuß kaum noch zu betreten. Fischerboote, die früh am Morgen ausgefahren waren, kamen an Land und luden ihren Fang aus. Die vielen ausgelegten Fische schimmerten in der Sonne, zappelten und schnappten nach Luft. Der Reihe nach wurden sie erschlagen und für den Verkauf zubereitet. Anna ertrug diesen Anblick nur mit Mühe. Trotzdem kaufte sie hin und wieder ein paar Fische und schleppte sie, das Kind auf dem anderen Arm, durch das heiße Gestrüpp zum Haus hinauf. Seff aß zum Abendessen gern Fisch.

Erhitzt, die Haut von Sand und Salz bedeckt, kam sie oben an, ging mit Brigitte unter die Dusche, versorgte die Kleine und schloß die Fensterläden. Während das Kind seinen Nachmittagsschlaf hielt, nahm Anna ein Buch zur Hand, das möglichst von Tannen, Kühle und Schnee berichtete oder vom Dämmern eines Wintertages. Sie las, bis sie nicht mehr wußte, wo sie sich befand.

Aber später, wenn Seff heimkam, sie gemeinsam auf der Terrasse zu Abend aßen, die Luft ein wenig abkühlte, Gitti neben ihnen auf einer bunten Decke spielte, gab sich Anna Mühe, wieder anwesend zu sein. Das hier sind doch meine Liebsten, mein Mann, mein Kind, hier gehöre ich her, sagte sie sich.

Ihre familiäre Dreisamkeit wurde von einer kleinen, rothaarigen Katze, die sie Peterle nannten, und eines Tages auch von einem Hund bereichert. Dieser hieß Billi. Er war ein äußerst temperamentvoller Spitz, der sein Herrchen über alles liebte und Seff Abend für Abend mit einem Höllenlärm begrüßte. Sein Bellen steigerte sich zum Freudengeheul, wenn er merkte, daß die Familie an den Strand wollte. Den liebte Billi über alles. Er jagte den Möwen hinterher und bellte die Wellen an. Alles wirkte idyllisch und perfekt, wenn sie gemeinsam am Meer waren. Ein junges, gut aussehendes Paar mit reizendem, weißblondem, blauäugigem Kind und munterem Hündchen.

Seff legte ein Fotoalbum an, in dem er jede Regung des Töchterchens, jede Nuance des Heranwachsens festhielt und beschrieb. Er liebte dieses Kind, er liebte Rio, seine Arbeitsstätte bei Texas Oil, das einsame Haus, den Ozean und seine junge Frau, die ihn Abend für Abend erwartete. Und die doch, davon war er überzeugt, die Tage so paradiesisch mit ihrem »Gittilein« verbringen konnte. Seff nahm lange nicht wahr, was seiner jungen Frau dabei widerfuhr.

*

Anna begann allmählich das angeblich Paradiesische ihrer Lebenssituation zu übersehen. Die Einförmigkeit der Tage auf dem Abhang über dem Meer, das stets rauschend oder gar wild tobend zur Begleitmusik all ihrer Stunden wurde, schürte mehr und mehr einen fast krankhaften Widerwillen in ihr. An den einsamen Abenden, wenn Seff länger ausblieb, die Kleine schlief und sie wartend in dieser Hütte saß, fühlte sie sich ringsum von Schwärze und unbestimmter Unruhe umgeben. Mitunter zogen schwere Unwetter auf. Das Meer brüllte, der Regen fiel als eine Sturzflut herab, der oft das Dach nicht standhielt. Das Licht ging aus. Anna tappte umher, fand eine Kerze, zündete sie an und stellte in ihrem düsteren Licht Eimer und Schüsseln auf, dort, wo es hereintropfte.

Die Zeit schlich für Anna dahin. Besonders im brasilianischen Winter. Da regnete es oft tagelang und sie saß wie gefangen in dem kleinen Haus. Meer und Regen rauschten ineinander. Die Feuchtigkeit wurde für Anna schier unerträglich, und es war keinerlei Heizgerät vorhanden, ihr entgegenzuwirken. Schuhe schimmelten, das Bettzeug wurde klamm, Wäsche und Windeln trockneten nicht. Anna saß den ganzen endlosen Tag lang in dieser Arche Noah, mit ihrem Mädchen, dem sie zum hundertsten Mal Geschichten aus seinen Märchenbüchern vorlas. Sie besaß kein Radio, nur der Ozean rauschte herauf.

Wenn Seff dann auftauchte, lachend und nassgeregnet, wunderte er sich, daß »seine Anni« ihn seltsam düster empfing. Ihm vorwarf, daß bei diesem Wetter ja sonst niemand den Berg heraufkäme, wenn er nicht müßte. Einzig der Bursche von der *Venda*, dem Lebensmittelgeschäft, sei heraufgetrabt und habe ihre Bestellungen entgegengenommen, deshalb hätten sie jetzt etwas zu essen.

»Na siehst du!« meinte Seff begütigend.

»Weil ich sonst niemanden habe, rede ich mit ihm lauter überflüssiges Zeug und weiß gar nicht, ob er mein schlechtes Portugiesisch versteht«, sagte Anna, »aber der Bursche ist wenigstens ein lebendiges Wesen! Mit ihm kann ich reden!«

Darauf schwieg Seff. Auf diesen Vorwurf wollte er nicht eingehen. Und Anna schwieg dann ebenfalls. Sie verschwieg das Ausmaß ihrer Einsamkeit.

Nur mit einem Gelegenheitsarbeiter, der in der Nähe hauste, verstand Anna sich recht gut. Oberhalb ihres hübschen Häuschens, unsichtbar hinter tropischem Wald, gab es Favelas, Ansiedlungen der völlig mittellosen, meist schwarzen

Bevölkerung, die aus armseligen Wellblechhütten bestanden und sich rings um Rio auszubreiten begannen. Von dort kam dieser Bursche, sein Name war Joan. Wenn Anna nach ihm rief, löste er sich bald lautlos aus dem Dickicht und schlich zwischen wilden Zitronenbüschen auf ihren Küchenplatz herab. Er half Anna ein wenig im Haushalt, säuberte die Fußböden und erledigte kleine Besorgungen für sie. Manchmal trug er Botschaften zwischen den wenigen, weit voneinander entfernten Nachbarhäusern hin und her. »Si Senhora«, war seine geduldige Antwort, wenn Anna ihn in dürftigem Portugiesisch um etwas bat.

*

Mit neun Monaten erkrankte Brigitte, die bis dahin gesund und fröhlich den Eltern viel Freude und wenig Mühe bereitet hatte, an Diphtherie. Der brasilianische Arzt gestattete Anna und Seff, die Kleine zu Hause zu pflegen, sie mußten sie nicht in ein Spital einweisen.

Es kam schließlich zur Krise. Beide wachten in dieser Nacht am Bett des schweißnassen, bewußtlosen Kindes, zitternd, ob das verabreichte Serum wirken würde. Anna betete. Sie vergaß ihren religiösen Ekel und betete inbrünstig, egal zu welchem Gott. Und Brigitte überlebte. Mehr noch, sie gedieh von nun an auf das beste und schien im brasilianischen Klima, das Anna so zu schaffen machte, aufzublühen.

Da sie niemanden zur Beaufsichtigung des Kindes hatte, nahm Anna es überall hin mit, sei es zum Zahnarzt oder um Seff mittags zu treffen. Meist wurde daraus ein anstrengendes Unterfangen. Schon der Weg entlang der baumlosen Avenida, bei sengender Hitze bis zum Bus, dann das Umsteigen und die überfüllten Straßenbahnen im Lärm und Gestank der Großstadt. Anna mußte die Kleine teilweise tragen, völlig erschöpft kam sie nach einer solchen Ausfahrt wieder oben im Haus an. Also verließ sie es lieber so wenig wie möglich.

Terrasse und Gärtchen wurden zu einem Gehege, in dem sie sich eingesperrt fühlte, wie ein abgezehrtes, verwildertes Etwas, das auf diesen begrenzten Raum verbannt zu sein schien.

Gleichgültig schlurfte Anna den lieben langen Tag in ihren Holz-Tamancos umher, döste nur noch, träumte vor sich hin. Sie war jung. Sie sehnte sich nach Kontakt, nach geistiger Auseinandersetzung. Bücher, ja! Sie las, was ihr in die Hände kam, Bücher waren das einzige an vorübergehendem Halt. Außer dem Kind natürlich, das sie liebte und das ihr Glücksmomente schenkte. Seff aber wurde ihr immer fremder, obwohl sie sich seinen Vorstellungen und seinem Einfluß zu beugen versuchte. Er empfand es als Selbstverständlichkeit, daß sie dachte wie er, handelte, wie er es für gut befand, er nahm nicht wahr, daß Anna sich der Ehe zwar fügte, sie aber nicht bejahte.

Hin und wieder nahm Anna den Bleistift zur Hand, sie wollte wieder zeichnen, das Kind oder eine Blume. Aber es blieben schwache Versuche, sie hatte den Glauben an ihr Talent verloren. Manchmal begann sie zu schreiben, etwas trieb sie dazu, aber auch das waren hilflose, sie selbst wenig überzeugende Versuche, die sie bald wieder vernichtete. Sie spürte das Drängen von Begabungen und gleichzeitig ihr Unvermögen, diese zu artikulieren. Nichts konnte in ihr reifen, sie lag brach.

Anna geriet in körperliche Panikzustände, die sie ihrem

Mann nicht eingestehen wollte, in der Hoffnung, sie würden vorübergehen. Sie meinte oft, der Boden schwanke unter ihr, und das Gefühl, zu fallen, tief und tiefer zu fallen, bemächtigte sich ihrer. Es ängstigte sie der Gedanke, einen Platz überqueren zu müssen. Als sie ein seltenes Mal mit Seff und dem Kind durch die Stadt bummelte, fiel ihr das erstmals auf. Nur mit größter Überwindung, in panischer Angst, zu stürzen, mit klopfendem Herzen und schweißgebadet erreichte sie jedesmal die gegenüberliegende Seite, als sie über Rios weite Plätze schlenderten.

»Ist was?« fragte Seff.

»Nein, mir ist nur zu heiß«, redete sie sich heraus.

Und zu heiß war ihr oft, ihr Mann kannte diesen Satz und nahm ihre panischen Zustände auch tatsächlich nicht zur Kenntnis.

*

Die Hitze des brasilianischen Sommers steigerte sich in den Wochen des Carnaval meist ins Unerträgliche. Das Land schien in Sambarhythmen aufgelöst zu sein und keinen stillen Winkel mehr zu besitzen, überall das Dröhnen der Carnavalschlager und das Lärmen schwitzender Menschenhorden, erfüllt von gierig aufbrechender Lebenslust. Seff liebte den Carnaval, und er wollte seine Frau dazu überreden, mit ihm auf der Avenida Rio Branco, wo die großen Umzüge stattfanden, dem Treiben beizuwohnen. Einmal versuchte es Anna. Das aufregende und aufgeregte Menschengewühl, ein Inferno aus Synkopen und Gesängen, der Geruch des aufreizend süßlichen Parfums, das alles kam Anna viel zu nah. Zu nah an ihre Haut. Gleichzeitig fühlte sie sich fremd in diesem Spektakel, wie ausgeschlossen. Vor Hitze halb ohnmächtig, war sie froh, aus der sinnlich aufgeheizten, mit Nacktheit nicht geizenden Menschenmasse heil wieder herauszukommen. Sie bezog lieber wieder ihren Platz oben auf dem Berg, isoliert und außerhalb dieses Geschehens. Trotzdem drang es auf sie ein und peinigte sie. Aus dem Dickicht oberhalb des Hauses, wo die Schwarzen ihre Hütten hatten, drang pausenlos dumpfes Trommeln. Monoton, von wilden Schreien unterbrochen, erfüllte es die feuchtheißen Tage und Nächte. Wenn Anna auf die Avenida hinunterspähte, sah sie kostümierte, dahintänzelnde Gestalten, die, der Gegenwart entrückt, singend und gestikulierend im Sambaschritt dahinzogen. Haben die alle den Verstand verloren? fragte sich Anna. Oder bin ich nicht normal? Weil ich so nicht sein kann? Jeder einzelne wirkte in diesen Tagen verändert, durchdrungen von wilden, leidenschaftlichen Phantasien.

Anna zog den menschenleeren Strand vor und saß neben ihrer mit Sand und Muscheln spielenden kleinen Tochter am Rand der Uferwellen. Sie schickte ihren Blick suchend in die Ferne, dorthin, wo Wasser und Himmel einander berührten. Passagierschiffe glitten vorbei, es waren Überseeriesen mit ihren Decks, Aufbauten und mächtigen Schornsteinen. Sie wurden für Anna enteilende Inseln der Verheißung, auf dem Weg zu einem anderen, zu ihrem eigentlichen Leben. Anna sah ihnen nach, wie sie majestätisch und unerreichbar durch das Wasser zogen und schließlich ihrem Blick entschwanden.

*

Langsam wurde Anna wachsam. Etwas ging vor.

Wie ein Irrlicht erschien es am Horizont und drang näher.

»Beunruhigend«, sagten einige.

»Verheißungsvoll!« meinten andere, »das große Leuchten der Hoffnung!«

Eine politische Veränderung begann sich in Deutschland zu manifestieren, angeführt von einem »Mann aus dem Volke«, wie es hieß. Ein dämonischer Verführer, wie viele meinten. Für Anna ein fanatischer Eiferer mit eher lächerlichem Aussehen und den Gebärden eines Erlösers. Sie sah Fotografien. Falsche, einstudierte Güte, dachte Anna, dieser unecht liebevolle Blick auf Kinder und dann der kalt beherrschende vor den Massen.

Aber eine hypnotische Wirkung schien von ihm auszugehen, sie reichte bis hierher in die Tropen, bis in die Urwälder Brasiliens, scheuchte auf und warf einen dunklen Schatten.

Hitler.

Mit den deutschstämmigen Männern in Annas Umfeld ging eine Veränderung vor. Sie rotteten sich zusammen und bildeten Gruppen, sangen neue Lieder und bekamen einen anderen, fremden Blick. Anna wußte ja, daß Seff für deutschnationale Ideale in hohem Maße anfällig war, hatte sie doch schon in Wien seine Einstellung kritisch betrachtet. Jetzt wurde er ihr unheimlich.

»Eine neue Idee ist geboren, Anni«, sagte Seff, als sie ein einziges Mal versuchte, Einwände gegen diese politische Richtung geltend zu machen, »die Liebe zu Heimat und Vaterland wird uns führen, es sind hohe Ziele, die wir ab nun verfolgen.«

Anna erschrak, als er so sprach. Sie fand seine Worte hohl und aufgeblasen, und in seinen sonst freundlichen, fast scheuen Augen leuchtete eine aggressive Selbstsicherheit auf, die sie bei ihm noch nie wahrgenommen hatte. Ihr Widerstand gegen das, was sich plötzlich wie schwelender Rauch, wie ein undurchsichtiger Nebel überall auszubreiten begann, wuchs. All das verhieß ihr nichts Gutes. Aber Seff und ihrer Ehe zuliebe verschwieg sie das Ausmaß ihrer Beunruhigung.

Nur eines fand Anna über alle Maßen lächerlich. Seff wollte sie jetzt als »die deutsche Frau« sehen, als dieses Idealbild von Frau, das ihm und seinen Gesinnungsgenossen vorschwebte. Das allen vorzuschweben begann.

»Was heißt deutsche Frau?« wehrte Anna sich, »Frau ist Frau, mit all ihren persönlichen, individuellen Eigenschaften!«

»Du weißt, was ich meine«, damit entzog Seff sich einer Diskussion, so, wie er sich immer schon gern allen privaten Auseinandersetzungen entzogen hatte.

Umso erstaunlicher war es, daß er in politischen Versammlungen und im deutschen Club so viel hitzige Entschiedenheit und unermüdlichen Kampfgeist aufbringen konnte. Mehr und mehr widmete er sich neben seinen Bürozeiten diesen Treffen mit Gleichgesinnten. Er blieb abends meist lange aus, oft bis spät in die Nacht, und überließ Anna dadurch noch auswegloser ihrer Einsamkeit. Immer tiefer versank sie in krankhafte Freudlosigkeit, vermischt mit quälendem Heimweh. Sie wußte, daß Seff ihr Zustand nicht verborgen blieb, er ihn jedoch nicht wirklich verstand.

Ich sollte ehrlicher leben, bewußter leben, ich lebe entsetzlich an mir selbst vorbei, dachte Anna in Augenblicken innerer Klarheit. Diese fand sie nur an der Seite ihrer kleinen Tochter, für die sie schützend und einigermaßen fröhlich als Mutter vorhanden bleiben wollte. Brigitte, drei Jahre alt, war ein hübsches, wohlgeratenes Mädchen geworden, liebte nichts so sehr wie den Strand, litt weder an der Hitze noch an der Feuchtigkeit, schien hierher zu gehören wie eine kleine Brasilianerin und blieb für Anna der einzige Grund, noch weiterleben zu wollen. Gittileins Großeltern in Wien erhielten Briefe, die nur das tropische Paradies und ein inniges Familienglück beschrieben und die stets einige Fotos der Enkeltochter enthielten. »Gitti am herrlichen Strand, an dem wir immer baden« – »Gitti im Sand spielend« – »Gitti mit Püppchen« – »Gitti in einem Blechtrog plantschend« – »Gitti auf Vatis Arm« – »Gitti in einem von Anny gestrickten Badeanzug« – »Gitti im geblümten Kleidchen« – Gitti – Gitti – Gitti – –

An der Liebe zu ihrem Kind hielt Anna sich fest, in ihr verankerte sie ihre geschwächte Seele. Und diese Liebe war es auch, die sie weiterhin mit Seff verband.

*

Und dann war es gerade die politische Veränderung in Deutschland, die eine Wendung in Annas stagnierendes Leben brachte. Ein Ruf, dem nicht nur Seff folgen wollte. »Heim ins Reich«, hieß es plötzlich. Es wurde zu einem Aufruf, dem bald unzählige Deutsche folgten. Obgleich sie gegen alle Vernunft dafür ihre zum Teil mühsam errichteten Existenzen in Brasilien wieder aufgaben. Anna war das egal. Dieser blödsinnige Aufruf kam ihr gerade recht. »Heim ins Reich«, hieß für sie einzig und allein: Heim! Nach Hause! Und Seff und sie hatten ja nichts aufzugeben, denn sie besaßen nichts. Das Kind war der größte Besitz, den sie in der Fremde erworben hatten.

Als Seff ihr also eines Tages eröffnete, in absehbarer Zeit die Rückreise zu planen, jubelte Anna auf. Ihr guter Stern, dem sie früher, aller Herzensnot zum Trotz, immer vertraut hatte, würde sich jetzt wieder ihres Schicksals annehmen, das stand für sie fest. Alles wird klar und richtig werden, dachte sie, diese Jahre waren ein Zwischenspiel, ich bin jung, und ich werde meinem Mädchen endlich die Heimat zeigen können.

Sie nahm ab nun jede Entbehrung auf sich, monatelang wurde eisern gespart. Anna strich die Tage am Kalender durch und hoffte inbrünstig, den einen ersehnten Tag auch wirklich zu erleben, den Tag der Abreise.

*

Der herzzerreißende Abschied von Hund und Katze, für die Joan versprach, einen guten Platz zu finden, und letztlich auch der wehmütige Auszug aus ihrem Haus über dem Meer, lange Jahre Seffs »Burg«, geriet für Anna schmerzlicher, als sie angenommen hatte. Auch die Reisevorbereitungen in den Wochen und Tagen davor, bei denen Seff ihr nur wenig helfen konnte, hatten sie erschöpft. Nichts wie weg und endlich auf See sein, dachte sie, den Abschied hinter sich haben und das Neue vor sich!

Und am 2. April 1936, an einem ungewöhnlich heißen Tag für diese Jahreszeit, gingen Anna, Seff und die kleine Brigitte im Hafen von Rio de Janeiro an Bord der ›Raul Soares‹. Es war ein Schiff der übel beleumdeten Reederei ›Lloyd Brasileiro‹, hatte sich aber als das billigste herausgestellt, das überhaupt zu buchen war. Die ›Raul Soares‹ war ein kleiner brasilianischer Dampfer, der hauptsächlich Kaffee nach Europa brachte, aber auch einige Kabinen für Passagiere besaß. Im Zwischendeck wurden, eng zusammengepfercht, heimreisende Portugiesen transportiert, einfache Bauern, meist Analphabeten, welche in Brasilien, wie Anna es erfahren hatte, als Menschen zweiter Klasse galten.

Es war Mittag und sehr heiß. Obwohl das Schiff noch vor Anker lag, wurden sie vom Personal in den Speisesaal gedrängt, der den Namen »Saal« kaum verdiente. Schnell wurde ihnen bewußt, womit sie sich in nächster Zeit abzufinden hatten, mit stickiger Luft in diesem engen, ungelüfteten Raum und miserablem Essen. Steinharte Koteletts und strohtrockener Reis, bei diesem Menü sollte es die Reise über größtenteils auch bleiben. Die kleine Gitti bekam angsterfüllte Augen und aß nichts. Auch Anna brachte keinen Bissen hinunter. Die Portugiesen, zuvor abgefüttert, hatten Speisereste und verschütteten Rotwein hinterlassen, alle Tischtücher waren fleckig, es roch schlecht, und Anna brach in Tränen aus. Da wurde Seff ungeduldig. »Dir kann man nie was recht machen! Jetzt fahren wir endlich heim und du heulst!« stieß er hervor. Das Kind weinte. Der Beginn der Reise war ein Schock.

Sie nahmen nicht wahr, daß das Schiff ablegte, und versäumten es, vom entschwindenden Bild Rios, mit all seinen Bergen und Buchten, von diesem Fleck Erde, auf dem sie so lange gelebt hatten, Abschied zu nehmen. Als sie endlich Ausschau hielten, waren sie bereits weit entfernt. Das Schiff schaukelte nordwärts an der Küste entlang, die sich malerisch darbot, mit Sandstränden, umsäumt von Kokospalmen, so bilderbuchartig, wie Anna es in all der Zeit in diesem Land nie zu Gesicht bekommen hatte. Aber wegen des Dahinschlingerns des Dampfers in Ufernähe überfiel Anna die Seekrankheit mit voller Wucht, ihr war zum Sterben zumute und sie lag, sich ständig übergebend, in der Kabine, während Seff sich an Deck um das Kind kümmerte.

In Bahia legte die ›Raul Soares‹ an und hatte dort über Nacht Aufenthalt. Anna, blaß und elend, war schließlich doch in der Lage, mit Mann und Kind an Land zu wanken. An Bahias wildem Meeresstrand wurde ihr wohler. Kühl sprühte die Brandung zu ihnen her, sie saßen im warmen Sand, und die Kleine hüpfte vergnügt herum. War doch der Strand bis jetzt ihr Element, dachte Anna mit plötzlichem Schuldbewußtsein, und das raube ich ihr! Ich, ihre Mutter! Weil ich es hier einfach nicht aushalte.

Sie zog ihr kleines Mädchen an sich und küßte es.

Die Stadt Bahia selbst, mit dem vergoldeten Inneren ihrer Kirchen, besichtigten sie nur kurz. Seltsam neidvoll betrachtete Anna die schwarzhäutigen Bahianerinnen, die mit ihren weiten gebauschten Röcken, den bunten Turbanen, vielen Ketten und Ohrgehängen, sich in den Hüften wiegend fröhlich durch die brütend heiße Stadt schlenderten. Anna staunte ihnen hinterher. Ich hab sie gern, die Neger! dachte sie, sprach es aber nicht aus.

Der Dampfer legte noch vor der kleinen, glühend heißen Stadt Vitoria an, die bereits nahe dem Äquator lag, und dies sollte auch der letzte Hafen sein, ehe man in See stach. Den ganzen Tag über wurde Kohle geladen, der Kohlenstaub machte den Aufenthalt an Deck unmöglich und die Luken der Kabinen mußten geschlossen bleiben. Überall nur stickige Luft und quälende Hitze, die Passagiere sehnten sich nach der Fahrt hinaus ins offene Meer.

*

Anfangs war es äußerst angenehm und erholsam, nur von Wasser umgeben zu sein. Vierzehn Tage lang Wasser, Wasser so weit das Auge reicht, das lag nun vor ihnen. Gitti spielte mit anderen Kindern an Deck, und Anna, wenn sie einen der wenigen vorhandenen Liegestühle ergattern konnte, lehnte sich entspannt zurück und genoß die frische Meeresluft. Man tat, was man konnte, das öde Schiff zu ertragen, aber die Tage schlichen dahin. Anna ging es besser, dafür saß Seff, grün im Gesicht, jetzt oft lustlos herum und starrte in den Himmel. Als eines Nachmittags eine heftige Welle das Schiff hochhob, Gitti zu Boden fiel und gefährlich auf die schlecht gesicherte Reling zurollte, als alle nur aufschrien, sprang er geistesgegenwärtig mit einem wilden Hechtsprung zu dem Kind hin und konnte es am Zipfel des Kleidchens noch festhalten. Da liebte Anna ihren Mann mit fast zerspringendem Herzen. Ab nun ließen sie die Kleine nicht mehr aus den Augen.

Vor allem, als die Witterung sich änderte. Sturm kam auf, dunkle Wolken bedeckten den Himmel, und es begann zu regnen. Die stickige Luft und der Schweißgeruch im Aufenthaltsraum, in dem sich alle versammelten, waren kaum zu ertragen, also versuchte Seff mit den Seinen trotz des hohen Wellengangs im Freien zu bleiben. Als der Regen nachließ, nahmen sie eine erhöhte Ladeluke in Beschlag, die einer kleinen Terrasse glich. Während Brecher das Deck überspülten, wurde dies für Anna, Seff und das von beiden sorgsam überwachte Kind die Bleibe unter freiem Himmel. Es sei gefährlich! meinten die Offiziere, aber sie verharrten tagsüber die meiste Zeit auf diesem ungemütlichen Podest, um nicht im Inneren des Dampfers zu ersticken.

Die Tage schlichen dahin. Zwar ließ der Regen nach, aber es wurde merklich kühler. Auch die anderen Passagiere verhielten sich nur noch abwartend, einzig die Kinder versuchten zu spielen und zu lärmen, nach Kinderart die Situation so zu nehmen, wie sie war, wurden jedoch von den Erwachsenen heftig gemaßregelt. »Ruhe! Setzt euch! Wir sind bald da!« hieß es immer wieder.

Aber erst nach einer endlos scheinenden Zeit sichteten sie an einem kühlen und windigen Tag die europäische Küste. Die ›Raul Soares‹ legte in Lissabon an. Und Anna erfuhr diesmal eine völlig andere Stadt als die, die sie bei ihrer Hinfahrt vor sieben Jahren kennengelernt hatte. So ist es! dachte Anna, wir erleben, was unsere innere Einstellung uns diktiert, und das äußere Bild richtet sich danach. Habe ich doch in einem augenscheinlichen Paradies die bedrückendsten Jahre meines bisherigen Lebens verbracht.

Bei orkanartigem Sturm passierten sie den Golf von Biskaya und gelangten, am Ende ihrer Widerstandskraft gegen Ängste und Übelkeit, endlich in den ruhigeren Ärmelkanal. Das Schiff legte in Le Havre an, dort wurden die Waren gelöscht. Der etwas längere Aufenthalt bot der kleinen Familie die Möglichkeit, endlich wieder einmal an Land zu gehen. Und sogar Seff, der begeisterte Brasilianer, staunte! Wie anders kam ihnen der europäische Kontinent entgegen! »Diese Luft!« rief Anna. Frisch und kräftig erschien sie ihr, wie ein kühler Trunk nach nur schalen, lauwarmen Getränken. Die niedrigen Häuser in Hafennähe hatten weiße Gardinen aus Tuch oder Spitze hinter den Fenstern, die Scheiben blitzten im klaren Licht. Über das Kopfsteinpflaster wurden Fuhrwerke von schweren Pferden gezogen, denen Anna hinterherstarrte. Es waren kräftige Gäule mit dicken hellen Mähnen, sie hatte in all den Jahren in Brasilien kein solches Pferd mehr erblickt.

»Schau Gittilein! Schau, ist das nicht wunderbar?« fragte

sie immer wieder, aber die Kleine besah fassungslos all das für sie Neue, Ungewohnte. Sie zog die Nase kraus und fror. Wir haben ihr die Heimat genommen, dachte Anna seufzend, spürte aber gleichzeitig den Schmerz und das Glück der nahenden Heimkehr in sich erwachen.

Als sie weiterfuhren, hatte der Dampfer Schlagseite, offensichtlich war falsch geladen worden. Es erzeugte für alle Passagiere das fatale Gefühl, das Schiff würde umkippen. Auf einer schiefen Ebene schritt man bergauf, dann wieder bergab, und die Kinder mußte man besonders sorgsam bewachen. Im »Speisesaal« gab es jetzt die zusätzliche Abwechslung, aus den Bullaugen auf einer Seite nur Wasser, auf der anderen nur Himmel zu erblicken. Trotzdem schaukelte die ›Raul Soares‹ weiter die Küste entlang. Holland mit seinen grünen Wiesen zog vorbei. Ein strahlendes Frühlingsgrün, Anna betrachtete es gebannt. Es war so völlig anders als das dunkle, traurige, robuste Grün der Tropen, das sich ständig gegen die glühende Sonne zu wehren hatte. Sie schaute und schaute, ihr war, als hätte sie all dies bereits vergessen, als erwache sie aus einem dumpfen Traum oder einem Fieberschlaf, als müsse sie ihre eigentliche Welt erst wiederentdecken. Sie fühlte sich noch zu matt für die erwartete große Freude. Ist das jetzt wirklich *wirklich*? dachte sie mit einem seltsamen Mißtrauen.

Sie machten in Antwerpen Halt und dann in Amsterdam. Aber die Ungeduld, dieses Schiff endlich für immer verlassen zu können, ließ die letzten Tage an Bord der schäbigen, in Schieflage dahintuckernden ›Raul Soares‹ besonders quälend werden. Anna fiel jetzt plötzlich ihr ausgebleichtes Haar auf, das von Jahren Meerwasser und Sonne ebenso ausgedörrt zu sein schien wie ihr Körper. Sie bedachte allmählich das Zukünftige präziser, jetzt, da die Heimreise zu Ende ging, der ihre ganze Aufmerksamkeit gegolten, auf die sie so sehr hingearbeitet hatte. Ihrer künftigen Erscheinung als Frau galten ihre Überlegungen ebenso wie den Lebensumständen, in die sie geraten würden.

Seff konnte zu Annas Leidwesen nicht nach Österreich zurück. Als überzeugter Nationalsozialist, der er mittlerweile geworden war, durfte er wie alle »Illegalen« nicht einreisen. Das kommt davon, dachte Anna im stillen, diese verdammten Nazis, aber sie ließ es nicht laut werden. Jetzt möglichst keine Unstimmigkeiten mit Seff, nahm sie sich vor. Sie versuchte sogar vor dem kleinen fleckigen Spiegel der Kabine ihr sprödes Haar im Nacken zu einer Rolle zu formen, à la »deutsche Frau«.

Seff hatte ja bereits eine recht gute Anstellung in München in Aussicht, und dort würden sie auch eine passende Wohnung suchen und in nächster Zeit leben. Schnell ein guter Frisör, dachte Anna, und eine große Badewanne. Kühle Nächte, mollige Betten, ein paar neue Kleider, und vor allem ein eigenes Kinderzimmer fürs Gittilein. Laß uns bald in Hamburg ankommen, bitte.

Und endlich war er auch wirklich da, der ersehnte Tag ihrer Ankunft. Sie durchfuhren die Elbe und legten nach einigem Hin und Her im Gewirr des riesigen Hamburger Hafens endlich am Pier an.

*

Während der endlos langen Bahnfahrt, natürlich dritter Klasse, war Anna hauptsächlich damit beschäftigt, das Kind zu unterhalten oder zum Schlafen zu bewegen. Blühende Frühlingslandschaften zogen vorbei, die sie vor Müdigkeit kaum noch wahrnehmen konnte. Die billigen Sitze waren nur dünn gepolstert, das Abteil war schlecht gefedert, der Zug ratterte lärmend dahin, mit dicken Rauchschwaden, die am Fenster vorbeizogen, und langsam schien jeder Knochen zu schmerzen, so unbarmherzig wurde man durchgerüttelt. Die Stunden wollten nicht vergehen, obwohl der deutsche Süden langsam näherrückte. »Bayern, endlich!« sagte Seff, emphatisch, als verkünde er das Ziel all seiner Wünsche, aber Anna war zu keiner Emphase mehr fähig. Schließlich hielt der Zug in München.

Den lärmenden Bahnhof durchquerten sie taumelnd, ihre Koffer schleppend, und bleich vor Erschöpfung. »Wie Gespenster sehen wir aus«, murmelte Anna. Gitti, sonst ein geduldiges kleines Mädchen, weinte an des Vaters Hand und wurde einfach mitgezogen.

Aber dann! Vor den Toren die blitzende Münchner Sonne, ein Taxi, in das sie kletterten, einige hübsche Straßen und Plätze, auf die sie während der Fahrt hinausblinzelten, und schließlich ein Hotel. Ein kleines, gemütliches und vor allem gepflegtes Hotel! Weiche Betten, frisch duftendes, schneeweißes Bettzeug und ein komfortables Badezimmer! Anna brach in Tränen aus vor Glück. Nichts Schöneres konnte man ihr jetzt bieten, kein anderer Genuß auf Erden kam dem gleich, nach einem ausführlichen Bad in die weichen Kissen zu sinken und zu schlafen. Sie dunkelten das Zimmer ab und schliefen. Alle drei. Sie schliefen wie Tote.

Und Anna erholte sich. Das Leben im Hotel tat ihr gut. Endlich wieder durch eine vertraut wirkende Stadt zu schlendern, den echten »Franziskaner« zu besuchen und dort echte Weißwürste zu essen, sich in einem Frisörladen verwöhnen zu lassen, mit Gitti in den Münchner Parks Kinderspielplätze zu besuchen, die laue Luft des mitteleuropäischen Frühlings zu genießen, all das tat ihr gut.

Und während Seff in München seine Tätigkeit an der deutschen Devisenstelle antrat und nach einer Wohnung für die Familie Ausschau hielt, konnte Anna endlich das tun, was sie schon so lange ersehnt und erträumt hatte: nach Österreich reisen!

Ihr und ihrer kleinen Tochter Brigitte wurde am 1. Mai 1936 an der Grenzstation Passau sowohl die Ausreise aus Bayern als auch die Einreise in ihr Heimatland gewährt.

*

Was dort mittlerweile politisch vor sich gegangen war, hatte Anna aus den Briefen von zu Hause teilweise erfahren. Die bürgerkriegsähnlichen Februarkämpfe, die Welle von Terror und Sabotageakten der NSDAP, der mißlungene Putschversuch der Nationalsozialisten und die Ermordung von Dollfuß, all dies berichtete man ihr, aber es schien auch am Tagesablauf der Daheimgebliebenen weitgehend vorbeigegangen zu sein. Einzig die Tatsache, daß Seff nicht einreisen durfte, mußten sie zur Kenntnis nehmen. »Anni« und die dreijährige, so hübsche Kleine wurden mit offenen Armen und tränenreich empfangen.

Anna wohnte sogar bei der Schwiegermutter, jetzt Gittis Oma, in der Schlösselgasse, und es gab Feste im Garten der Goetzers. Hier trafen beide Familien zusammen, um die Heimgekehrten willkommen zu heißen, und unter den blühenden Kastanien wurde getafelt und erzählt. Die verheirateten Schwestern präsentierten ihre Ehemänner und Anna gab sich den drei Herren gegenüber leutselig. Auch Rudi hatte geheiratet und erschien mit seiner Frau Hilde, einer eher herben Person, die Anna kein bißchen gefiel. Als Rudi sie innig auf beide Wangen küßte, dachte Anna bedauernd: Schade um ihn! Seine Schwester Ritschi hatte mittlerweile ohne Angabe eines Vaters ein Töchterchen geboren, das aber weitgehend von Großmutter Hedwig aufgezogen wurde, während die Mutter nach wie vor als Schiffssteward arbeitete. Die dunkelhaarige Kleine mit den feinen Gesichtszügen hieß Elisabeth, wurde Liesi gerufen und war ein wenig älter als Gitti.

Es gab so viel Neues zu bestaunen und zu berichten, und Anna sparte nicht mit neiderregenden Schilderungen ihrer phantastischen brasilianischen Jahre, sie log sich nachträglich eine wunderbare Zeit in den Tropen zurecht und genoß diese Lügen als ausgleichende Gerechtigkeit. Wie elend es ihr dort ergangen war, brauchte die Familie schließlich nicht zu erfahren.

Als sie allein und unbeobachtet die Glasmalerei betrat und diesen unverwechselbaren Geruch nach Blei und Staub aufsog, tat ihr das Herz weh. Der geliebte Vater hatte auch jetzt, nach ihrer Rückkehr, kein Wort des Vorwurfs geäußert, sie nur schweigend fest an sich gedrückt. Aber Anna war zumute, als würden die ausgelegten bunten Glasscheiben, die Tische und Werkzeuge in der feiertäglich stillen Werkstatt ihr ein Versäumnis vorwerfen. Als sei all dies ungerechtfertigt von ihr verlassen worden, und zu ihrem eigenen Schaden. Was hätte aus ihr werden, was hätte sie erschaffen können, wäre sie geblieben!

Erst als Anna zur Familie in den Garten zurückkehrte und das hellblonde Köpfchen ihrer Tochter erspähte, wurde sie wieder ruhig. Gitti spielte mit Cousine Liesi zwischen blühenden Pfingstrosen »Fangerln«, die beiden lachten und sahen in ihren hellen Kleidchen hübsch aus. Ist schon alles gut so, dachte Anna, dieses Kind macht alles gut.

Daß Seff nicht bei ihnen sein konnte, wurde von allen bedauert. »Wir werden ja sehen, was unser Kanzler mit dem Hitler anfangt«, sagte der Vater, »Schuschnigg will unbedingt, daß Österreich unabhängig bleibt. Aber viele bei uns wollen das nicht, es wimmelt nur so von überzeugten Nationalsozialisten in unserem Land, die würden liebend gern zu Deutschland gehören.« »Aber wenn die nicht so arg gegen die Religion wären!« warf Mutter Hermine erregt ein, »das wird der liebe Gott nicht zulassen, ohne den lieben Gott wird ihnen nix gelingen!« »Möchte noch jemand Apfelstrudel?« lenkte Minnie ab, »oder Schlagobers auf den Kaffee?« Niemand wollte sich auf politische Gespräche einlassen, schon gar nicht, wenn der liebe Gott ins Spiel kam. Und Anna war das nur recht. Sie hoffte auf eine hübsche Wohnung in München und wollte leben, jetzt endlich als Ehefrau und Mutter möglichst glücklich leben.

Anna blieb mit Gitti fast einen Monat lang in Wien. Sie besuchten die Anna-Tant' und alle anderen Verwandten, die zu besuchen ihr von den Eltern empfohlen bis befohlen wurde. In der Schlösselgasse bemühte Anna sich, Seffs Mutter in der Zeit ihres Aufenthalts ein wenig näherzukommen. Und Oma Hedwig hatte ihre abwehrende Haltung mittlerweile ebenfalls gemildert, vor allem auch, weil das kleine Enkeltöchterchen so liebenswürdig und brav war und der »arme Seff« aus »blödsinnigen politischen Gründen« fernbleiben mußte. Also nahm sie seine Familie so herzlich auf, wie es ihr, der gefühlsscheuen Frau, möglich war.

Anna traf in diesen Wochen auch Freundin Inge, die als ewige Junggesellin nach ihrem Kunststudium ziemlich unkünstlerisch als Büroangestellte zu arbeiten begonnen hatte. Trotzdem schienen ihr Humor und ihre Lebendigkeit unverändert geblieben zu sein, sie lachte sogar hell auf, als Anna ihre Verzweiflung in Rio zu schildern versuchte.

»Meine übertriebene Anni mit den traurigen Kuhaugen!« rief sie, »statt dort zu bleiben und die Tropen zu genießen! Das Meer! Die Sonne! Den Samba! Schau, wie öd es hier ist! Mit all den fürchterlichen Nazis! – Ui, entschuldige – der Seff –«

»Brauchst dich nicht zu entschuldigen, Inge, er ist ja schließlich einer«, sagte Anna, »und die hat es dort auch gegeben, die Nazis, und zwar en masse. Aber hier gibt es wenigstens diese fürchterliche brasilianische Hitze nicht!«

»Aber dafür den Hitler«, antwortete Inge, »ich weiß nicht, was da schlimmer ist.«

Anna erkannte, daß niemand das Ausmaß ihrer Einsamkeit im Haus über dem Meer verstehen konnte, selbst die beste Freundin nicht. Für Inge zählte das Unbehagen an der hiesigen politischen Lage weit mehr als Annas privates Unglück irgendwo in der Fremde. Aber ihr dort zur Welt gebrachtes Kind entzückte auch sie. »Was hast du nur für ein süßes Mädchen«, sagte Inge.

Also gab Anna sich als stolze Mutter und ließ der Freundin gegenüber die Zeit im fernen Brasilien ab nun möglichst unerwähnt.

Mittlerweile hatte Seff sich in München beruflich etabliert und eines Tages auch eine passende Wohnung gefunden. »Sie ist groß genug, sehr hübsch möbliert, liegt ein wenig am Rande der Stadt«, schrieb er. Und kaum erfuhr Anna von diesen eigenen vier Wänden, wollte sie nur noch nach München zurück. Nach Seffs Brief nahm sie unverzüglich Abschied, aber nicht, ohne die Aussicht auf ein baldiges Wiedersehen zu bekräftigen. Vor allem Gitti solle doch den Sommer einmal österreichisch-ländlich erleben, meinte Oma Hedwig, man sei mit den Besitzern eines großen, wunderschönen Bauerngehöfts in Oberösterreich seit Jahren bekannt, also bis bald!

Auch ihren Eltern und Schwestern versprach Anna, daß man einander sicher ganz schnell wiedersehen würde, und Anfang Juli reiste sie mit Gitti nach München zurück.

Am Bahnhof erwartete sie ein strahlender Seff und schloß seine beiden Lieben innig in die Arme. Sie seien ihm schon so sehr abgegangen! Gittilein sei ja richtig gewachsen, na sowas!

Dann fuhren sie lange, für Anna beunruhigend lange, mit der Tramway durch München und landeten schließlich bei einem neugebauten, sehr hellen Haus am Rande einer unendlich weiten Wiese. Auch die Fenster der Wohnung gingen auf diese Wiese hinaus.

»Das ist die Oktoberwiese«, erklärte Seff, »›die Wies'n‹, sagen die Bayern, und im Oktober gibt es hier Bierzelte und einen Jahrmarkt.«

Anna runzelte die Stirn.

»Aber nur im Oktober!« beruhigte Seff sie sofort, »und nicht direkt vor unserem Haus!«

Die Wohnung war tatsächlich hübsch, Küche und Bad hatte man gut ausgestattet, und auch ein Kinderzimmer gab es.

Die Möbel trafen nicht ganz Annas Geschmack, aber sie störten nicht. Es würde ihr sicher gelingen, hier heimisch zu werden.

*

Anna mochte München. Sie mochte ihr Leben in München. Tagsüber beschäftigte sie sich mit dem Haushalt und der Kleinen, abends empfing sie Seff mit einem möglichst wohlschmeckenden Nachtmahl. Man sah auf die große Wiese hinaus, oft unternahmen sie noch einen gemeinsamen Spaziergang in der Abendsonne, beim Duft von Gras oder Heu.

Auch bummelte Anna mit dem Kind gern nachmittags durch die Stadt oder durch den Englischen Garten, und oft trafen sie nach seiner Bürozeit mit Seff zusammen und man schlenderte gemeinsam weiter, bis zu einem Bierlokal oder Restaurant, wo man eine Kleinigkeit zu sich nahm. Ein Arbeitskollege, den Anna »nett« fand, gesellte sich anfänglich sporadisch hinzu, aber im Lauf der Zeit wurde daraus ein häufiges, fast regelmäßiges Beisammensein. Er hieß Erich König, saß mit Seff im selben Bürozimmer, die beiden schienen sich ausnehmend gut zu vertragen und neben dem Büro auch ihre politischen Ansichten zu teilen.

Anna spürte bald, daß sie diesem Mann gefiel, und das gefiel ihr. Nach Jahren vereinsamter Isolation tat es ihr wohl, endlich wieder als Frau Beachtung zu finden. Sie fand sich selbst jetzt gut aussehend, fühlte sich gepflegt und ausgeruht. Das Kind war sanftmütig, gut geartet, machte kaum Schwierigkeiten, nur seltene und kurze Bestrafungen waren nötig, meist wirkte ihr »Gittilein« zufrieden und fröhlich. Anna konnte neben der Kleinen aufblühen.

Und auch Seff näherte sich ihr. Die Entfremdung, in Rio

als Folge von Hitze, Erschöpfung, Vorwurf und Schuldgefühlen zwischen ihnen entstanden, konnte von beiden ein wenig überwunden werden, sie schliefen wieder miteinander. Einzig Seffs Parteizugehörigkeit bei den Nationalsozialisten, die Leidenschaft, mit der er deren Versammlungen besuchte, der ganze Tenor dieser Ideologie rund um Adolf Hitler stießen Anna nach wie vor ab. Aber da sie als »deutsche Frau« ein sorgloses und angenehmes Leben führen konnte, Seff gut verdiente, die kleine Familie endlich keinen Mangel litt, schob sie diese Irritation möglichst weit von sich.

*

Grünburg lag nahe bei Steyr, wie ihr vielgeliebtes Garsten, und als Anna hier die sanften Landschaften ihrer frühen Jugend wiederfand, stiegen ihr Tränen in die Augen. Wie hatte sie sich in der tropischen Hitze, im ständigen Dröhnen des Ozeans nach diesen Hügeln, nach blühenden Wiesen und kühlen Wäldern gesehnt!

An einem leuchtenden Sommertag Ende Juli kamen Anna und Gitti mit dem Zug an, wurden von Oma Hedwig und Cousine Liesi am kleinen Dorfbahnhof freudig empfangen und gleich zur Metzenhub hochgebracht. So hieß das Bauernhaus, ein mächtiger Vierkanthof, der zwischen Obstbäumen eindrucksvoll eine Anhöhe krönte. Auch von den Bauersleuten wurden die Ankömmlinge herzlich begrüßt, schnell war fühlbar, daß zwischen den Gastgebern und der Schwiegermutter eine nahezu familiäre Beziehung bestand. Allseits wurde bedauert, daß Gittis »Vati«, der Seff, auch hier nicht dabeisein konnte, daß er in München zurückbleiben mußte. Diese Politik! wurde geseufzt, hoffentlich wird man endlich einsichtig und Österreich ist bald für ihn offen!

Anna vermied, auf dieses Thema einzugehen, sie genoß lieber die Weite der Landschaft und den Sommerduft. Man brachte sie und das Kind in einem schlichten, weißgekalkten Zimmer mit hohen Bauernbetten unter, aus dem Fenster sah man in Apfelbäume, Anna fühlte sich wie im Paradies. Abends saß man am großen Holztisch beisammen, in der Ecke unter dem Kruzifix, es gab eine einfache Mahlzeit, dazu Most, und man erzählte einander, was es zu erzählen gab. Natürlich wurde Anna mit Fragen bestürmt, alle wollten von ihrer Zeit in Brasilien erfahren, und sie schilderte eine märchenhafte Zeit zwischen Dschungel und Strand, wie herrlich man im Meer baden konnte, und was für eine tolle Stadt dieses Rio sei. Während sie davon berichtete, verwandelte sich ihre Erinnerung in ein buntes Filmgeschehen, das nichts mit der Wirklichkeit zu tun hatte. Aber dieses Erfinden von Jahren des Glücks und der Freude gab dem Vergangenen plötzlich einen gewissen Glanz, und das tat Anna gut. Es war ja vielleicht nicht gar so schrecklich in unserem Haus über dem Meer, dachte sie, ehe sie neben Gitti unter die mächtige Tuchent der bäuerlichen Liegestatt kroch. Jedoch ließ die nächtliche Stille, das leise Flüstern des Laubes, ließ dieser Friede einer vertrauten Ländlichkeit sie besonders wohlig in den Schlaf sinken. Wie gut aber, daß ich wieder hier bin, konnte sie gerade noch denken.

Annas Tochter blieb unter der Obhut von Oma Hedwig länger auf der Metzenhub, alle freuten sich darüber, und das Landleben tat der Kleinen gut. Gittis blondes Haar war noch blonder geworden, ihr Gesicht noch rosiger, und sie winkte Anna fröhlich hinterher, als diese in den Zug stieg, um zurückzureisen. Zurück »in die Hauptstadt der Bewegung«.

So nannten die Nazis München jetzt, Seff liebte diese Bezeichnung und Anna konnte sie nicht ausstehen.

»Es wäre schön, wir könnten irgendwann gemeinsam ganz normal im normalen Wien leben, in der Hauptstadt Österreichs!« brummte sie.

»Es gibt ja schließlich bereits das Juliabkommen!« entgegnete Seff eifrig, »in dem Österreich sich verpflichtet hat, seine Außenpolitik als zweiter deutscher Staat zu führen! Bald kommt es zum Anschluß! Du wirst sehen, Anni, es dauert nicht mehr lange, und auch ich kann in die Heimat zurück!«

Doch es dauerte, und Anna versuchte aus der Situation das Beste zu machen. Sie genoß München, flirtete mit Erich König und mochte ihre komfortable Wohnung. Ab und zu begleitete sie sogar ihren feschen Seff in eine dieser Nazi-Versammlungen, die sie blödsinnig fand, in denen ihr Mann jedoch Reden hielt und Achtung erfuhr. Also stilisierte sie sich mit im Nacken geknotetem Haar zur deutschen Frau und ließ das nationalsozialistische Geifern und Brüllen über sich ergehen. Aber sie haßte es und bemühte sich, diesen Haß nicht zu zeigen.

Was bringt's, dachte Anna, nur Streiterei und schlechte Laune, und ich wäre die einzige, die sich aufregt, sind ja fast alle für dieses Hitler-Getue! Lieber regte sie an, nur mit Seff und seinem Freund Erich unterwegs zu sein, in einem Lokal oder Biergarten ruhige Gespräche zu führen und möglichst nicht zu politisieren. Plötzlich waren diese Schreihälse dann wieder ganz normal.

Alleine fuhr sie nochmals nach Grünburg zur Metzenhub, alleine besuchte sie ihre Familie in Wien, und als das Gittilein wieder in München war, widmete sie sich dem Kind, dem Haushalt und dem Familienleben. Wenn es im Winter sehr kalt wurde, war die Wohnung leider schlecht zu heizen und verlor dadurch an Behaglichkeit. Kaum aber wurde es Frühling, vergaß man das gern wieder, und die weiten, blühenden Wiesen vor den Fenstern entzückten jeden, der bei ihnen zu Gast war. Und vor allem und häufig zu Gast war Erich König.

Als Oma Hedwig eines Tages zu ihnen nach München kam, herrschte jedoch eisige Kälte. Seff hatte sie eingeladen, einige Tage bei ihnen zu verbringen, und Mutter und Sohn schlossen einander nach einer so langen Zeit der Trennung bewegt in die Arme. Beide hatten Tränen in den Augen, es war ein Wiedersehen, das allen zu Herzen ging. Anfangs auch Anna. Aber Hedwigs Anwesenheit beengte ihre Bewegungsfreiheit, und da außerdem alle ständig froren oder fröstelten, wurde Anna allmählich immer gereizter und nervöser. Seff war ja tagsüber im Büro und genoß nur abends die Gesellschaft seiner Mutter, sie aber mußte sich ganztägig einer Frau widmen, die ihre Schwiegertochter offensichtlich nach wie vor nicht wirklich mochte. Ich bin ihr ein Dorn im Auge, dachte Anna grimmig, sie hat sich für ihren geliebten Seff was Tolleres vorgestellt, irgendein hehres Weib, und das bin ich nun mal nicht. Nur unsere Gitti hat ihr Herz gewonnen. Ihr zuliebe hat sie versucht, mich anzuerkennen, es gelingt ihr aber nicht.

Seff schob Annas Mißstimmung, die auch er fühlte, auf die eisig kalte Witterung, und als die Mutter sich wieder verabschiedete, vertröstete er alle auf den baldigen »Anschluß«, der stünde vor der Türe, und ein nächstes Treffen gäbe es ganz sicher bei sommerlicher Wärme und vielleicht bereits im schönen Grünburg!

Trotzdem feierte Gitti im August 1937 ihren vierten Geburtstag auf der Metzenhub, jedoch ohne »Vati«, der durfte noch immer nicht ins Land. Und Anna hatte sich entschlossen, ihren Mann nicht den ganzen Sommer über allein zu lassen. Also rüstete die Oma in Grünburg ein Fest für ihre Enkeltochter, und man fotografierte das Geburtstagskind, im hellen Kleidchen und weißen Kniestrümpfen, vor dem Bauernhaus, neben einem Tisch mit Blumen und einer Torte und ein wenig skeptisch in die Kamera lächelnd.

Anna klebte später auch dieses Bild in das Buch, in dem sie und Seff, neben unzähligen Fotos, immer wieder auch imaginäre Briefe an ihr Töchterchen gerichtet hatten, und das seit der Geburt des Mädchens. Für später! Damit sie später weiß, wie sehr wir sie immer geliebt haben! beschlossen sie in Rio. BRIGITTE hatte er schwungvoll auf den marmorierten Deckel geschrieben, und sie hatte ihre Skizzen des Säuglings und Kleinkindes hinzugefügt. Dieses Buch hütete Anna als besonderen Schatz. Es war das einzige gemeinsame Werk ihrer Ehe. Dieses Buch und vor allem dieses Kind.

*

Die politische Lage in Österreich spitzte sich zu. Anna bekam das Gezerre um die Unabhängigkeit Österreichs ausführlicher mit, als ihr lieb war, da Seff, sein Bürokollege Erich und alle, die sie in München kennengelernt hatte, nur noch dieses Thema im Kopf zu haben schienen. An einem sonnigen Märztag kam Seff überraschend schon mittags nach Hause, atemlos und mit strahlendem Gesicht. »Wir können endlich nach Wien zurück, Anni!« rief er und schloß sie stürmisch in die Arme. Der von ihm so heiß ersehnte ›Anschluß‹ war also erfolgt.

Um Anna herum herrschte nur Jubel. Sie selbst jubelte nicht. Weshalb eigentlich? fragte sie sich. Einzig die Aussicht, bald wieder mit Mann und Kind in ihrer Heimatstadt Wien leben zu können, war für sie Ursache, sich zu freuen. Wer jedoch gerade diesen Umstand bedauerte, war Erich König.
»Wie soll ich weiter durchs Leben kommen ohne euch?« fragte er.
Es klang scherzhaft, aber Anna war durchaus klar, daß mit dieser Frage überaus ernst nur sie gemeint war. Hatte sich doch neben dem arglosen Seff der Zauber einer anfangs ebenfalls arglosen Tändelei ergeben. Lange Zeit war es zwischen ihnen nur bei zarter und heiterer Annäherung geblieben, bis daraus unvermutet Erichs heftiges erotisches Drängen entstand. Anna ließ dieses zwar unbeantwortet, aber doch in gewisser Weise gewähren, da sie ihr Leben nicht ungern mit einer unverbindlich sie umhüllenden Erotik würzte, die eigene Phantasien anregte und auch ihrem Eheleben guttat.

Bald nach dem erfolgten »Anschluß« reiste die Familie gemeinsam nach Wien. Seff wurde mit freudigem Hallo empfangen, und wieder kam man bei Oma Hedwig unter. Nach dem ersten Begrüßungstaumel begann Seff bereits mit der Wohnungssuche, obwohl er die Brücken nach München nicht von heute auf morgen abbrechen konnte. Jedoch half ihm seine Parteizugehörigkeit rasch weiter, und Anna war selig, als sie schon nach wenigen Tagen eine ihnen angebotene Wohnung besichtigen konnten. Diese lag im zweiten Stock eines Hauses am Trautenauplatz im neunzehnten Bezirk. Sie war geräumig und besaß einen Balkon, von dem aus man auf Schrebergärten und noch unverbautes Gebiet sah. Nicht weit entfernt verlief die Sieveringer Hauptstraße, mit Geschäften und einer Straßenbahnstation. »O ja, Seff, die nehmen wir!« rief Anna aus, und sie umarmten einander zum ersten Mal in den noch leeren, künftigen Wohnräumen.

Daß es da die Schattenflächen ehemaliger Bilder an den Wänden gab, daß noch Spuren fremden Lebens beseitigt werden mußten, ehe sie einziehen würden, darüber wollte Anna nicht nachdenken. »Juden haben hier gewohnt?« hatte sie zwar erstaunt gefragt, als dies vom Vermieter angedeutet wurde, »was ist denn jetzt mit denen?« »Sie sind weggezogen«, lautete Seffs kurze Antwort, und Anna versuchte sich damit zufriedenzugeben. Es gab plötzlich so viel Seltsames, Unheimliches hinter der Fassade des gewohnten Alltags, das es zu übersehen galt. Anna beschloß, sich nicht nur im Fall der neuen Wohnung damit zufriedenzugeben, nichts Genaues zu wissen. Sie wollte zufrieden sein. Punktum.

Die Familie reiste nach München zurück, um dort doch noch eine Weile auszuharren. Seff war zwar gelungen, seine Anstellung bei der Devisenstelle nach Wien verlegen zu lassen, jedoch gab es eine Übergangsfrist, die er noch im Münchner Büro absitzen mußte. Und auch die Münchner Wohnung konnte erst aufgelöst werden, sobald Wien bezugsfertig war.

Aber nach Grünburg wollte Seff so bald wie möglich, er nahm im Frühsommer ein paar Tage Urlaub. Die Bauersleute empfingen alle drei mit offenen Armen, vor allem ihn,

Gittis »Vati«! Endlich war auch der wieder da! Es war ein besonders warmer, üppiger Mai, um die Metzenhub blühten die Apfelbäume, das Glück der ungehinderten Heimkehr beseligte Seff, und er liebte sein Töchterchen und seine junge, hübsche Frau. Anfang Juni 1938 wußte Anna, daß sie wieder ein Kind erwartete.

*

In ihrem noch in Rio vom österreichischen Generalkonsulat ausgestellten Paß wurde sie in der Rubrik Beruf als ›Handelsangestelltengattin‹ geführt. Jedesmal, wenn Anna das Reisedokument benötigte, sah sie dieses unförmige, unsinnige Wort und haßte es. Sie, die sich zur Künstlerin geboren wähnte, jetzt eine Handelsangestelltengattin! Erich König lachte, als sie laut schimpfend darauf hinwies.
»Nun ja«, sagte er dann, »dein Mann ist eben ein Handelsangestellter, was hätte man sonst schreiben können!«
»Ich wollte, daß sie ›Kunstschaffende‹ hineinschreiben, aber man lächelte nur, und Seff trat mir auf den Fuß, es war ihm peinlich.«
Anna war mit Gitti unterwegs nach Wien, und Erich begleitete sie. Sie sollte die Wohnung am Trautenauplatz einrichten und bewohnbar machen, so war beschlossen worden, und Seff fand es prima, daß sein Bürokollege und Freund, der noch Urlaubstage frei hatte, die Seinen begleitete. Er verstand gut, daß Erich jetzt nach dem Anschluß auch einmal Wien besuchen wollte, und ihm war sehr recht, daß seine schwangere Frau Begleitung hatte. Anna hatte anfangs versucht, Einwände gegen diese »Begleitung« vorzubringen, aber sie gerieten zu schwach, und Seff in seiner Arglosigkeit

bestand sogar darauf. Also wenn er ohnehin nichts merkt, dachte Anna, dann ...

Ihr war klar, daß Erich sie nicht nur begleiten, sondern auch bedrängen würde. Die Anziehung zwischen ihnen bestand nach wie vor, ihre Schwangerschaft schien Erichs Begehren in keiner Weise abzukühlen, sie spürte, daß es sie nach wie vor warm umhüllte. Und Anna hatte nichts dagegen. Es war August und zur Geburt des Kindes noch lange hin. Das flache Bäuchlein war kaum zu sehen, sie litt nicht an Übelkeit, sah gesund und strahlend aus und fühlte sich auch so.

Sie und Gitti fanden wieder Unterschlupf in der Schlösselgasse. Oma Hedwig war gern bereit, sich um die Kleine zu kümmern, während Anna in Möbelgeschäften und Elektroläden stöberte, mit Tapezierern und anderen Handwerkern konferierte und die noch leeren Räume der neuen Wohnung in eine gemütliche Heimstätte ganz nach ihrem Geschmack verwandelte. Sie war also meist unterwegs und konnte dabei völlig sorglos sein, im Wissen, daß ihre Kleine bei Oma und Cousine Liesi bestens aufgehoben war. Und mit dieser Sorglosigkeit, diesem Gefühl von Freiheit und Selbständigsein, verbrachte sie neben der Arbeit für die Wohnung reichlich Zeit mit Erich König. Er hatte sich in einem bescheidenen Hotel einquartiert und ließ sich von Anna Wien zeigen. Sie schlenderten über den Stephansplatz, die Ringstraße entlang, besuchten den Park von Schönbrunn, sie machten Ausflüge auf den Kahlenberg, gingen in ein Heurigenlokal in Grinzing und versanken mehr und mehr in eine zärtliche Nähe. Bis sich diese Zärtlichkeit eines Tages in Erichs Hotelzimmer abrupt in Leidenschaft verwandelte und Anna mitriß. Sie schlief mit ihm.

Was tu ich denn da? dachte sie zwar, während sie in den

Armen des besten Freundes ihres Mannes lag, aber es wollte sie kein Schuldgefühl oder schlechtes Gewissen überkommen, sie blieb seltsam unbelastet dabei.

Es war vielleicht auch ihre Schwangerschaft, die sie mit dieser nahezu lasziven Gelassenheit erfüllte. Schließlich kann nichts passieren, dachte sie, und ohnehin ist es Seff, dem ich bald ein zweites Kind schenke. Aber sollte es wieder ein Mädchen werden, will ich, daß wir es Erika nennen. Der Name liegt ja zur Zeit in der Luft, wegen des Heideblümelein-Liedes, mein lieber Nazi-Mann wird ihn mögen. Und Erich sich darüber freuen.

Anna bemühte sich, nicht darüber nachzudenken, wie tief das Gefühl tatsächlich ging, das sie für diesen Mann hegte. Eine Verliebtheit, und das war es natürlich, lag für sie zu sehr außerhalb ihrer derzeitigen Lebensstruktur, um sich dadurch aus der Bahn bringen zu lassen. Aber daß es da neben der Wirklichkeit ihres Alltags, ihres Familienlebens noch eine geheime Affäre gab, die sie in Gedanken zu einem romantischen Filmgeschehen ausbauen konnte, gefiel ihr. So, wie ihr immer schon alles gefallen hatte, was die Welt der Träume und des Verbotenen bewohnte.

Erich König schenkte ihr zum Abschied ein Foto, auf dem sie beide bei einem Ausflug ins Gebirge zu sehen waren, zwischen Felsgestein und Föhren, Anna im Dirndlkleid. Rudi hatte sie ahnungslos zu dieser Bergwanderung eingeladen und das Bild aufgenommen.

»*Stets werde ich der Stunden reinsten Glücks gedenken, die ich mit Dir in Wien verleben durfte. Immer werden mich Deine lieben Traumaugen begleiten, möge der Weg zu Dir auch noch so weit sein! Behalte mich ein klein wenig lieb! Wien, 29. August 38. – Erich.*« schrieb er auf die Rückseite.

Anna wußte, daß sie dieses Andenken nur achtsam versteckt würde aufbewahren können, aber sie bewahrte es auf. Es gehörte zu den gut bewahrten Geheimnissen ihres Lebens.

*

»Dem Erich hat es so gut gefallen in Wien!« meinte Seff, »klar, diese herrliche Stadt! Ich freu' mich schon auf unser Leben dort!« Und darauf freute Anna sich auch, die Übergangszeit in der Münchner Wohnung erfüllte sie mehr und mehr mit Ungeduld. Und Erichs tiefe Blicke wollte sie jetzt nicht mehr erwidern.

Im Spätherbst 1938 brachen sie ihre Zelte in München endgültig ab, es gab neben dem Handgepäck nicht viel an Hausrat, den sie nach Wien mitnehmen mußten. Als Seff die hübsch möblierten Räume am Trautenauplatz zu Gesicht bekam, war er begeistert. Anna hatte mit Geschick und Geschmack eine behagliche Atmosphäre geschaffen, als »ewiger Sparmeister«, wie Anna ihn nannte, lobte er auch ihr finanzielles Haushalten dabei. Sie war erleichtert und erfreute sich an seiner Freude. Ihre Eskapade mit Erich ließ sie weit hinter sich und widmete sich ab nun einem möglichst harmonischen Familienleben.

Es gefiel ihnen allen in der neuen Umgebung. Man war mit den anderen Hausbewohnern schnell befreundet, es waren Paare ähnlichen Alters mit Kindern, und Gitti hatte rasch Spielkameradinnen. Anna mochte die Frauen, traf sie zum Kaffee und plauderte mit ihnen, was Seff überraschte, aber auch mit Zufriedenheit erfüllte. War seine junge Frau in Brasilien doch stets angeeckt, wenn es um nachbarliche Nähe ging. Er war froh, daß sie hier friedlich blieb und sich Freunde schuf.

Er selbst mochte seinen Wiener Arbeitsplatz, hatte auch hier nette Kollegen und kam abends gern in sein gemütliches Heim zurück. Daß im Wohnhaus nur Menschen wohnten, die eine ähnliche politische Ausrichtung hatten wie er, war Seff ebenfalls sehr recht. Zwar selbst überzeugter Nationalsozialist, war es ihm unangenehm, wenn deswegen um ihn herum Reibereien und Streitigkeiten entstanden, er sei »exzessiv harmoniesüchtig«, hatte sein Bruder Rudi ihm einmal vorgehalten. Kämpferisch gab er sich nur in Parteiversammlungen, zu Hause sollte Frieden herrschen. Und Anna begrüßte das, sie war heilfroh, wenn keine nationalsozialistische Ideologie neben ihr ausgebreitet wurde. Daß in ihrer schönen Wohnung Juden gewohnt hatten, die »ausziehen« mußten, war ohnehin etwas Dunkles in ihrer jetzigen hellen Welt, das zu verdrängen ihr nicht gänzlich gelang.

In den Gärten rundum fiel das Laub von den Bäumen, es begann zeitig zu schneien, und sie feierten, nur zu dritt, ein liebevolles erstes Weihnachtsfest in der neuen Wohnung. Aber der vierte Ankömmling machte sich bereits im mächtig gewordenen Bauch der Mutter bemerkbar. Das Ungeborene bewegte sich derart musikalisch in Annas Leib, als sie »Stille Nacht, heilige Nacht« zu singen versuchte, daß das feierliche Lied in Gelächter unterging.

Die Wintermonate verbrachte Anna in ruhiger Erwartung, sie erzählte Gitti von einem neuen Baby, das bald zu ihnen kommen würde, unternahm brav Spaziergänge in den Gassen rundum und am Wochenende, fest bei ihrem Mann eingehakt, auch längere Wanderungen im verschneiten Wienerwald. Ihr behandelnder Arzt und das Krankenhaus waren auf den Termin der Geburt vorbereitet, Anna befand sich zu Hause, in Wien, nahe ihrer ganzen Familie, und nicht irgendwo in der Fremde. Sie fühlte sich sicher und wohl.

Eines Nachts Ende Februar war es dann soweit, Wehen setzten ein, und die Fruchtblase brach. Eilig wurde ein Taxi gerufen. Bald lag Anna in einem Zimmer des Wilhelminenspitals, während Seff die kleine Gitti zu Oma Hedwig brachte. Sie war allein in diesem Zimmer, nachdem man sie ins Bett gelegt und versorgt hatte. »Das dauert noch«, sagte die Hebamme, man werde jetzt erst mal den Arzt verständigen, hieß es, und alle verschwanden. Es war still. Allzu still, auch draußen auf den Gängen, fand Anna. Sie stöhnte einsam vor sich hin, wenn eine Wehe einsetzte. Und immer häufiger setzten Wehen ein, in immer kürzeren Abständen. »Hallo!!« rief Anna, aber niemand schien sie zu hören. Immer wieder schrie sie ihr einsames »Hallooo!!« und immer lauter und verzweifelter. Sie fühlte das Kind nahen. Schließlich brüllte sie aus Leibeskräften um Hilfe. Als wieder nichts geschah, raffte sie sich mit äußerster Kraft hoch, schleppte sich zur Tür, öffnete diese und röhrte wie ein waidwundes Tier in den Gang hinaus.

Jetzt endlich schien man sie irgendwo vernommen zu haben, es entstand erschrockene Bewegung, die Hebamme und Krankenschwestern eilten herbei und bemühten sich aufgeregt um sie. Der Kopf des Kindes war bereits sichtbar, im Kreißsaal hatte die stöhnende, schluchzende, schweißnasse Anna nicht mehr viel Mühe, das kleine Mädchen zur Welt zu bringen, es hatte sich fast ohne Hilfe den Weg ins Leben gebahnt.

*

Wie Anna es beschlossen hatte, und mit Seffs begeisterter Zustimmung, wurde also der Name Erika für das Kind gewählt. Es wurde rechtmäßig römisch-katholisch getauft, was Mutter Hermine zwar erfreute, aber auch beunruhigte, da sie keine Heilige dieses Namens kannte. Noch dazu weigerten sich die Eltern, etwa noch einen anderen, religiöseren hinzuzufügen. Erika, und Schluß! Aber wenigstens gab es eine kirchliche Taufe, der Säugling war ein gesundes, in Wien geborenes Enkelkind, und ihre Anni endlich wieder zu Hause und brav verheiratet, ganz ohne diese Künstlerflausen von ehedem.

Im Garten der Schulgasse entstand ein Foto, das Anna in Ehren hielt. Sie selbst, im hellen Sommerkleid, mit der noch winzigen, zufrieden blickenden Erika am Schoß. Daneben die Großmutter, jetzt neuerlich Urgroßmutter, diesmal ohne Haarnetz über den sorgsam gelegten Wellen, die mit ihrer alten Hand das Händchen des Säuglings hielt. Und hinter der Banklehne Mutter Hermine, das Gesicht erfüllt vom Ausdruck stiller Genugtuung, und ihre Hand auf die Schulter der Tochter gelegt, als würde damit etwas besiegelt. Oma und Uroma in dunklen, blümchengemusterten Kleidern, das Hermines mit weißem Spitzenkrägelchen. Und die alte Dame trug neben einer weißen Kragenschleife einen Orden, den sie zu allen feierlichen Anlässen trug: das ›Mutterkreuz‹ für ihren im Krieg gefallenen Sohn. »Vier Generationen« schrieb Anna auf die Rückseite des Fotos. Es war das letzte, das mit der Seipel-Großmutter entstehen sollte.

Das Leben am Trautenauplatz, mit zwei Kindern, wurde zwar arbeitsreich, aber auch erfüllend für Anna. Gitti, schon über fünf Jahre alt, gab sich liebevoll mit dem kleinen Schwesterchen ab, und Seff war mit seiner neuen Tochter, seiner größer gewordenen Familie äußerst zufrieden. Die harmonische Hausgemeinschaft tat ein übriges, alle Frauen halfen Anna, wo sie konnten, und es gab immer wieder fröhliche Zusammenkünfte, auch mit den Ehemännern, in einer der Wohnungen oder unten im Garten. Dem Frühling, mit all seinen üppig blühenden Bäumen ringsum, folgte ein sehr warmer Sommer mit nur wenigen Tagen, an denen Schlechtwetter herrschte, die Kinder konnten fast immer draußen spielen. Und auch Erikas Kinderwagen stand meist auf dem Balkon oder auf der Gartenwiese, dadurch hatte die Kleine eine besonders frische Hautfarbe und sah blühend gesund aus. Und das war sie ja auch, blühend und gesund.

Nur ereignete sich ab und zu Seltsames mit ihr, beim ersten Mal für Anna und Seff ein grauenvoller nächtlicher Schock: Erika schien die Luft anzuhalten, und ihr Gesichtchen wurde blau. Richtig blau. Und es dauerte eine Weile, bis dieser Krampfzustand sich auflöste und die Wangen des Babys wieder rosig wurden. Der sofort in Panik herbeigerufene Arzt wirkte nicht allzu beunruhigt, das gäbe es und würde sich wieder verlieren, es gäbe diese ›blauen Babys‹, und Erika sei eben eines davon.

Außer dieser Sorge, die sich langsam wieder verlor, weil die Anfälle des Kindes tatsächlich mehr und mehr ausblieben, verlief Annas Alltag in ruhigen Bahnen, ihr Leben schien seine Form gefunden zu haben. Sie war voll und ganz Mutter, hatte keine Geldsorgen und nette Menschen um sich. Trotz des regen Kontakts zu ihrer und zu Seffs Familie lebte sie zugleich in einer ihr angenehmen Selbständigkeit und Selbstbestimmtheit. Und mit Seff verstand sie sich besser denn je. Wenn er heimkam, blieb das Nazi-Thema weitgehend vor der Tür und die Innigkeit ihres Familienlebens davon unbehelligt. Darum hatte Anna Seff gebeten, wollte sie doch mit Politik möglichst nichts zu tun haben. Sie ließ ihren Mann zu seinen Parteiversammlungen gehen, seine Gesinnungsbrüder treffen, sich irgendwo wichtig machen, wenn er unbedingt wollte, aber begleitete ihn ganz selten. Sie hielt sich aus jeder Form nationalsozialistischer Begeisterung heraus, diese Schreiereien und Parolen gingen ihr auf die Nerven. Und das Inhaltliche wollte sie einfach nicht an sich heranlassen, es war ihr zutiefst unheimlich. Wird schon wieder anders, dachte sie, die Leute kommen sicher irgendwann zur Vernunft.

Bis gegen Herbst eine Unruhe und Besorgnis fühlbar wurde, die auch ihr Desinteresse aufhob und alles zu erschüttern schien. Anna konnte politikbezogenen Gesprächen jetzt nicht mehr ausweichen, sie mußte Seff und jedem, der darüber sprach, zuhören und sich damit konfrontieren, daß die allgemeine politische Lage dramatisch zu eskalieren begann. Es ging um Polen, das bekam sie schließlich mit. Um Polen und um diesen Hitler. Seff, immer der Meinung, was »der Führer« vorhatte, sei gerechtfertigt und gut, versuchte Anna die Sachlage zu erklären. Daß Deutschland, Italien unter Mussolini und Japan sich gewissermaßen verbündet hätten, daß sie das Ziel verfolgen würden, Rohstoffmärkte und Siedlungsräume zu gewinnen, daß also der Osten erobert werden müsse, also auch Polen.

Anna verstand das alles nicht wirklich, wieso, man lebe doch gut, und so wahnsinnig »deutsch« fühle sie sich nach wie vor nicht. »Bist du aber«, sagte Seff da streng, »wir sind Deutsche, leben in Deutschland, und du bist eine deutsche Frau. Vergiß das nicht.« Anna verschluckte eine aufmüpfige Antwort, um bei soviel Unfrieden rundum die häusliche

Ruhe zu wahren. Aber sie hörte jetzt öfter Radio, es war eines angeschafft worden, ein sogenannter ›Volksempfänger‹. Und die Meldungen, mit falschem Pathos vorgetragen, ließen sie erschauern. Ja, etwas daran war falsch, das fühlte sie, aber auch irgendwie unabwendbar. Sie bekam Furcht.

*

Und das Befürchtete trat ein. Am 1. September 1939 erklärte Adolf Hitler Polen den Krieg.

*

Trotz des Kriegsgeschehens, das irgendwo in weiter Ferne die Welt bewegte, lebte man im Haus am Trautenauplatz seltsam ungerührt weiter. Man gewöhnte sich sogar an den Gedanken, daß zur Zeit Krieg herrsche. Gitti ging weiterhin zur Schule, die zu Fuß leicht erreichbar war und neben einem baumbestandenen Wiesenhang lag, der ›Hartäckerpark‹ hieß. Erika wuchs zu einem lebhaften kleinen Lockenkopf heran, »Wie herzig!« wurde oft ausgerufen, wenn man sie sah, und sie konnte schon ganz früh so in Fotoapparate lächeln, als wüßte sie, worum es dabei ging. Auch sie besaß in den Nachbarwohnungen gleichaltrige Spielgefährten, die Mütter konnten sich, den Tagesablauf erleichternd, Aufsichtspflichten teilen, und stets herrschte im Garten fröhliches Kindertreiben. Dazu mischten sich Lieder von Zarah Leander oder Johannes Heesters, die aus den Fenstern drangen, einige Frauen, darunter Anna, besaßen die neuesten Geräte, um Schallplatten abzuspielen, und das wurde auch unermüdlich betrieben. Was für ein verrücktes, lustiges Haus, dachte

Anna, was für eine Oase der Friedlichkeit! Gäbe es nur diesen unnötigen Krieg nicht.

Aber es gab ihn. Natürlich wurden Soldaten rekrutiert. Es gab auch Männer, die freiwillig einrückten. Seff konnte sich zwar militärisch aus allem heraushalten, machte aber innerhalb der Partei Karriere. Er geriet als schlichter Handelsangestellter mehr und mehr in eine gehobene Position, und zwar in eine, die mit der Parteiverwaltung zu tun hatte. Er verdiente gut. Das bewog Anna, nicht weiter nachzufragen.

Nachdem sie einander lange nicht besucht hatten, lud Anna ihre Freundin Inge zur Kaffeejause in die Wohnung am Trautenauplatz. Man saß mit frischem Streuselkuchen am Balkon und blickte auf Gärten und Vorstadtwiesen. Der Freundin schien die Heiterkeit und Lachlust von früher ein wenig abhanden gekommen zu sein, sie wirkte stiller und seltsam ermüdet. Anna hatte anfangs den Verdacht, es sei, weil sie immer noch allein, als ewige Junggesellin, lebe. Aber da widersprach Inge empört, da schrie sie mit all ihrer alten Lebhaftigkeit: »Hör auf, Anni! Ich leb' so gern allein! Um Gottes willen, bitte kein Mannsbild neben mir!« Nein, das sei es nicht. Es sei der widerliche Krieg, der sie allzusehr bedrücke. »Und dann diese Sache mit den Juden«, sagte sie, »eine Menge Kollegen in der Kunstgewerbeschule waren doch jüdisch, erinnere dich, so viele um den Cizek, er auch, die ganze Kunst war irgendwie jüdisch, und das darf jetzt alles nicht mehr sein, ich fasse es nicht.«

Anna schwieg betreten, ihr war bewußt, daß sie sich geflissentlich um dieses Wissen herumdrückte, ganz anders als die Freundin.

»Sie werden deportiert, hört man«, Inge sprach jetzt leise

und sah vor sich hin, »so viele verschwinden plötzlich von hier, es soll in Lagern irgend etwas mit ihnen passieren. Oder sie wandern aus, wenn sie können. Ich höre alle möglichen Gerüchte, die Menschen reden ja nicht wirklich darüber. Aber was ich höre, auch glaubhaft höre, kann man kaum glauben, so schlimm ist es. Was ist nur los mit den Menschen. Was für ein Haß.«

»Ja, es ist schrecklich«, sagte Anna und schämte sich gleichzeitig, weil sie spürte, wie sehr es nach einer Floskel klang. Inge hingegen war tief und ehrlich erschüttert.

»Ich denke oft an die Nacht im November achtunddreißig zurück, wie alle Synagogen und jüdischen Geschäfte verwüstet worden sind und viele gebrannt haben«, fuhr Inge fort, immer noch mit leiser Stimme und diesem abwesenden Blick, »in unserem Haus ist die Wohnung einer jüdischen Familie zerstört und geplündert worden. Ich war entsetzt, aber niemand hat sich so richtig aufgeregt, das war ein Pogrom wie im zaristischen Rußland, aber alles ist weitergegangen, als wäre nichts gewesen.«

Anna schwieg. Sie erinnerte sich auch, daß nach dieser Nacht düstere Meldungen bis hinaus nach Sievering, bis in die Vorstadt gedrungen waren. Sie lebten damals erst kurze Zeit in der neuen Wohnung, Seff hatte sie beschwichtigt, von »Sonderaktionen« und »Protestkundgebungen« gesprochen, und sie hatte sich gern beschwichtigen lassen.

Anna versuchte Inge an diesem sonnigen Nachmittag langsam vom Thema Krieg und Juden abzubringen, sie präsentierte der Freundin die großgewordene Gitti, bereits Schulmädchen, die kleine neue Erika, den neuen Schallplattenspieler, die ganze hübsche neue Wohnung, sie wollte nicht mehr über Politik sprechen. Da gab es schließlich ihren Ehemann, der für die Partei arbeitete, und ihr eigenes gutes Leben. Wie sollte sie ihn und ihre eigene Bereitschaft, wegzuschauen, vor Inge verteidigen? Aber die Freundin verhielt sich ohnehin taktvoll, sie griff Annas persönliches Leben und »den Seff« nicht an. Beim Weggehen traf sie mit ihm zusammen, die beiden begrüßten einander freundlich und scherzten sogar über alte Zeiten. Anna stand erleichtert daneben. Aber zum ersten Mal gab es eine Kluft zwischen ihr und ihrer besten Freundin, etwas, das die Offenheit und Nähe von früher nicht mehr zuließ.

*

Schneereiche Winter gab es in diesen Jahren, die Kinder konnten nach Herzenslust Schlitten fahren und sich Schneeballschlachten liefern. Die Weihnachtsfeste 1940 und 1941 feierte man in alter Weise, mit »Friede den Menschen auf Erden«, Engelshaar und Glöckchenläuten. Zu Silvester stieß man auf eine Zukunft an, die den baldigen »Sieg« und ein Kriegsende bringen sollte. Das neue Jahr begann, wie das alte geendet hatte, die Routine des Alltags, die Kinder und das heitere Zusammenleben im Haus hielten Anna auf zufriedene Weise gefangen. Ja, ihr, die das vom Leben Gebotene so schnell als ungenügend empfand, schienen jetzt, obwohl am Rande eines Krieges, die eigenen Lebensumstände zuzusagen.

Eines Abends jedoch kam Seff mit leuchtendem Blick von seiner Dienststelle heim.

»Ist was?« fragte Anna.

»Später!« antwortete er mit geheimnisvollem Lächeln.

Nach dem gemeinsamen Abendbrot mit den Kindern bat er Anna, sie möge sich zu ihm setzen, er müsse ihr etwas mitteilen. Etwas von größter Wichtigkeit.

»Was denn?« Anna bekam ihren bangen Blick.

»Aber nein, nichts Schlimmes, im Gegenteil!«

Sie saßen einander schließlich Aug in Auge gegenüber, und Anna fühlte mit beklemmender Genauigkeit, daß eine neuerliche Lebensveränderung auf sie zukommen würde.

»Anni, was für eine Chance!« rief Seff aus, »stell dir vor, was man mir angeboten hat!« Anna starrte ihn nur wortlos an, und er fuhr fort. »Ich soll der Adjutant vom Wächter werden!«

»Von wem?«

»Vom Gouverneur in Polen, Otto Gustav Wächter, er ist in der Partei ein bedeutender Mann!«

»Ihr habt schon einen Gouverneur in Polen?«

»Aber sicher! Die polnischen Truppen sind rasch besiegt worden, der Kampf um Warschau ist beendet, und unser Weg nach Polen wurde frei!«

»Und das heißt, daß du auch nach Polen mußt?«

»Wir alle müssen nach Polen! Wir, die ganze Familie, du und die Kinder!«

»Was?!!«

»Ein eigenes großes Haus, Anni! Gleich neben der Villa des Gouverneurs! Dienstboten! Eine deutsche Schule fürs Gittilein! Und ich verdiene prima!«

Anna schwieg.

»Na, was sagst du?«

Seff strahlte sie an, und Anna wurde traurig.

»Und die liebe Wohnung hier?« fragte sie, »in der ich endlich zu Hause bin?«

»Die behalten wir natürlich!«

»Ja?«

»Ja, wir können's uns leisten, die Villa in Lemberg wird mir ja kostenlos zur Verfügung gestellt.«

»In Lemberg?«

»Ja, Anni, wir leben dann in Lemberg!«

»Und wann dann?«

»Sehr bald, der Posten ist im Augenblick nicht besetzt, und das Büro wartet dringend auf mich.«

»Du hast schon zugesagt?«

»Ja!« Seff sah sie unsicher an. »Nicht böse sein, Anni. Aber diese Ehre konnte ich nicht ausschlagen.«

»Aber was daran ehrt dich denn so sehr? Es ist doch nur ein Adjutantenposten, Seff, eigentlich bist du dort nichts anderes als ein besserer Sekretär!«

»Der Führer ehrt mich, Anni. Das Deutsche Reich. Ich gehöre dazu. Aber das verstehst du eben nicht wirklich.«

Nein, das verstehe ich wirklich nicht wirklich, dachte Anna, aber sie sprach es nicht aus.

*

Es war ein zweistöckiges Haus, mit einer kleinen Freitreppe vor dem Eingang und mehreren Balkonen, das sie zur Gänze bewohnen konnten. Anna stand anfangs fassungslos davor. Der geräumige Salon, eine Art Speisesaal, die große Küche, der mächtige Stiegenaufgang, die vielen Zimmer, große, kleine, einige Bäder und Toiletten. Fast überfiel sie Angst, dem allen als Hausfrau vorstehen zu müssen. Dazu der riesige Garten mit Wiesenflächen und Obstbäumen!

Aber sie konnte sich schnell beruhigen, sofort war klar daß sie auf selbstverständliche Weise Unterstützung, also Dienerschaft erhalten würde. Eine junge Polin stellte sich bald nach Ankunft der Familie als Haushaltshilfe und Kinderfräulein vor. Sie hieß Jutta, hatte einen festen, etwas üppigen Körper und ein nettes, rundliches Gesicht, die beiden Mädchen mochten sie auf Anhieb. Ihr Zimmer lag im Erdgeschoß, und dort befand sich auch die Wohnung eines Ehepaares, welches das Haus besorgte, wobei der Mann sich auch um den Garten zu kümmern hatte.

Die Bäume waren noch kahl, als sie im Frühling 1942, nach einer langen Bahnfahrt, schließlich Lemberg erreicht und die Villa bezogen hatten. Aber es blieb nicht lange so. Bald begann alles zu knospen, frisches Gras wucherte, sie konnten schon nach kurzer Zeit einen herrlich aufblühenden Garten erleben. Anna sah mit tiefer Freude, wie sehr das ihren Mädchen gefiel, wie sehr sie es genossen. Meist wurden sie von Dudusch begleitet, dem Sohn der Hausbesorger, der in Erikas Alter war. Vor allem die beiden waren bald unzertrennlich. Anna hatte oft Mühe, ihre Kleinere zum Mittagessen oder zur Nachmittagsruhe im Haus zu behalten, vor den Fenstern stand Dudusch und röhrte »Eeerka!« zu ihnen herauf, was die Angerufene sofort in Unruhe versetzte. Ungeduldig verlangte sie danach, wieder in den Garten zu dürfen, und Anna mußte oftmals Strenge walten lassen, um Erikas Sehnsucht nach Dudusch und ihren gemeinsamen Spielen ein paar Stunden lang zu bändigen.

Als schon recht großes und vernünftiges Mädchen ging Brigitte, wie man sie in ihrer Klasse ausschließlich nannte, gern in die deutschsprachige Schule in Lemberg. Auf einem Klassenfoto sah man sie hinter dem strengen Gesicht des Lehrers mit hellblond aufschimmerndem Haar sorglos hervorlächeln. Anna war stolz auf ihre zwei Kinder, auch, weil sie so hübsch aussahen. Beide blond, Erika als Lockenkopf, Gitti mit weichen Zöpfchen, und ab und zu erhielten beide, der herrschenden Mode folgend, eine Haarrolle über den Mittelscheitel frisiert.

Anna war aber nicht nur auf die Kinder stolz, sondern anfangs auch auf ihre elitäre, wohlbestallte Position hierzulande. Gleich nebenan, nur durch Parkbäume und einen großen Teich getrennt, lag die Residenz des Gouverneurs. Es war ein pompöses Steingebäude mit Säulen und Balustraden, und auch Seffs Büro befand sich in diesem Palast.

Man lernte die Gouverneursfamilie auf ungezwungene Weise kennen, Wächter war ein gutaussehender, jovialer Mann, seine Gattin eine mächtige Erscheinung und eher zurückhaltend. Für ihren Geschmack zu sehr Walküre und deutsche Frau, fand Anna insgeheim, aber ohne es zu äußern. Die Kinder der Wächters waren ähnlichen Alters wie ihre eigenen, oft gab es Einladungen für Gitti und Erika, und auch die Ehepaare trafen bei Empfängen und privaten Festlichkeiten immer wieder zusammen. Seff, als Wächters Adjutant, ging täglich »hinüber«, wie er es nannte, und ging dort, wie es schien, eifrig seiner Tätigkeit nach. Was genau da getan wurde, woraus genau seine Tätigkeit bestand, ließ Anna unangetastet. Er sprach nicht darüber, und sie fragte nicht danach.

Ihre Hausfrauenpflichten waren, dank des Personals, leicht zu bewältigen, sie besaß genügend Zeit, sich um die Kinder, aber auch um ihr eigenes Wohlergehen zu kümmern. Vor allem die häufigen Geselligkeiten, mit Musik, Tanz, Alkohol, Flirt und Ausgelassenheit hatten es Anna angetan, sie amüsierte sich nach Herzenslust. Mit ihren dreiunddreißig Jahren fühlte sie sich jünger denn je, und die Herren um sie herum bestätigten ihr immer wieder, wie gut sie aussehe. Und das, obwohl sie nach wie vor nicht dem Idealbild der bevorzugten »deutschen Frau« entsprach. Oder vielleicht gerade deshalb, dachte Anna verschmitzt, vielleicht haben diese Nazi-Bonzen es ganz gern, wenn man dunkel, wild und zierlich ist, wenn nicht immer nur ihre blonden, braven, hünenhaften Weiber um sie herumlatschen!

Eine dieser treudeutschen Nazi-Gattinnen hatte Anna eine Schneiderin empfohlen, die »wahre Wunderwerke« zustande bringe. »Zwar ist sie Jüdin«, flüsterte die Dame noch, »aber sie näht trotzdem göttlich!«

Als Anna eines Tages die empfohlene Schneiderei aufsuchte, war das eine kleine Privatwohnung, und die dunkelhaarige, blasse Frau empfing sie höflich. Man besprach Modelle, Anna suchte Stoffe aus, die Frau nahm Maß, es gab Anproben, und was letztlich dabei herauskam, waren wirklich Wunderwerke der Schneiderkunst. Jedes Kleid, jedes Kostüm, jeder Mantel paßte wie angegossen und zeugte von höchster handwerklicher Fertigkeit. Noch dazu waren die Preise, die die Frau verlangte, beschämend gering. Anna bezahlte ein wenig mehr und ließ sich ein Kleidungsstück nach dem anderen von ihr anfertigen. Sogar ein hellgraues Persianerjäckchen mit dazu passender kleiner, runder Pelzkappe brachte die Schneiderin zuwege, womit Anna auch dem polnischen Winter auf elegante Weise standhalten konnte.

Der brach nach knisternd heißem Sommer und goldenem Herbst mit seinen ungeheuren Schneemassen, eiskalter Sonne und klirrenden Nächten über sie herein. Wächters Teich wurde zum Eislaufplatz, man unternahm Fahrten mit dem Pferdeschlitten, und die Häuser wurden bullig warm geheizt. Anna fühlte sich wie auf Winterurlaub. Sie bereute es nicht, Seff hierher gefolgt zu sein, schrieb begeisterte Briefe an die Eltern und ließ das besetzte Polen und die Menschen hier wenig an sich heran.

Sie wurde sogar dem netten polnischen Kindermädchen gegenüber reservierter, als sie den Eindruck gewann, Seff werfe ein Auge auf die junge, üppige Person. Wenn er abends später heimkam, sie ihn an der Eingangstür hörte, lag sie wartend wach, und er blieb oft länger als nötig im Erdgeschoß, ehe er heraufkam und das eheliche Lager bestieg. Sie wollte ihre Eifersucht nicht zeigen und stellte sich dann meist schlafend. Als sie aber einmal doch wie nebenbei fragte, wieso er denn nachts oft so lang unten bleibe, antwortete Seff: »Ach, wir tratschen halt gern ein bißchen, die Jutta und ich.« Das gefiel Anna nicht. Aber da ihre beiden Mädchen diese Jutta liebten, bezwang sie ihren Argwohn und rügte sich selbst, als ihr die Worte »eine polnische Schlampe eben« durch den Kopf zuckten. Sooo bitte nicht, dachte Anna, so reden sie gern, die Deutschen hier, aber nicht ich!

Sie begingen auch in Lemberg in kleinem Familienkreis einen stillen, liebevollen Weihnachtsabend. Zu Silvester hingegen gab es ein rauschendes Fest bei Wächters, und die Gäste feierten so wild, so hemmungslos, als müßten sie damit gegen die alarmierenden Kriegsnachrichten ankämpfen. Der Krieg hatte sich inzwischen eindeutig zum Weltkrieg ausgeweitet, Anna wußte davon und wollte doch nicht allzuviel davon wissen. Aber während dieser Silvesterorgie wurde auch im Suff darüber gesprochen, und Anna, ob sie wollte oder nicht, erfuhr vom Kampf um Stalingrad, von der eingeschränkten Schlagkraft des deutschen Heeres, der russischen Gegenoffensive und daß die Russen die deutsche Armee eingekesselt hätten. Um trotzdem in Silvesterlaune zu bleiben, trank Anna so viel, daß der erste Morgen des Jahres 1943 ihr einen schmerzenden Kopf bescherte. Dazu kam, daß die Sorge Seffs um seinen Bruder Rudi, der schon länger eingerückt war, ihr bewußt wurde. Er befände sich vor Stalingrad.

»Davon hast du mir gar nichts gesagt«, warf Anna ihrem Mann vor, »daß der Rudi in Rußland ist!«

»Du willst ja nie was Genaues wissen, Anni«, antwortete Seff müde.

Sie lagen noch zu Bett, und auch ihm schien vom reichlichen Wodka der vergangenen Nacht übel zu sein.

»Die Mutter kommt fast um vor Angst um ihn«, fuhr Seff leise fort, »hoffentlich passiert ihm nichts.«

Anna dachte an den feinen, eleganten Rudi, wollte ihn sich als Soldat im Dreck und Getöse eines Schlachtfeldes vorstellen, aber diese Vorstellung gelang ihr nicht.

»Ja, hoffentlich passiert ihm nichts«, sagte auch sie.

*

Das neue Jahr begann bedrückt. Im Gouverneursbüro gab es Beratungen, Seff war wenig zu Hause.

Und Anna geriet um diese Zeit zum ersten Mal in einen Konflikt, der sie danach immer häufiger heimsuchen sollte. Die jüdische Schneiderin sprach sie an. Mit Tränen in den Augen. Ob die Gnädige, sie sei doch die Frau des Herrn Adjutanten, ihnen nicht helfen könne! Sie selbst, ihr Mann und der siebenjährige Sohn seien in höchster Gefahr, deportiert zu werden. Bis jetzt hätte ihre Arbeit für die Gattinnen deutscher Herren sie einigermaßen geschützt, aber das würde sich ändern. Sie kämen alle dran, ihre Eltern seien schon abgeholt worden und vielleicht bereits umgekommen. »Bitte, bitte, gnädige Frau – vielleicht kann der gnädige Herr Gatte – vielleicht beim Gouverneur eine Ausnahme für uns – mein kleiner Sohn – schauen Sie – erst sieben Jahre alt – «

Anna sah das scheue Kind, sah die weinende Frau, sah und fühlte die Angst, und ihr wurde schlecht vor Hilflosigkeit. Zwar versprach sie, mit ihrem Mann zu reden, aber die Aussichtslosigkeit, daß Seff helfen könnte, war ihr bewußt. Sie ging aufgewühlt und den Tränen nahe nach Hause.

Was eigentlich treibt Menschen dazu, jüdische Menschen zu töten? fragte sie sich. Warum das? Und auch ihr freundlicher, braver Seff, der, wie man so schön sagt, keiner Fliege was zuleide tun könnte, tut da mit! Wieso?

Anna überkamen diese Fragen erstmals mit voller Wucht. Sie hatte sich bisher davor gedrückt, das wußte sie, und nicht erst seit der halbherzigen Begegnung mit Freundin Inge, deren Fassungslosigkeit sie nicht teilen wollte. Jetzt war sie selbst fassungslos. Wohin hat dieser vermaledeite Hitler die Leute gebracht, wie konnte man das jemals bejahen, wie kann irgendwer auf Erden das nicht verabscheuen. Worin befinden wir uns alle? In welcher Hölle?

Anna vermied es vorerst noch, all diese Fragen, die ihr plötzlich das Leben verdunkelten, auch Seff zu stellen. Ihr war klar, daß sein Lebensgebäude zusammenbrechen würde, wenn er die Sinnhaftigkeit seines Wirkens für den Nationalsozialismus bezweifeln müßte. Sie fragte ihn nur, ob er ihrer Schneiderin helfen könnte.

Er würde mit Wächter reden, meinte Seff, der habe auch schon, wie er wisse, einem jungen, jüdischen Theaterregisseur Schutz angedeihen lassen, indem er ihn für kleine Reparaturen in den Villen als Schlosser anforderte. Und Anna erinnerte sich. Sie erinnerte sich an einen intelligent wirkenden Mann, der perfekt Deutsch sprach, zu intelligent für einen Schlosser, hatte sie noch gedacht. Was war anders an ihm gewesen? Was war das zu Verfolgende? Ein charmanter, kluger, junger Mann, sonst nichts!

Das bißchen Helfenwollen schien sich herumgesprochen zu haben. Oft wurde spät abends leise geklopft, wurde Hab und Gut angeboten, kostbares oder rührend ärmliches, wurde scheu um Schutz gebeten oder mit zitternder Stimme laut Hilfe erfleht. Anna sah Todesangst, sah tränennasse oder sterbensmüde Augen. All diese Menschen aus Unvermögen abweisen zu müssen, sie still wieder in der Nacht verschwinden zu sehen, wurde ihr unerträglich. Sie hörte auf, an die Haustür zu gehen, versuchte mit Hilfe lauter Schallplattenmusik das nächtliche Klopfen zu übertönen.

Anfang Februar bestätigte sich die Nachricht, daß die 6. Armee vor Stalingrad endgültig kapituliert hatte. Der Rückzug und die Stabilisierung der Front gelangen anschließend nur noch mit Mühe, an der Ostfront behauptete sich die Rote Armee der Russen.

Und Hedwig hörte nichts mehr von ihrem Sohn Rudi, er blieb vermißt. Seff versuchte seine Mutter brieflich zu beruhigen, das sei in Kriegszeiten so, da wisse man oft lange nichts von den einzelnen Soldaten, der Nachrichtendienst funktioniere eben schlecht. Aber Anna sah ihn mit trüben Augen vor sich hin starren, wenn er diese Briefe schrieb.

Die Stimmung im Gouvernement wurde immer düsterer. Aber nach wie vor versuchte man sie mit Festivitäten aufzuhellen, bei denen Ströme von Alkohol flossen.

Der Frühling brach aus, ließ den Garten wieder ergrünen, die Obstbäume blühten, und es gab wunderbar wolkenlose, warme Sonnentage. Man fotografierte die Mädchen unter dem frisch belaubten Apfelbaum, beide in weißen Sommerkleidern, Freund Dudusch, ebenfalls in Weiß, mußte auch dabei sein, und Anna schickte solche Bilder nach Wien. Sie wollte damit von friedlicher Schönheit erzählen, den dunklen Kriegsnachrichten widersprechen. Und den Kindern gefiel es ja auch unvermindert hier in Lemberg. Die Brombeerhecken am Ende des Gartens blühten, trugen später Früchte und waren vor allem Erikas bevorzugtes Revier, um sich dort zu verkriechen und in Spiele zu vertiefen. Gittis Schulklasse hingegen hatte vor, unter Obhut der Lehrer für einige Wochen ein Sommerlager irgendwo in den weiten Wäldern Polens aufzuschlagen, den Kindern Sport, Spiel und Abenteuer zu bieten, und gern erlaubte man ihr, mitzufahren.

Man tat so, als wäre das Leben schön. Auch Gartenfeste gab es. Hell gekleidete Frauen, die Männer zum Teil in gutsitzenden Uniformen, Dienstboten mit Getränken und Brötchen, Musik, Gelächter, Geplauder. Man vermied es jetzt ängstlich, über den Krieg zu sprechen, etwa über die Kämpfe in Nordafrika oder die Vorgehensweisen der Alliierten, darüber, daß »das Reich« von allen Seiten angegriffen wurde und mehr und mehr in Bedrängnis geriet. Man stieß mit Champagner auf »den Führer« an, nach wie vor, aber Anna fiel so mancher nachdenkliche Blick auf, der früher undenkbar gewesen wäre. Sogar bei Seff fiel ihr das auf. Also verschonte sie ihn weiterhin mit Fragen, fühlte sie doch, daß er ohnehin mit Ähnlichem rang wie sie. Sie nahm ihn lieber in die Arme, wie schützend. Wie Hänsel und Gretel im finsteren Wald, dachte Anna. Nach einer Abendeinladung, bei der heftig gesoffen wurde und sie und Seff beschwipst umschlungen heimgekehrt waren, geriet ihrer beider trunkene Umarmung besonders intensiv. Und Anfang Juli 1943 war Anna wieder schwanger.

*

»O ja, es war sehr lustig im Sommerlager«, berichtete Gitti, als sie zurückkehrte, »wir haben viele Spiele gespielt und abends ein Lagerfeuer gehabt und sind auch gewandert –«

»Fein!« sagte Anna.

Gitti schien zu zögern, ehe sie weitersprach.

»Komisch war nur einmal – –«

»Ja?« fragte Anna.

»Wir waren im Wald, da haben uns die Lehrer plötzlich angeschrieen, wir sollen schnell zurück, zurück in die Häuser, und wir sind schnell zurück – aber – –«

»Was war denn?«

»Ich hab mich umgedreht – und da hab ich nackte Menschen gesehen, die durch den Wald gelaufen sind – die waren ganz mager und splitternackt –«

Anna wurde kalt vor Entsetzen. Sie nahm das Mädchen in die Arme und sagte: »Das war sicher nur – vielleicht eine Kur für kranke Menschen –«

Nach diesem schrecklich absurden Versuch, dem Kind das Gesehene zu verharmlosen, brach Anna ab. Sie konnte ihre Tränen nicht zurückhalten, drückte Gitti an sich und weinte. Die kleine Tochter hielt still, sie schien die Bestürzung der Mutter zu teilen.

Das geht nicht mehr so weiter! dachte Anna, als sie sich aufrichtete, die Augen trocknete und Gitti mit munterer Stimme »eine kalte Limonade« vorschlug. Wir können doch nicht dem allen einfach nur zusehen! Und weiter so tun, als wüßten wir nichts, als wäre alles prima hier in Polen! Sie ging mit der Tochter in die Küche, sprach von etwas anderem, servierte allen Kindern im Garten Limonade, unterhielt sich freundlicher als sonst mit Jutta und erwartete den Abend.

Seff kam spät heim, die Mädchen waren schon zu Bett gegangen, aber Anna hatte mit dem Abendessen auf ihn gewartet. Er aß schweigsam und müde und sie saß ihm gegenüber. Aber erst, als er den Teller geleert und von sich geschoben hatte, begann sie zu sprechen. Sie berichtete ihm, was Gitti im Sommerlager mitbekommen hatte, daß die Kinder nackte, flüchtende Juden durch den Wald laufen gesehen hätten. Seff starrte Anna an und gab lange keine Antwort. Im nächtlichen Speisezimmer war es totenstill.

»Ich rücke freiwillig ein«, sagte Seff plötzlich, »als gemeiner Soldat. Ich will an die Front.«

»Was tust du?!!« rief Anna.

»Versteh mich bitte, Anni. Ich halte es nicht mehr aus. Ich – – beim Wächter läuft ja alles zusammen – – und ich sehe so oft – – ich will weg – ich will weit weg davon – – Außerdem sieht es an den Fronten traurig aus, ich möchte und muß das Reich verteidigen – –«

»Das Reich!!« schrie Anna dazwischen, »ich versteh ja, daß du nicht mehr Wächters Adjutant sein willst, aber willst du denn immer noch an dieses verdammte Reich, an diesen Hitler glauben? Willst du wegen diesem Kerl in den Krieg ziehen und dich gefährden?«

Da verschloß sich das Gesicht ihres Mannes wieder, und seine Augen wurden undurchdringlich.

»Die Irrtümer werden sich aufklären«, sagte er, »der Führer wird mit der Zeit alle – alle Ungereimtheiten normalisieren, und das Deutsche Reich wird bestehenbleiben.«

Ungereimtheiten! Da haben wir ihn wieder, den unverbesserlichen Nazi! wollte Anna zornig entgegnen, aber sie war plötzlich zu müde, es wirklich zu tun. Auch machte die noch junge Schwangerschaft ihr zu schaffen, sie fühlte das in Abständen wiederkehrende Erbrechen in sich hochsteigen. Dieses Kind! In einer so schwierigen Zeit empfangen! dachte sie. Und da will sein Vater Soldat werden, obwohl er's gar nicht muß! Aber vielleicht ist die Idee mit dem Einrücken immer noch besser, als unverändert neben dem Wächter weiterzumachen.

»Gute Nacht, Seff«, sagte Anna.

*

Tatsächlich meldete sich Seff freiwillig an die Front und wurde zur militärischen Ausbildung nach Westpreußen abkommandiert. Das Erstaunen und Unverständnis im Gouvernement hatte er mit Gleichmut auf sich genommen, lächelnd, aber ohne sich umstimmen zu lassen. Anna begann ihn zu bewundern. Daß er mit solcher Entschiedenheit und ohne Vergünstigung durch die Partei wirklich ›gemeiner‹ Soldat werden wollte. Daß er nicht zur Elite, zur Waffen-SS ging.

Anna blieb mit den Kindern vorerst noch in Lemberg. Sie konnte die Mädchen Jutta anvertrauen und auch tagsüber das Bett hüten, litt sie doch bei ihrer dritten Schwangerschaft mehr an Übelkeit als sonst. Trotzdem aber traf sie sich ab und zu mit all den NS-treuen deutschen Bekannten, in Wächters Haus oder anderswo, sie wollte nicht als Abtrünnige auffallen, jetzt, wo ihr Gatte so unvermittelt das Weite gesucht hatte. Und nach wie vor vermied sie es, jüdischen Bittstellern zu begegnen. Sie wollte nichts mehr hören, nichts mehr sehen, nichts mehr sagen. Ich trage ein Kind in mir, dachte Anna, und es braucht meine Ruhe und Harmonie, nicht ständiges Entsetzen.

Auf ihrem feinen, pergamentfarbenen Briefpapier mit persönlichem Namenszug schrieb sie am 7. September 1943:

Meine lieben Eltern!
Für Euren so lieben und wohlmeinenden Brief danke ich aus ganzem Herzen. Ja, meine Zweifel und meine Unentschlossenheit sind ja nun behoben, denn die Würfel sind gefallen, ich kehre zurück nach Wien. Mitte Oktober wollen meine Untermieter die Wiener Wohnung räumen. So um diese Zeit werde ich wohl eintrudeln. Seff hat mir auch in dem Brief, den ich heute von ihm erhielt, nochmals seinen Wunsch und Willen deutlich zum Ausdruck gebracht, daß er mich in Wien wissen will. Na, letzten Endes muß ich da auch folgen. Angst habe ich nur vor der mageren Kost!
Seff ist augenblicklich in Schneidemühl in Westpreußen, aber jeden Tag gewärtig, wieder wegzukommen. Da wird es wohl irgendwo an die Küste gehen, denn sie bekommen noch eine zusätzliche Ausbildung, die dort in Schneidem. nicht erfolgt. – Ich lebe nun in Vorbereitungen für meine Umsiedlung und das ist nicht so einfach, denn wir haben uns doch etliches dazugeschafft, vor allem Bettfedern, die ja so viel Raum einnehmen etc. Leute wollen mir auch helfen, ev. die Sachen mit Lastauto bis irgendwo ins Reich, Breslau vielleicht, zu befördern und dort erst mit der Bahn weiterzugeben. Vielleicht kann ich sogar etwas vorausschicken. In dem Falle würde ich Euch bitten, die Sachen solange zu übernehmen, in den Werkstätten lassen sich paar Kisten ja leicht so lange unterbringen, bis ich da bin.
Mama, Du schriebst, daß Du gerne kommen würdest, mir zu helfen. Das ist lieb von Dir, aber ich fürchte, daß Dir die Strapazen der Reise und dann noch der Rummel hier ziem-

lich zusetzen werden. Und im Oktober wird Dich wohl Hedi brauchen? Wie geht es ihr und wann ist sie soweit? – Wir können ja darüber noch schlafen! –

Mir geht es sonst unberufen besser, ich esse mehr und behalte alles. Bis ich in Wien bin, wird es mir wohl schon ganz gutgehen. Die Kinder sind gesund, Gittl geht ja in die Oberschule und hat bereits Englisch, was ihr sehr imponiert. Bin neugierig, in welche Schule in Wien sie wohl gehen wird. Erika ist frech wie immer, groß und stark. Nun meine Lieben, laßt wieder mal was hören und seid von uns allen herzlichst gegrüßt und geküßt.

Eure Anny

*

Ende Oktober 1943 reiste Anna mit ihren Kindern nach Wien zurück, ohne von den beginnenden Bombardements der Alliierten auf österreichische Städte allzu genau Bescheid zu wissen. So, wie keiner allzu genau Bescheid wußte. Es gab zwar die Radiomeldungen, es gab Kriegsberichte, jedoch wurde der Ernst der Lage propagandamäßig verfälscht, was die Menschen wohl ahnten und dennoch in Kauf nehmen mußten.

Die endlos lange Bahnfahrt, der Empfang durch die Familie, das Neubeziehen der altvertrauten Wohnung, Anna meisterte alles. Seff nicht an ihrer Seite zu wissen, war ihr anfänglich als Hürde erschienen, aber bald schon konnte sie feststellen, daß sie sich sehr wohl in der Lage befand, allein zurechtzukommen. Fast machte es Anna Spaß, selbständig zu entscheiden. Auf jeden Fall ging alles unkomplizierter, der eigene Wille zählte, jedes Hin und Her fiel weg. Dazu kam ihr unverändert guter Kontakt zu den anderen Frauen im Haus, ein Großteil der Männer war eingerückt, und die Kinderschar wurde in heiterer Gemeinsamkeit betreut und gefüttert. Vor allem das »Füttern« bedurfte einiger Überlegungen, die allgemeine Versorgung war schlecht, im nahen Laden gab es oft nur leere Regale. Also waren langwierige Einkaufstouren an der Tagesordnung, um irgendwo in der Stadt Lebensmittel zu besorgen, und die Mütter wechselten sich dabei ab. Das Zubereiten der Speisen wurde mit Erfindungsreichtum gehandhabt, man tauschte kühne Ideen aus, um auch das simpelste Mahl aufzubessern. Einträchtig brachte man zuwege, daß das Essen schmeckte und keiner Hunger litt, die Stimmung in diesem Haus voller Frauen und Kinder war lebhaft und fröhlich.

Wenn aber Anna und die Mädchen Oma Hedwig in der Schlösselgasse besuchten, gerieten sie dort in dunkle Bedrückung, die Sorge um Rudi erstickte jedes Lachen. Es gab keine Nachricht, daß er gefallen sei, aber auch kein Lebenszeichen von ihm. Dieses verzweifelte Warten, diese quälende Angst um ihren geliebtesten Sohn hatte die Schwiegermutter zum Schatten ihrer selbst gemacht. Ihr Gesicht war bleich wie Papier, die bläulichen Tränensäcke unter ihren Augen verrieten stundenlanges Weinen. Sie hinkte stärker als früher, hatte wohl auch Schmerzen in der kaputten Hüfte, sprach aber nicht darüber. Der einzige Lichtblick ihres Lebens schien nach wie vor Liesi zu sein, die groß und besonders hübsch geworden war und nur gute Zeugnisse aus der Schule heimbrachte. Omas Kabinett hinter der Küche verbarg wie immer vielfältige Essereien, die sie bei Bauern mühsam zusammenhamsterte und dort hortete, Mehl, Gemüse, Kartoffeln, Käse, Schinken und vieles mehr stapelte sich auf dem großen Tisch, für Anna ein erstaunlicher Anblick in so kärglicher Zeit. Oma Hedwig bereitete für die Mädchen Germknödel zu, mit heißer Butter und Zucker, und versuchte ihre eigene Qual zu verschleiern, indem sie zur Freude ihrer Enkeltöchter Nahrhaftes auf den Tisch brachte.

In der Schulgasse verlief das Leben gleichmütiger. Anna besuchte den geliebten Vater ab und zu in seiner Glasereiwerkstatt und sah ihm mit leiser Melancholie über die Schulter, während er arbeitete. Und Mutter Hermine ging noch häufiger in die Kirche als sonst, sie bete um baldigen Frieden, sagte sie, und um die Gesundheit der eingerückten Schwiegersöhne, wer sonst täte das, wenn nicht sie, fügte sie vorwurfsvoll hinzu. Anna traf auch ihre Schwestern in der Wohnung der Eltern, Minnie und Hedy hatten Kinder geboren, jede zwei Buben, Trude war immer noch kinderlos. Man sprach über den Krieg, über Nahrungssorgen, über vermißte oder gefallene Männer im Bekanntenkreis und trank dabei Ersatz-Kaffee zu einem Rübenkuchen.

Die pelzgefütterten Mäntelchen, Muffe und Stiefel aus Polen konnten Annas Mädchen gut gebrauchen, der Winter wurde hart. Auch Anna trug ihre elegante graue Persianerjacke, bis es nicht mehr möglich war, diese über ihrem gewölbten Bauch zu schließen. Sie versuchte Bewegung zu machen, obwohl sie fror, unternahm Spaziergänge bis zum Hartäckerpark und zurück, oft gemeinsam mit Gitti oder Erika, bei Schnee sogar mit der Rodel.

Das bescheidene Weihnachtsfest verbrachte sie nur mit den Kindern. Das dritte regte sich in ihrem Leib, während sie in die Kerzenflammen am kleinen Tannenbaum starrte und an Seff dachte. Er befand sich jetzt an der Front in Griechenland, bei Kalamata, und hatte ein kleines Weihnachtspäckchen geschickt. Zermatschte Rosinen befanden sich darin, zerbröselte Kekse und eine Karte. Gemalte rote Astern in grüner Vase waren vorne drauf, und auf der Rückseite stand in seiner sorgfältigen Schrift:

Liebstes Annerl!
Wenn Ihr jetzt unter dem Julbaum steht und dann sicher an Euren Vati denkt, dann wisset, daß auch wir deutsche Soldaten hier im äußersten Südosten deutsche Weihnacht begehen. Und in diesen Stunden werde ich ganz bei Euch sein mit meinen Gedanken. Wie Euch, meine Lieben, so erfüllt auch mich vielleicht in dieser Stunde die größte Sehnsucht nach Euch. Ich grüße und küsse Euch, besonders Dich, mein liebstes Annerl!
Dein Seff

Ach, der Julbaum, dachte Anna müde, warum muß unser guter alter Weihnachtsbaum auf einmal so heißen! Und warum muß Weihnachten auf einmal eine deutsche Weihnacht sein. Für deutsche Soldaten! Er glaubt nach wie vor an all das, mein guter Seff. Und jetzt, mitten im Kriegsgeschehen, benötigt er wohl diesen Glauben. Und die Gewißheit, ein ›tausendjähriges Deutsches Reich‹ zu verteidigen, auch wenn dieses bereits an allen Ecken und Enden wegzubrechen droht. Zweifel und Entsetzen, die ihn an Wächters Seite überkommen haben, scheint er nun erfolgreich zu verdrängen.

Anna seufzte und wandte sich ihren Kindern zu. Die waren bester Laune, denn Anna hatte trotz der mageren Zeiten auf erfinderische Weise einen weihnachtlichen Gabentisch für sie erschaffen. Sogar ein von ihr selbst gezeichnetes

Bilderbuch für die kleine Erika gab es! Mit Eifer war Anna viele Stunden über den Blättern gesessen, hatte das Leben der Familie bebildert und beschrieben, natürlich als Idylle, mit einem heimgekehrten Vati, und vorausschauend mit dem neuen, zu erwartenden Baby, sie hatte die Seiten sorgsam gefaltet und das Werk mit einem Einband aus bemaltem Pappendeckel vervollständigt. Die erwachende Freude an dieser Arbeit bescherte Anna aber auch das traurige Bewußtsein, wie weit sie sich inzwischen von all ihren künstlerischen Jugendplänen entfernt hatte, obwohl Lust und Begabung immer noch vorhanden zu sein schienen.

Mit Mühe hatte sie sogar ein Hühnchen aufgetrieben und es knusprig gebraten, hatte Kekse aus Haferflocken gebakken, hatte getan, was sie konnte, um ein hübsches Weihnachtsfest auszurichten. Und das, obwohl leichte Schmerzen im Unterbauch eingesetzt hatten und sie beunruhigten.

Und diese Schmerzen steigerten sich zu Neujahr hin. In Anna wuchs die Angst, es könnte Schwierigkeiten mit dem Baby geben. Das war zwar nicht der Fall, aber als sie sich schmerzgekrümmt schließlich untersuchen ließ, konstatierte man eine arge Nierenentzündung, was für die Schwangerschaft als ebenfalls nicht ungefährlich eingestuft wurde.

»Sie müssen liegen und sich schonen«, sagte der Arzt.

»Ich habe zwei Kinder und einen Mann an der Front«, wandte Anna ein.

»Wenn Sie ein gesundes drittes Kind wollen, müssen Sie meinen Rat befolgen«, erwiderte kurz angebunden der überlastete Arzt, verschrieb Anna ein Schmerzmittel und bat die nächste Patientin herein.

Anna war verzweifelt. Bei ihren Eltern konnte sie nicht unterkommen, da wurden ohnehin die Schwestern und kleinen Neffen immer wieder beherbergt. Also wandte sie sich nach einiger Überwindung an die Schwiegermutter. Aber zu Annas Überraschung war Hedwig sofort bereit, sie mitsamt ihren beiden Mädchen in der Schlösselgasse aufzunehmen. Im großen Zimmer unter der seidenbespannten Hängelampe war das sonst unbenutzte Ehebett bereits für sie vorbereitet, Anna sank erschöpft zwischen frischbezogene Kissen und Tuchenten, stöhnte auf, wenn eine Welle von Schmerz sie durchfuhr, schluckte die Pillen und schlief ab und zu ein. Hedwig versorgte sie mit Tee oder Suppe, Anna hatte keinen Appetit und fühlte sich elend. Die Mädchen blickten ab und zu scheu zu ihr herein, aber schienen sich im Nebenzimmer mit Cousine Liesi und der Oma recht wohl zu fühlen.

Anna war unendlich dankbar, daß sie mit ihrem schweren Leib, in dem das Kind sich bewegte, und den quälenden Schmerzen still liegenbleiben durfte, allein in einem ruhigen Zimmer und ohne sich um ihre Kinder kümmern zu müssen. Sie hörte in der Ferne Gekicher, lautes Lachen, den hinkenden Schritt der alten Frau, das Klirren von Geschirr, sie wußte, daß es zu essen gab, daß nachts alle ein Schlaflager erhielten, und versuchte selbst in Träume zu entweichen, die nichts mit Krieg und Not zu tun hatten. Die Stunden und Tage zogen über sie hinweg. Manchmal erschien auch Hilde mit blassem, strengem Gesicht in der Tür und nickte zu ihr her, in ihrer Schwäche hob Anna nur grüßend die Hand, sie fand kein Wort des Trostes für Rudis Ehefrau. Von Seff gab es ab und zu Nachricht, auch Franz und Ritschi meldeten sich, nur von Rudi kam nach wie vor kein Lebenszeichen. Arme Hedwig, dachte Anna. Und auch: armer Rudi. Sie erinnerte sich halb träumend an den Jugendflirt mit ihm, an seine ironische Gelassenheit, seine Eleganz, und sie haßte diesen Krieg. In Wiener Neustadt waren ja Bomben gefallen, schon im August, das wußte man, und dabei hatte man immer versichert, Österreich sei der »Luftschutzkeller des Reiches« und würde nie bombardiert werden. Hoffentlich bleibt zumindest Wien verschont, dachte Anna und legte ihre Hände schützend über das Kind in ihrem Bauch, fühlte dieses neue Leben, und Tränen stiegen ihr hoch.

*

Im ›Rudolfinerhaus‹ auf der Billrothstraße wurde Anna am 8. März 1944 von einem dritten Mädchen entbunden. Trotz der gesundheitlichen Gefährdung in den letzten Monaten der Schwangerschaft verlief die Geburt einigermaßen problemlos, und sie konnte dem fernen Vater die Nachricht zukommen lassen, daß die kleine Ingeborg kräftig und wohlauf sei. Der Name war noch in Lemberg gemeinsam beschlossen worden, und nun hatten sie es ja, ihr erhofftes »Dreimäderlhaus«! Seff, immer noch an der griechischen Front, beglückwünschte »sein Annerl« euphorisch und bedauerte, die Kleine diesmal nicht in den Arm nehmen zu können.

Als Anna, jetzt mit drei Kindern, eines davon ein Säugling, alleine in ihrer Sieveringer Wohnung zurechtkommen mußte, waren es wieder die Nachbarinnen, die ihr dabei halfen. Sie konnte sich also ab und zu in der warmen Märzsonne ausruhen, während Gitti zur Schule ging, Erika mit gleichaltrigen Mädchen spielte und »Börgi« im Kinderwagen schlief. So nämlich hieß das kleine Mädchen bald, vor allem in der Korrespondenz mit Seff war aus Ingeborg rasch das »Börgchen«, »Börgilein«, die »Börgi« geworden. Anna stillte das Baby, es war deshalb trotz des herrschenden Nahrungsmangels rundlich und zufrieden. Stets erbot sich eine der Frauen im Haus, es zu behüten, wenn die Mutter eine Weile im Liegestuhl schlummerte. Anna war blaß, ein wenig zu dünn und immer rasch ermüdet. Das plötzliche Ausbrechen von Frühlingswärme und knospendem Grün tat wohl ein übriges dazu, daß sie sich erschöpft fühlte.

Bis Umstände eintraten, die weder auf Annas Erschöpfung noch auf den strahlenden Frühling Rücksicht nahmen, sondern das Leben aller grundlegend veränderten. Ab April 1944 wurde Wien bombardiert. Eine Zeit zwischen Katastrophe und Überlebenswillen begann, Anna hatte oft das Gefühl, nur noch zu reagieren, nicht mehr nachzudenken. Das Heulen der Sirene trieb sie mit den Kindern in einen Bergwerkstollen, der sich am Hang des Hartäckerparks befand, es war die am nächsten gelegene Möglichkeit, vor den Bomben Schutz zu suchen. Anna schleppte den Säugling, Erika hielt sich die Ohren zu und schrie vor Angst, was die ohnehin hektische Stimmung noch hektischer machte, Gitti nahm die beiden Schildkröten, die sie besaß, immer in einem Körbchen mit sich, und sie ließ sich nicht davon abbringen, langwierig unter Möbeln nach ihnen zu suchen, wenn man sie nicht gleich fand. Anna mahnte zur Eile, versuchte aber trotzdem, ihre Angst und Nervosität nicht hervorströmen zu lassen, sich möglichst beherrscht zu verhalten. Man rannte durch die Gassen, aus allen Häusern, die keinen eigenen Schutzkeller besaßen, flüchteten die Bewohner, und dann saß man im feuchten, kalten Stollen auf Klappsesselchen, es tropfte von der lehmigen Decke, und eine angespannte, nur von leisen Seufzern oder Husten durchsetzte Stille herrschte, bis die Sirene draußen ›Entwarnung‹ gab. Das löste schlagartig den Bann, die momentane Erleichterung ließ die Menschen sofort laut schwätzen, sogar lachen, und alle versuchten rasch ins Freie zu gelangen.

Anna wunderte sich oft, wie ausgelassen man werden konnte, auch sie selbst, wenn so ein Angriff vorbei war, die Sonne schien, es kaum Schäden gab und bei der Heimkehr das eigene Haus noch dastand. Man riß Witze und blödelte lauthals, als gäbe es keine Bedrohung, keine Furcht vor dem Morgen. Jetzt weiß ich, was Galgenhumor ist, dachte Anna.

In der ersten Zeit kam es nur in großen Abständen zu Luftangriffen, tagelang konnte man das Leben am Trautenauplatz nahezu unverändert fortsetzen. Sorge bereitete zwar immer, wie es wohl Familienmitgliedern und Freunden in anderen Bezirken Wiens erging, aber auch dort gab es nur hin und wieder Fliegeralarm. Es hieß in den Meldungen, »der Großraum Wien« würde von »feindlichen Geschwadern« bombardiert, also nur Raffinerien, Treibstoffwerke und dergleichen, aber keine zivilen Ziele. Per Volksempfänger redete man das der Bevölkerung ein, und die versuchte es zu glauben. Hier in der Stadt werde schon nicht viel passieren, sagte man sich. Zwar gab es immer wieder mündliche Schreckensnachrichten, die Leute erzählten, was ihnen irgendwer »aus dem Reich« berichtet hätte, es gäbe angeblich fürchterliche Bombardements vieler deutscher Städte! Vor allem ein Feuersturm in Hamburg, schon im Juli 1943 bei Luftangriffen ausgebrochen, kursierte als grauenerregendes Gerücht, von Tausenden Toten wurde gesprochen und von einer völlig zerstörten, ausgebrannten Stadt. Aber so, wie man von verstohlenen Berichten über Konzentrationslager, in denen Juden angeblich durch Giftgas umgebracht würden, nichts hören wollte, war man auch geneigt, die schweren Luftangriffe anderswo nicht wirklich ins eigene Bewußtsein geraten zu lassen. Anderswo, mag sein, aber doch nicht hier! Wer konnte, verharrte in dieser Ausflucht vor dem Entsetzen.

Anna vermochte das nur tagsüber, wenn sie den Kindern ein fröhliches Gesicht zeigen wollte. Da tat auch sie so, als würde ihnen hier in Wien nichts passieren. Nachts aber lag sie immer wieder wach, und ihr wurde übel vor Angst. Angst vor der Ausweitung des Krieges, Angst um Seff, Angst, gemeinsam mit den Kindern sterben zu müssen.

Und die Situation verschärfte sich. Ab dem Spätsommer, und noch dramatischer im Herbst, folgte ein Bombenangriff dem anderen. Oft blieb Anna jetzt, nachdem die Entwarnung sie aus dem Stollen gelockt hatte, im Kreis anderer Frauen auf den Wiesen neben dem Eingang sitzen, man lagerte auf Decken im Gras, die Kinder spielten, man tratschte, nähte, strich Schmalzbrote, benahm sich unbekümmert. Aber nur, um auf das nächste Sirenengeheul, den nächsten Fliegeralarm zu warten und sich dann nochmals eilig und angstvoll in der nassen Höhle zu verkriechen.

Am schlimmsten fand Anna die nächtlichen Angriffe. Wenn sie die Kinder aus dem Schlaf reißen mußte, das Baby aufgeschreckt brüllte, die besonders ängstliche Erika monoton zu schreien begann, um die Sirene zu übertönen, Gitti die Schildkröten lange nicht fand und sie selbst ihr Herzklopfen und ihre Panik kaum in den Griff bekam. Sie mußte drängen, ein bißchen schimpfen und beim Dahinrennen durch die Nacht aufpassen, daß keines der Kinder zurückblieb.

Bei einem Luftangriff im Morgengrauen schafften sie es

eines Tages nicht mehr bis zum Hartäckerpark. Das Pfeifen der fallenden Bomben, die Lichtgarben, dumpfe Einschläge in nächster Nähe, ein Hexenkessel aus Getöse, Explosionen, Geschrei zwangen Anna, mit ihren Kindern in den nächstbesten Keller zu flüchten. Und es war der Keller eines Frauenklosters. Die Nonnen beteten nicht, sie kreischten ihre Gebete haltlos vor sich hin. Der Staub rieselte von der Decke, immer wieder erschütterten nahe Bombeneinschläge die Wände, Menschen stöhnten oder schrieen gemeinsam auf, immer gewärtig, von stürzenden Steinmassen erschlagen zu werden. Anna hockte auf einer Kiste, drückte das Baby an sich, streichelte mit der freien Hand Erikas Kopf, die sich in ihrem Schoß verbarg, und lehnte sich dicht an Gitti, die sie umklammert hielt. Sie verharrten in einer so namenlosen Angst, daß zwischen ihnen kein Wort fiel, sogar die kleine Börgi weinte nicht. Das Kreischen der Nonnen, die ebenfalls hereingeflüchteten, wimmernden Menschen, ein Nebel aus Untergang, eine explodierende Welt umgab sie, Anna hielt ihre Kinder still umfangen, ihre Todespanik bestand nur noch aus Schweigen. Die Stunden schienen Ewigkeiten zu sein.

Als irgendwann ein Milizsoldat die Tür des Kellers öffnete und, von einer Wolke Staub umgeben, die verstörten Menschen anlächelte, meinte Anna, einen Engel zu erblicken. Sind wir tot? fragte sie sich.

»Für diesmal ist es vorbei, Leute«, sagte der Mann, »ihr könnt alle herauskommen.«

Und dann war es, als steige man aus dem Hades in ein noch wilderes Inferno hoch, aus der unterirdischen Hölle geriet man in die einer gnadenlos verwüsteten Welt. Die vertrauten Gassen und Häuser waren kaum wiederzuerkennen. Als Anna mit ihren Kindern die schuttbedeckte Kellerstiege aufwärts gekrochen und über Gesteinsbrocken und Holzbalken aus dem Kloster gestolpert war, lag in diffusem, schwefelgelbem Licht eine neue Landschaft vor ihnen. Geborstene Häuser, noch rauchende Wände, einsam aufragend, Trümmer, den Weg versperrend, und in einer tödlichen Stille dichte Staubwolken, langsam über alles hinweggleitend. Nicht nur Anna stand, ihre Kinder fest an sich gepreßt, schweigend da. Alle eben dem Tod entronnenen Menschen verharrten bewegungslos und starrten in ein Jenseits der anderen Art. Dies war nicht mehr die irdische Welt, die sie kannten.

Es dauerte, bis wieder Leben in die wie leblos wirkenden, staubbedeckten menschlichen Gestalten einzog. »Komm, Anni«, sagte eine der Nachbarinnen, »gehen wir.« Außerdem begann die Kleine in Annas Armen jetzt zu weinen, und die beiden anderen Mädchen waren leichenblaß vom überstandenen Schrecken, es galt, sich um die Kinder zu kümmern. Also versuchten die Frauen, durch Rauchschwaden und Trümmer hindurch, den Weg zum Trautenauplatz zu finden. Als sie die letzte Biegung erreichten, von wo aus man das Haus bei der Rückkehr stets erblicken konnte, erklang ein gellender Schrei. Alle blieben erstarrt stehen.

Der Anblick, der sich ihnen bot, war herzzerreißend. Nur ein Teil des heimatlichen Hauses stand noch, die Hälfte des Gebäudes war von einer Bombe wie wegrasiert worden. Zimmerböden, auf denen noch einige Möbel festhingen, ragten ins Freie und boten den fast obszönen Einblick in eine preisgegebene, verwüstete Intimität.

»Unsere Wohnung ist noch da«, flüsterte Anna den Kindern zu, während die Frau, die aufgeschrieen hatte, jetzt weinte. Jemand nahm sie um die Schultern, und leise schluchzend ließ sie sich weiterführen.

Das Treppenhaus war von dichtem Staub erfüllt, aber begehbar. Anna konnte die Wohnungstür aufsperren und betrat mit den Kindern vorsichtig ihre Zimmer. Scherben von Geschirr, Gläsern und Fensterscheiben knirschten unter ihren Schritten, in der Küche waren volle Milchflaschen zerbrochen, und Essensreste schwammen in den weißen Lachen. Beißender Qualm reizte die Lungen der Mädchen, sie begannen zu husten. Rasch schützte Anna das Gesicht des Babys mit einem feuchten Lappen und war gleichzeitig erstaunt, daß die Wasserleitung noch zu funktionieren schien. Noch mehr staunte sie aber, wie auch sie selbst funktionierte. Sie kehrte Scherben zusammen, wischte die dickste Staubschicht von den Möbeln, überzog Betten, stillte das Baby, gab den Mädchen Marmeladebrote zu essen, legte die Kinder schlafen und sah nach den Nachbarn.

Da wurde verzweifelt versucht, aus den Trümmern zu retten, was noch zu retten war, auf halsbrecherische Weise zog man Tische, Kommoden, Stühle von den schräghängenden Parkettböden ins Hausinnere. Aber sogar jetzt, nach Verzweiflung und Tränen, fiel plötzlich eine witzige Bemerkung, und Gelächter brach aus. Was für eine Kraft, standzuhalten! dachte Anna. Menschen sind doch oft so widerlich, feig und bösartig, aber sie können auch großartig sein, wenn's drauf ankommt! Müssen doch die Ausgebombten noch heute irgendwo anders unterkommen, mitsamt ihren wenigen geretteten Habseligkeiten, und da turnen sie in den Trümmern herum und lachen!

»Mach's gut, Anni!« Die Frauen umarmten einander. Nicht nur das Haus, auch die fröhliche, friedvolle Hausgemein-

schaft war von der Bombe für immer zerstört worden, die
meisten Nachbarinnen, die fortziehen mußten, sah Anna nie
wieder.

*

Auf Umwegen erfuhr man voneinander, denn die Telefonverbindungen funktionierten nicht. Aber schließlich stand für Anna fest, daß all ihren Familienangehörigen bei den letzten schrecklichen Luftangriffen auf Wien ebenfalls nichts passiert war. Die Verkehrsverbindungen lagen brach, aber es war gut zu wissen, daß alle am Leben und wohlauf waren. Nur ihr eigenes einsames Leben, in einem zur Hälfte nicht mehr vorhandenen Haus, deprimierte Anna tief. Sie mußte die Kinder unaufhörlich davor warnen, nicht in die Ruine nebenan hinauszuklettern, und die eigene Wohnung war einfach nicht mehr wiederherzustellen. Es fehlten Fensterscheiben, der Wind blies in die Räume und trug immer wieder Staub und Sand herein, es wurde sinnlos, ständig zu kehren und zu wischen, apathisch ließ Anna den Dreck schließlich gewähren.

Aber das Schlimmste war, daß es mit der Zeit kaum noch etwas zu essen gab, die Läden waren leer, und Anna wußte oft nicht mehr, wie sie die Kinder satt bekommen sollte. Und dazu kam, daß neuerliche Luftangriffe sie immer wieder in den unterirdischen, feuchten Stollen trieben, Anna fühlte sich mehr und mehr am Ende ihrer Kräfte. Deshalb entschloß sie sich sofort, einer sogenannten Evakuierung zuzustimmen. Frauen und Kinder erhielten die Möglichkeit, das ständig bombardierte Stadtgebiet zu verlassen und in ländliche, vom Kriegsgeschehen entferntere Gegenden auszuweichen. Anna wurde nach Oberösterreich beordert, vorerst in den Ort

Mattighofen, die endgültige Unterkunft würde sie dort erfahren.

Mit dem Nötigsten im Gepäck, vor allem für die Kinder, verließ Anna im Spätsommer 1944 ihre Wohnung am Trautenauplatz Nr. 15. Sie sperrte die Wohnungstür hinter sich zu, ohne zu ahnen, daß sie nie mehr hierher zurückkehren würde. Den Schlüssel jedoch ließ sie Schwester Minnie zukommen, »für alle Fälle«.

Mit Hilfe nur mühsam aufzutreibender Verkehrsmittel den weit entfernten Franz-Josefs-Bahnhof zu erreichen, dann die endlose, ratternde Zugfahrt in schmutzigen, übelriechenden Waggons, dazu bei allen Stationen lähmend langen Verspätungen ausgeliefert, all das brachte Anna bis an den Rand der Erschöpfung. Immer das Kleinkind im Arm, die Schwierigkeit, es zwischen anderen Fahrgästen zu stillen, die lebhafte Fünfjährige bändigen zu müssen, nur noch klägliche Proviantreste in kleinen Häppchen austeilen zu können. Was täte ich ohne meine Gitti! dachte Anna. Denn das elfjährige Mädchen stand ihr in einer für sein Alter fast erwachsenen Weise hilfreich und ermutigend zur Seite.

Irgendwann war es endlich soweit. Es hieß aussteigen, den Zug verlassen, sie mußten zu Fuß weiter. Unvermutet befanden sie sich auf einer friedvollen, sonnenwarmen Landstraße zwischen Feldern und Apfelbäumen. Anna war es gelungen, auf der Bahnstation einen alten Leiterwagen für das Gepäck zu organisieren. Obendrauf lagerte die kleine Börgi, der das zu behagen schien, sie selbst und Gitti zogen das Gefährt, während Erika vorauslief, zurückkehrte, sich auf Feldwegen verlor und mit einem Strauß Blumen wieder auftauchte. Lang entbehrter Friede schien Anna und die Kinder zu umgeben. In der ländlichen Stille hörte man nur Vogelgezwitscher und das leise Wehen der Wiesen, ein blauer Sommerhimmel mit kleinen ziehenden Wolken wölbte sich über den flachen Hügeln der behäbig ausgebreiteten, oberösterreichischen Landschaft. Sie wanderten guten Mutes dahin, rasteten nur ab und zu, wenn die Kleine gestillt werden mußte, und sogar Anna wurde ein paar Stunden lang nahezu fröhlich.

Aber nur, bis die Sonne rotglühend versank, Dämmerung erwachte, allen die Füße schmerzten und die Kleine am Leiterwagen zu brüllen begann. Da stand fest, daß sie heute nicht mehr bis ans Ziel kommen würden, der Fußmarsch nach Mattighofen dauerte ersichtlich weitaus länger als angenommen.

Sie sahen weit und breit kein Dorf, nur Wiesen und Waldungen, über die die Nacht hereinbrach. Anna zwang sich und die Kinder weiter, bis endlich, nahe der Landstraße, ein einsam gelegenes, großes Bauerngehöft auftauchte. Sie raffte all ihren Mut zusammen und klopfte. Der bereits schläfrige Bauer öffnete und musterte die ermattete Mutter mit den müden Kindern recht mißtrauisch. Als Anna ihn mit mutloser Stimme, den Tränen nahe, um Unterkunft bat, ließ man sie aber dennoch alle gemeinsam in einer Gesindekammer des Hofes nächtigen, und das, nachdem die Bäuerin ihnen sogar noch Speckbrote und frische Milch angeboten hatte.

Fröstelnd schmiegte Anna sich nachts in dem riesigen, klammen Bett dicht an ihre Kinder, die rasch eingeschlafen waren, und ließ sich von der Wärme ihrer jungen Körper durchdringen. Eine Uhr tickte laut, und der Vollmond warf sein weißes Licht durchs Fenster. Der gleichmäßige Atem der Mädchen beruhigte Anna zwar, aber trotzdem bedachte sie ihre einsame Verantwortlichkeit für alles, was weiter mit ihnen geschehen würde, und konnte deshalb nicht einschlafen.

Am Morgen, als sie in dicken Tassen kuhwarme Milch und dazu ein Stück frisches Brot vorgesetzt bekommen und sich herzlich für alles bedankt hatten, wanderten sie mit ihrem Leiterwagen weiter. Die Mädchen waren jetzt fröhlich und ausgeruht, auch die Kleinste blickte munter in die Welt. Nur Anna fühlte sich nach dieser schlaflosen Nacht unsagbar müde. Trotzdem aber bemühte sie sich, zuversichtlich und heiter zu wirken. Es geht jetzt nur um meine drei! dachte sie, während Gitti gemeinsam mit ihr den Karren zog, auf dem die Kleinste vergnügt brabbelte. Erika, die einen noch unreifen Apfel umklammert hielt und ihn trotz seines sauren Geschmacks mit Begeisterung kaute, mußte Anna an der anderen Hand mit sich ziehen.

Im Marktflecken Mattighofen kamen sie eine Zeitlang im größten Gasthof des Ortes unter. Es war ein mächtiges, zweistöckiges Gebäude, mitten am Hauptplatz gelegen, mit einer dunkel getäfelten Wirtsstube, knarrenden Holzstiegen, ebenfalls düsteren Zimmern und klammen Betten. Die Wirtsleute waren nicht gerade begeistert, Evakuierte zu beherbergen und zu verköstigen, aber es war ihnen aufgetragen, und sie behandelten Anna und ihre Kinder nicht unfreundlich. Trotzdem stand fest, daß sie dort nicht allzu lange würden bleiben können.

Aber wenn Anna deshalb die Kinder für eine Weile in der Gaststube zurücklassen mußte, erbot sich die Wirtin, ein wenig nach ihnen zu sehen. Die recht gutmütige Frau gab den Mädchen Butterbrote und dünnen Milchkaffee, sie wiegte die Kleine, wenn sie schrie, Anna konnte sich also einigermaßen unbesorgt allein auf den Weg machen, um ein künftiges Quartier zu suchen. Nach einigen dieser Ausflüge in die nähere und weitere Umgebung fand sie schließlich Räumlichkeiten, die ihr geeignet erschienen, um dort für längere Zeit zu bleiben. Wenige Kilometer von Mattighofen entfernt, im Dörfchen Pfaffstätt, gab es ein mit Holzschindeln bedecktes, älteres Haus, das neben der Kirche und dem Friedhof lag. Dort stand im Oberstock eine kleine Wohnung zur Verfügung, die Anna zusagte. Im Erdgeschoß wohnte die Besitzerin selbst, nur mit ihrem kleinen Sohn und wohl ohne den dazugehörigen Vater, doch schien sie eine mit Sanftmut und Freundlichkeit gesegnete Frau zu sein.

»Jo, Stübler heiß' ich – i bin halt die Stüblerin«, sagte sie lächelnd, »kommen S' nur eine mit die G'schrappen, es is' Platz gnua drob'n.«

Also konnte Anna sich in Mattighofen dankend verabschieden und mit den Kindern und ihren Habseligkeiten nach Pfaffstätt übersiedeln.

Die Zimmer waren klein, ein schmaler, dunkler Gang lag dazwischen, aber die Holzkonstruktion des Hauses und seine schlichte Ausstattung atmeten Gemütlichkeit. Zur einen Seite hin sah man die efeubewachsene Friedhofsmauer, zur anderen Wiesen und Obstbäume, und Nachbarhäuser gab es nur in angenehmer Entfernung. Ein Steilhang führte an den kleinen Fluß hinunter, dort lag eine bewirtschaftete Mühle, und die hierorts »Müllnerin« genannte Frau des Besitzers kam Anna ebenfalls recht freundlich entgegen. Auch ein größeres Schloß gab es da unten, die adeligen Herrschaften jedoch lebten zurückgezogen und ohne Kontaktaufnahme zur Umwelt. »No jo«, sagte die Müllnerin, »de bleib'n lieber unter si'! Mia san jo nur des blede Volk! Unser Gräfin is' da ganz anders! De hamma gern!«

Über die sie da so wohlwollend sprach, war eine ältere Dame, angeblich eine geborene Gräfin Kristallnik, die eine stattliche Villa im Ort bewohnte. Diese Villa war vom Stübler-Haus zu sehen, sie lag hinter ausgedehnten Wiesen und war von dichten Hecken umschlossen.

Anna versuchte im neuen Heim für Wohnlichkeit zu sorgen, aber es gab in dem einen Zimmerchen einen Herd, einen Eßtisch und Stühle und im anderen nur Betten, also kaum Platz für Verschönerungen. Hauptsache, wir können schlafen, kochen und essen, dachte Anna, und haben eben Bäume, Wiesen und Himmel vor den Fenstern, diese Schönheit genügt!

Eine darüberliegende Dachkammer stand ihnen auch zur Verfügung, was sich bald als äußerst günstig, ja notwendig erwies. Anna erhielt nämlich eine junge russische Gefangene als Dienstmädchen »zugeteilt«.

Wohl, weil ich die Gattin eines regimetreuen Nazis bin, der an der Front vergeblich, aber unverdrossen für das marode Deutsche Reich kämpft, dachte sie mit einiger Bitterkeit. Die junge Frau hieß Tonja, sprach kaum Deutsch, war mollig und nicht unhübsch, und die Kinder mochten sie.

Vor allem Erika saß gern auf Tonjas Schoß und ließ sich von ihren warmen, weichen Armen umfangen, auch dies schien die Kriegspanik der Fünfjährigen zu beschwichtigen, dies und der ländliche Friede rundum. Gitti erholte sich ebenfalls. Sie wurde zwar in Mattighofen eingeschult, da Pfaffstätt nur eine Volksschule besaß, und mußte die vier Kilometer hin und zurück, oft auch bei Regen oder Schnee, zu Fuß bewältigen. Aber sie besaß jetzt neue Schulfreundinnen, und auch sie genoß das friedvolle Landleben und die ruhigen Tage und Nächte ohne Bombenangst. Und die Kleinste, »das Börgchen«, wuchs heran, begann zu krabbeln und zu plappern, und Anna konnte sie jederzeit Tonja anvertrauen, wenn sie unterwegs war, um zu »hamstern«.

Und dies wurde zu einer von Annas Hauptbeschäftigungen in der nächsten Zeit – sich auf den Weg zu machen und »hamstern« zu gehen! Es war ein geflügeltes Wort geworden, kam wohl daher, daß man wie ein Hamster Nahrung einsammeln mußte, um sie dann zu den Jungen ins eigene Nest zu tragen. Anfangs fand Anna es qualvoll beschämend und ihrer nicht würdig, bei den Bauern vor der Tür zu stehen und um Eßbares zu bitten, sie fühlte sich degradiert, als armselige Bettlerin, und meinte, sich niemals dazu überwinden zu können. Aber da sie drei hungrige Kinder zu füttern hatte, blieb ihr gar nichts anderes übrig, sie mußte. Sie mußte sich überwinden. Und erstaunlicherweise gewann sie im Lauf der Zeit sogar Routine darin, heiter und freundlich eine Weile mit den Bauersleuten zu schwatzen, ehe sie ihre Bitte vorbrachte. Auch war für Anna nicht uninteressant, auf diese Weise die Vielfalt menschlichen Umgangs kennenzulernen. Es gab herzensgute Leute, die sofort Milch, Eier oder selbstgebackenes Brot herbeiholten und ihr in die Hand drückten. Aber sie erlebte immer wieder dumpfe, haßerfüllte Blicke, das Zuwerfen von Türen und demütigende Ablehnung. Die meisten Bauern rückten nur mit Lebensmitteln heraus, wenn sie Tauschobjekte anbot. Das bedeutete, aus dem wenigen an Besitz, den sie mit sich führte, schweren Herzens Babysachen, aus denen Börgi herausgewachsen war, Kleidung oder auch Schmuckstücke zu opfern, um dafür ein Stück Speck, eine Scheibe Käse oder frischgebackenes Erdäpfelbrot zu ergattern.

Was die rüden Beleidigungen und das mühevolle Zurückhalten empörter Entgegnungen, was ihre Müdigkeit, ihre vom Wandern geschwollenen Füße am Ende belohnte, war die erwartungsvolle Freude der Mädchen, wenn sie gegen Abend heimkehrte. Vor allem wenn Anna die in dieser Gegend üblichen »Zeltln«, kleine, knusprig gebackene Brote, dabeihatte, rief das Jubel hervor. Dazu dann Rührei, dünn geschnittener Speck, und die Wonne war vollkommen. Man dachte vorrangig ans Essen, für Anna wurden die Überlegungen zur Nahrungsbeschaffung lebensbestimmend. Sie suchte Pilze, pflückte junge Brennesseln, um Spinat daraus zu machen, preßte Saft aus reifem Holunder und kochte Kompott aus abgefallenem Obst, das sie in den Wiesen rundum aufklaubte. Es direkt aus den Bäumen zu nehmen, war streng verboten, und aller Empörung zum Trotz mußte man gehorchen. Auch die Stüblerin, mit der Anna sich gut verstand, zuckte angewidert mit den Schultern und sagte: »Gierig san s', de Bauern!«

Vor allem aber war es mühsam, die kleine Erika von diesem Verbot zu überzeugen, pflückte sie doch am liebsten alles Obst noch unreif von den Ästen. Also mampfte sie jetzt alles, was am Boden herumlag, ob noch grün oder bereits halb verfault, riß Sauerampfer aus den Wiesen und verspeiste ihn, und Anna ließ sie gewähren, weil die Kleine nie Durchfall bekam, sondern unerschütterlich gesund blieb und sogar besonders kräftig wurde. Auch verschlang sie am Morgen stets einen vollen Teller Haferflockenbrei, auf dem üppig Milchhaut und dick Zucker lagen, und auch Tonja staunte, wie dieses Kind essen konnte!

Gitti hingegen gewann allseits höchste Beachtung, weil sie die Fertigkeit entwickelte, auf dem Backblech etwas Ähnliches wie Bonbons zu fabrizieren, obwohl die nur aus Zukker und eingedicktem Fruchtsaft bestanden. Erika kauerte erwartungsvoll neben ihr beim Herd, bis das Backrohr geöffnet werden konnte und die rosafarbene Süßigkeit zum Vorschein kam. Sogar die Kleinste, auf Tonjas Knien, streckte schon ihre Ärmchen danach aus. Anna saß müde daneben und freute sich über die Freude ihrer Mädchen. Sie war meist nicht mehr in der Lage, zu lesen oder einen Brief zu schreiben, ersehnte den Abend und wollte nur noch ins Bett.

»Wo ist die Kunst geblieben!« dachte sie manchmal. Wer benötigt denn eigentlich Kunst, wenn Hunger da ist. Hunger besiegt alles.

*

Eines Tages im Spätherbst klopfte eine kleine ältere Dame im Lodenmantel an die Haustür. Frau Stübler öffnete, begrüßte die Besucherin voll Respekt, und brüllte dann zu Anna hoch: »Kommen S' schnell abe, de Gräfin fragt nach eana!«

Es war die allseits beliebte Gräfin Kristallnik, die, auf einen Spazierstock gestützt, Anna entgegensah. Neben ihr stand ein großer, struppiger Hund.

»Haben Sie gerade Zeit? Dann würde ich Ihnen vorschlagen, mit mir ein wenig zu wandern. Aber natürlich nur, wenn Sie Lust dazu haben!«

Anna hatte Zeit und sie hatte auch Lust. Aus dem gefältelten Gesicht der Gräfin blitzten ihr zwei kluge und, wie es schien, alles durchschauende Augen entgegen, und auch das leicht ironische Lächeln versprach einen geistvolleren Austausch als den bisher in Pfaffstätt genossenen.

»O ja, ich komme gern mit«, sagte Anna. Sie zog rasch

eine warme Jacke über, gab Tonja und den Kindern Bescheid und wanderte kurz darauf an der Seite der Gräfin los. Der Name des Hundes sei Trimpussa, und er brauche viel Auslauf, wurde ihr erklärt, dann aber sofort nach ihrer, Annas, Lebenssituation gefragt.

Es war ein kühler, fast winterlicher Tag, die Wälder hatten kaum noch Laub, der Wind blies schneidend. Aber endlich einmal einem vernünftig lauschenden Menschen von ihren Nöten und Schwierigkeiten berichten zu dürfen, wie es sei, in diesen Kriegszeiten als Frau mit drei Kindern, das Jüngste noch Säugling, durchzukommen – Anna wurde warm dabei. Und sie erzählte. Von ihrem Mann, der an der Front kämpfe, von den grauenvollen Bombardierungen in Wien, von der Mühe jetzt, alle satt zu bekommen. Sie erzählte und die Gräfin lauschte. Zwar stand nach einiger Zeit fest, daß die Dame, wohl altersbedingt, an unkontrollierbaren Leibesgeräuschen litt, beim ersten Mal dachte Anna noch verwirrt: »Ui, die Gräfin hat gefurzt!« Aber da die vornehme Frau dem keine Aufmerksamkeit schenkte und sich deshalb auch nicht zu genieren schien, achtete sie nicht mehr darauf. Anna tat es einfach wohl, ein sehr persönliches und intelligentes Gespräch führen zu können, die Antworten der Gräfin zeugten von wachem Verstand und Noblesse. Auch der Verlauf des Krieges wurde von ihr kommentiert.

»Das dauert nicht mehr allzu lang«, meinte sie, »die Alliierten machen dem Hitler und seinem Reich langsam, aber sicher den Garaus, alle Fronten brechen ein. Ob wir es hier in Oberösterreich weiterhin so ruhig haben werden, ist auch fraglich.«

»Glauben Sie an Bomben? Auch hier?« fragte Anna alarmiert.

»Könnte schon mal sein, aber eher nicht«, sagte die Gräfin ruhig, »kommen Sie morgen zu mir zum Tee?«

Und Anna kam immer wieder zur Gräfin zum Tee. Oder sie wanderte mit ihr und Trimpussa in die Wälder, manchmal begleitet von Erika, die den Hund liebte und ihm hinterherlief. Als sie jedoch beim unüberhörbaren Körpergeräusch der Gräfin mit großen Kinderaugen zu fragen begann: »Mutti, hat die Frau Grä...«, mußte Anna sie rasch ablenken und ihr zu Hause die Sache behutsam erklären. Erika blieb danach lieber daheim, es schien ihr peinlich zu sein. Anna selbst aber stieß sich längst nicht mehr an diesem Gebrechen der Gräfin, sie genoß die Kultiviertheit des Gesprächs mit der alten Dame, konnte von ihren eigenen künstlerischen Ambitionen erzählen, von den Jahren in der Kunstgewerbeschule, auch die Zeit in Brasilien erwähnte sie – aber möglichst unausgesprochen ließ sie alles, was den Nationalsozialismus betraf. Sie wußte nichts Genaues von der Einstellung der Gräfin und schämte sich, von Seffs Tätigkeit in Polen zu berichten. Ihr Mann sei Soldat, sei an der Front, sie erhalte viel zu selten Nachricht von ihm und habe oft große Angst um sein Leben. Nur das sagte Anna.

Ein schwerer Landwinter zog vorbei, es gab heftige Stürme und reichlich Schnee. Gitti mußte ab und zu sogar in der Schule fehlen und wurde entschuldigt, weil die Straße nach Mattighofen allzu tief verschneit war.

Sie feierten den Umständen entsprechend ein äußerst bescheidenes Weihnachtsfest, aber Anna bemühte sich, eine kleine Tanne aufzutreiben, auch Kerzen, und sie verzierte die Zweige mit Christbaumschmuck, den sie aus Buntpapier selbst gebastelt hatte. Sogar ein halbes Hühnchen konnte sie ergattern, mit Erdäpfelpüree garniert wurde es zum Ereignis des Abends. Man schenkte einander Zeichnungen, phantasievoll geformte Kekse, Bonbons in bemalten Schächtelchen, alle ließen sich etwas einfallen, und Anna stiegen die Tränen hoch. Diese Ärmlichkeit strahlte mehr Liebe aus als so manch üppige Weihnachtsbescherung ehemals. Auch Tonja, rechtlos, gefangen, fremd in einem fremden Land, gehörte an diesem Weihnachtsabend fraglos zu ihnen, sie lachte auf, wenn die kleine Börgi mit beiden Händchen zu den Kerzenflammen deutete und dabei verzückt vor sich hin plapperte.

Ein wenig später kam auch die einsame Frau Stübler mit ihrem Sohn Stefan die Treppe heraufgestiegen. »Gesegnete Weihnacht!« sagte sie und überreichte feierlich ein Glas Marillenkompott, das gleich geöffnet und als Nachtisch gemeinsam verzehrt wurde. Erika tuschelte und kicherte mit Stefan herum, man saß im warm geheizten Zimmer beisammen, plauderte, gähnte, Behagen herrschte.

Nebenan in der Kirche sei die Weihnachtsmette, ob sie auch gingen? fragte die Stüblerin schließlich. Anna verneinte, sie seien alle zu müde.

»Und der liebe Gott ist mir zur Zeit besonders unlieb, was der mit uns aufführt!« fügte sie noch hinzu.

»Na ja, aber das Christuskind –«, meinte die Stüblerin.

»Gehört dazu!« blieb Anna hart, und die beiden Frauen lachten.

Als Anna im Bett lag, die Kinder und Tonja bereits fest schliefen, blieb sie noch lange wach. Sie dachte an Seff. Wie er wohl diese Nacht zubrachte. Ob er überhaupt noch am Leben war. Was dieser Krieg wohl noch über sie bringen würde. Dieser Krieg und danach die Rache aller jüdischen

Menschen auf Erden. Die mußte doch erfolgen! Was mit Juden unter den Nazis geschah und geschieht, das würde doch nicht ungesühnt bleiben! Davor hatte Anna tödliche Angst, sie kroch ihr eiskalt ins Herz. Lieber nicht darüber nachdenken, befahl sie sich, wer weiß, wie lange dieser Scheißkrieg noch dauert, vielleicht sind wir dann sowieso alle tot.

*

Alarmierende Nachrichten vom Vormarsch der alliierten Truppen gab es zwar, aber bis zum März 1945 war das Dörfchen Pfaffstätt immer noch vom Kriegsgeschehen verschont geblieben. Als Annas »Börgchen« ein Jahr alt wurde, stapfte es an Tonjas Hand im weißen Hängekleid durch die blühende Wiese vor dem Haus, ein Bild, so friedlich und gesegnet, als wäre der Krieg ein ferner Traum. »Wie süß! Sie wird vielleicht die Schönste!« mutmaßte eine Bekannte aus Mattighofen, und Anna war stolze Mutter. Man feierte ein wenig bei dünnem Kaffee und Topfenkuchen, ein paar Gäste waren geladen, was Erika dazu animierte, der erstaunten Gesellschaft plötzlich einen Phantasietanz vorzutanzen. Die Gräfin, auch anwesend, meinte lächelnd: »Begabt, die Kleine, sie gehört sicher eines Tages auf die Bühne!« Die Nachmittagssonne schien, das frische Grün leuchtete, die Welt war schön.

Aber schon im April begannen die Schatten erschreckender Nachrichten den Frühling zu verdunkeln. Anna erreichten ab und zu Meldungen aus Wien. Ständige Angriffe gäbe es, grauenvoll wie noch nie, schwere Zerstörungen, unzählige Tote, und sogar der Stephansdom hätte gebrannt! Zwar seien die Familienangehörigen bisher verschont geblieben, aber wer wüßte, wie lange noch, es wirke wie der Weltuntergang, ein grausames Kriegsende zeichne sich ab. Die Russen seien vor Wien!

Die Russen! Bei den meisten Menschen kulminierte alles an Angst um diese zwei Worte. Greuelgeschichten kursierten. Frauen würden brutal vergewaltigt, egal ob junges Mädchen oder Greisin, und jeder Mann niedergemetzelt, der ihnen in den Weg träte. Keinen Stein würden sie auf dem anderen lassen, alles wäre nach ihrer Anwesenheit geplündert, zerstört, niedergetrampelt und geschändet.

Aber in Anna erhob sich eine andere Panik. Als die Gefechte in Oberösterreich näher rückten, man ab und zu in der Ferne den Lärm von Geschützfeuern vernahm, die Leute an ihren Volksempfängern hingen und die Wahrheit hinter den Radiomeldungen zu erforschen versuchten, fürchtete sie selbst nur noch die mit Sicherheit unausbleibliche Rache jüdischer Menschen. Jetzt blüht uns der Tod, dachte sie.

»Der Krieg ist bald aus«, hieß es im Dorf. »Hoffentlich kommen zu uns die Amerikaner, wie's heißt! Aber die Russen sind schon in Sankt Pölten! Wenn uns nur die Russen nicht besetzen, sondern lieber die Amis!« Vor den Russen schienen sich alle zu fürchten. Anna aber stockte das Herz aus anderen Gründen. Der Krieg ist aus, dachte sie, also haben wir ihn verloren und werden jetzt von den Juden auf die gleiche Weise vernichtet, wie wir's mit ihnen getan haben!

Sie überlegte eine schlaflose Nacht lang. Am Morgen danach packte sie in hektischer Eile Decken und Proviant in den Kinderwagen, setzte die Kleine obendrauf, nahm Erika an der Hand, rief: »Gitti! Komm!« und hastete auf dem Feldweg, der in die Wälder führte, davon.

»Was ist denn, Mutti?!« rief die Älteste ihr verwirrt hinterher, »wo willst du denn hin?«

»Komm jetzt!« schrie Anna, »wir müssen uns verstecken!!«
»Aber warum? Was willst du denn im Wald?«

Gitti folgte nur zögernd, die Mutter wirkte völlig aufgelöst, wie geistesgestört.

»Die Russen!« rief Anna, um vor den Kindern das Wort »Juden« nicht auszusprechen, »sie werden uns ermorden! Beeil dich!«

»Aber Mutti! Es kommen sicher keine Russen, es kommen vielleicht Amerikaner, heißt es! Die besetzen Oberösterreich! Das haben sie in der Schule gesagt!«

Aber Anna eilte weiter, ohne die Unebenheiten des Waldbodens zu beachten, sie befahl der widerstrebenden Gitti immer wieder in herrischem Ton, ihr zu folgen, sie rannte, zog, zerrte. Sie gerieten in die Tiefe des Waldes, die Bäume standen immer dichter, und schließlich endete der Pfad. Anna blieb stehen und starrte vor sich hin. Plötzlich aber kauerte sie sich zwischen Farnen und faulendem Laub auf den Boden und begann zu weinen. Börgi wimmerte leise, Erika rieb sich das Handgelenk, an dem sie umklammert worden war, und Gitti stand ratlos vor der verzweifelten Mutter.

»Komm. Mutti«, sagte sie nach einer Weile, »gehen wir zurück, ja? Es kommen wirklich nur amerikanische Soldaten, und man sagt, die tun uns nichts! Keiner sagt wirklich was von Russen, die uns ermorden wollen, glaub mir. Die Amerikaner sollen sehr lieb sein.«

Stille herrschte, nur ein leichtes Wehen des Windes oben in den Baumwipfeln war zu hören. Die Juden werden nicht sehr lieb sein, dachte Anna, sie werden unmenschlich sein, wie es die Nazis zu ihnen waren, und zu Recht. Aber ich darf meine Kinder nicht verrückt machen.

Anna trocknete ihre Wangen und versuchte zu lächeln.

Dann stand sie auf. »Du hast ja recht, Gittilein«, sagte sie, »außerdem könnten wir nicht ewig im Wald bleiben. Ich war ein bisserl übertrieben, die Tante Inge hat früher auch immer gesagt, daß ich so schnell übertreibe. Aber ich hab' halt Angst um euch gehabt.«

»Es passiert uns schon nichts«, sagte Gitti, erleichtert, weil die Mutter wieder vernünftig geworden zu sein schien, »wir bleiben schön im Haus bei der Frau Stübler, wenn die Soldaten kommen, dann tut uns keiner was.«

Langsam den Kinderwagen schiebend, wanderte Anna also mit ihren Kindern ins Dorf zurück. Erika lief jetzt voraus, Gitti half ihr beim Schieben, und die kleine Börgi war eingeschlafen. »Was haben S' denn g'habt?« fragte die Stüblerin, als sie den Trupp heimkommen sah, »Se san ja mit dem Wagerl weggrennt wie eine Wilde!«

Anna schwieg, sie war unfähig, der netten Frau ihr Verhalten zu erklären, und die fragte auch nicht weiter nach. Sich zu ängstigen war in diesen Zeiten gang und gäbe, und Annas verstörtes Gesicht sprach ohnehin Bände.

Die Angst vor einer Invasion der Russen erwies sich in Pfaffstätt schließlich als unbegründet, es waren Verbände der dritten US-Armee, die Oberösterreich nach teilweise harten Kämpfen fast vollständig besetzten. Das Dörfchen selbst war zwar von Kampfhandlungen verschont geblieben, aber jetzt kamen immer wieder Panzer und Jeeps gefahren, aus denen Männer unter Stahlhelmen recht freundlich und meist Kaugummi kauend herausblickten.

Teilweise zogen diese Konvois nur durch, aber es gab in Pfaffstätt auch Einquartierungen amerikanischer Soldaten. Diese GIs legten eine andere Brutalität an den Tag als die gefürchteten Russen, eine, die vor allem von den Bauern mit ohnmächtiger Wut hingenommen werden mußte. Ackergäule wurden aus den Ställen gezerrt und Burschen in Uniform ritten auf ihnen wie Cowboys im Wilden Westen, sie ritten mit besonderem Vergnügen durch die hochstehenden Getreidefelder und verwüsteten sie. Wahllos holten die Soldaten Vieh aus den Verschlägen, vor allem Schweine und Hühner, schlachteten und brieten sie. Vom Flußufer aus schossen sie in sportivem Wettkampf Fische tot, stolz aufbrüllend, wenn sie gut gezielt und getroffen hatten. Die Dorfbewohner standen schweigend herum und mußten tatenlos zusehen. So mancher Bauer knirschte zwar vor Zorn mit den Zähnen, wagte jedoch nicht den Mund zu öffnen, um Einspruch zu erheben. Anna konnte bei einigen von ihnen ihre Schadenfreude kaum verbergen, es waren Bauersleute darunter, die sie gedemütigt und ihr für die Kinder nichts an Nahrung mitgegeben hatten. Daß die jetzt selbst gedemütigt und beraubt wurden, empfand Anna als ausgleichende Gerechtigkeit. »G'schieht eana recht, de gierigen Bauern«, murmelte auch die Stüblerin, als sie im Rund der dörflichen Zuschauer dem Treiben der Amis zusahen, »de haben g'laubt, sie können auf'm Reichtum sitzen bleiben! Hab'n sich aber 'täuscht!«

Die amerikanischen Soldaten waren zum Großteil junge Männer und hatten ihren Spaß an den derben Spielen, mehr aus Gedankenlosigkeit als unbedingt böswillig. Eine grausame Zeit lag hinter ihnen, sie begingen wohl auch den Sieg und das Ende des Krieges mit dieser wilden Ausgelassenheit. Zu den Kindern waren sie meist nett. Großzügig verteilten sie Schokolade, ohne zu bedenken, daß dies Keilereien auslöste, denn alle Buben und Mädchen wollten von dieser atemberaubenden Köstlichkeit unbedingt ein Stück erhaschen.

Sogar Gitti, sonst eher höflich und scheu, drängte sich in die bettelnde Kinderschar und kam triumphierend mit einer Tafel Schokolade zur Mutter und den Schwestern zurück. Anna schüttelte zwar mißbilligend den Kopf, »unsereins bettelt doch nicht«, brachte sie noch hervor, aber das Schokoladebröckchen zerging auch ihr auf der Zunge wie ein lang vergessener Traum.

Man gewöhnte sich also an die Anwesenheit der Besatzungssoldaten und langsam auch an das Bewußtsein, daß der Krieg vorüber war. Doch erst im Spätherbst 1945 konnte die Bevölkerung sicher sein, daß man sich tatsächlich in der Nachkriegszeit befand, deren Schwere es nun ebenfalls zu bewältigen galt. Chaos herrschte. Bahnstrecken waren zerstört, Post und Telefon funktionierten kaum, die medizinische und die Lebensmittelversorgung existierten so gut wie nicht.

*

Anna erfuhr nach langer Zeit ohne jede Nachricht, als sie schon auf das Schlimmste gefaßt war, daß Seff überlebt hatte und sich in englischer Gefangenschaft befand. Sie versuchte mit der Familie in Wien Kontakt aufzunehmen, was sich aber vorerst als unmöglich erwies.

Nach wie vor schaffte sie es nur mit Mühe, die Mädchen und sich selbst satt zu bekommen, sie buk Holunderblüten in Teig aus, aus den reifen, schwarzen Früchten preßte sie wieder Holundersaft, sie stahl von den Feldern Rüben, Kukuruz und Erdäpfel, sammelte das herbstliche Obst unter den Bäumen auf, fabrizierte Strudel, Knödel, Kompotte, und natürlich ging sie immer wieder »hamstern«. Jedenfalls gelang es ihr, daß die Kinder selten Hunger litten und gut gediehen.

Sie selbst war mager geworden, die Gräfin sah das mit Kopfschütteln und zwang ihr bei den Besuchen zum Nachmittagstee Kuchen und Kekse auf. Der kriegsbedingte Aufenthalt eines Wiener Burgschauspielers in ihrer Villa hatte dazu geführt, daß über dessen Kontakte zu den »Amis« die Gräfin ab und zu solche süßen Wunder servieren konnte. Verstohlen versuchte Anna stets etwas davon für die Kinder abzuzweigen, obwohl die Gräfin schalt, wenn sie es mitbekam. »Sie sollen mehr essen!« sagte sie streng.

Alle schlugen sich durch, so gut sie konnten, es gab einen neuen Halt zwischen den Menschen, jetzt, da die Kriegsangst gebannt war. Das Weiterleben war zu einer gemeinsamen Sache geworden, es galt nicht mehr nur dem Tod zu entrinnen, die jetzige Not hatte mit Leben zu tun. Anna erfuhr mehr Solidarität, auch von den Frauen des Dorfes, als je zuvor. Und die Interessen der Menschen galten trotz anhaltender, alles bestimmender Nahrungssorgen langsam auch wieder anderem. Zum Beispiel gab es in einem Mattighofener Gasthaussaal jetzt manchmal Kinovorstellungen. Als Anna mit den zwei größeren Mädchen an einem Sonntagnachmittag den Film »Krambambuli« sah, mußte sie mit der schreienden, völlig aufgelösten Erika den Saal verlassen, so sehr hatte diese der sterbende Hund am Grabe seines Herrn erschüttert. Das Kind hat ja noch nie Filme gesehen, dachte Anna, und der Bombenkrieg ist wohl schuld an seiner so extremen Reaktion auf Katastrophe und Leid. Erika heulte und schluchzte, es dauerte eine Weile, bis sie sich wieder beruhigte. Trotzdem liebte sie ab diesem ersten Mal nichts so sehr wie Kinobesuche.

Aber in Anna wuchs eine drängende Ungeduld. Sie wollte nach Wien zurück. Sie wollte nach Hause. Immer weniger ertrug sie die Enge im Stübler-Haus, das kleine Dorf, die Fußmärsche nach Mattighofen, all diese Bedingungen, die nur die Flucht vor dem Krieg geschaffen und die letztlich nichts mit ihrem Leben zu tun hatten. Allmählich fanden ab und zu Briefe aus Wien ihren Weg, ab und zu ergab sich eine überraschende Telefonverbindung.

Anna konnte schließlich Kontakt zu Minnie aufnehmen. Und von ihr erfuhr sie eines Tages, daß ihnen die Wohnung am Trautenauplatz nicht mehr gehöre, daß sie »enteignet« worden seien.

»Was?!« Anna meinte schlecht gehört zu haben.

»Na ja – weil der Seff halt ein Nazi war. Das ist jetzt so«, sagte Minnie leise.

»Aber alle waren doch Nazis!« schrie Anna ins Telefon, worauf die Schwester rasch auflegte.

Aha, dachte Anna, auch bei ihr jetzt die neue Angst. Jetzt will keiner mehr ein Nazi gewesen sein. Aber trotzdem will ich nach Wien zurück, ich kann doch nicht mein Leben hier verbringen! Ich will in mein Leben zurück!

Es kostete endlos Zeit und Bemühungen, diese Rückreise zu organisieren. Bis feststand, daß Minnie die Möbel aus der Wohnung am Trautenauplatz zu sich nehmen und Anna und die Kinder vorübergehend bei sich aufnehmen würde, bis Anna gelang, eine Eisenbahnverbindung ausfindig zu machen, die sie, obwohl nur in Viehwaggons, endlich nach Wien transportieren sollte, vergingen Monate.

Der Abschied von der Gräfin und der Stüblerin fiel Anna nicht leicht, man versprach einander ein Wiedersehen, ohne Gewähr, wann es je erfolgen sollte.

Tonja mußte sie einer ungewissen Zukunft überlassen, die Mädchen weinten bitterlich, als man sich trennte, und Anna erfuhr nie wieder etwas vom Schicksal der jungen Russin.

*

Die Fahrt nach Wien dauerte Tage, und Anna bereute immer wieder, sie angetreten zu haben, bereute ihre eigene Ungeduld. Diese Fahrt war ein Albtraum. Sie lagen auf kalten Strohballen am Boden eines zugigen Waggons, dessen Rütteln sie gerade noch hingenommen hätten, aber schon nach kurzem Dahinrattern hielt der Zug immer wieder an, und das wurde zur ärgsten Folter. Auch mitten auf der Strecke blieb er stehen oder an irgendeiner kleinen Bahnstation, keiner wußte, warum, aber es gab einfach kein Weiterkommen. Der Proviant reichte nicht aus, Anna mußte die Kinder ab und zu allein zurücklassen, einmal sogar nachts, um wieder an Häuser zu klopfen und Nahrung zu erbetteln, vor allem Milch für die Kleinste. Und immer in der Ungewißheit, ob der Zug lange genug anhalten und nicht ohne sie davonfahren würde. Es war winterlich kalt. Anna hatte die Mädchen und sich selbst in viele Schichten Kleidung gehüllt, aber trotzdem froren sie. Börgchen weinte viel, Erika jammerte vor allem, wenn die Mutter eine Weile abwesend war, nur Gitti blieb ruhig und tapfer um die Jüngeren besorgt, Anna konnte sich stets auf sie verlassen.

An der sogenannten Demarkationslinie hielten sie besonders lange an, noch dazu nachts und mitten auf einer schmalen Brücke über dem Fluß Enns. Das Wasser rauschte und gurgelte dunkel unter ihnen dahin, sie konnten nicht aussteigen, nur warten. Anna dachte an das elterliche Sommerhaus in Garsten zurück, an die Metzenhub in Grünburg, sie dachte an idyllische Sommeraufenthalte nahe diesem Fluß, der jetzt kalt, fremd und düster durch eine ebenso düstere Landschaft zu fließen schien. Ihr war, als hätte der Krieg auch ihre Erinnerungen zertrümmert.

Verdreckt, erschöpft, alle erkältet und hustend, kamen sie schließlich in Wien an. Da völlig unklar war, wann endlich, an welchem Tag, zu welcher Uhrzeit, ihr Viehwaggon im zum Teil zerstörten Franz-Josefs-Bahnhof einrollen würde, holte sie auch niemand ab. Ja, es gäbe Straßenbahnen, aber nur unregelmäßig, alle heiligen Zeiten, und nur dort, wo die Schienen noch intakt seien, erklärte ein Mann. Nach Währing? »Das könnt' sich ausgehen! Warten S' hier!« sagte er. Also stand Anna wartend, von ihren todmüden Kindern umringt, zwischen Ruinen, zerstörten Hausfassaden und aufgerissenen Straßen, und sie hätte gern geweint.

Schließlich rumpelte eine staubbedeckte Straßenbahngarnitur heran, sie kletterten eilig in einen der Wagen und fuhren dann langsam, auf knirschenden Schienen, durch eine zertrümmerte, unkenntlich gewordene Stadt. Nachdem sie nochmals umsteigen und lange hatten warten müssen, landeten sie schließlich in der Schulgasse. Das Haus war unzerstört!

Sie schleppten sich durch die Einfahrt und durch den Hof und standen schließlich vor den überraschten Eltern, die beide wohlauf zu sein schienen. Anna umschlang, am Ende ihrer Kräfte, laut schluchzend Vater und Mutter, dann sank sie auf das Sofa im Wohnzimmer und schloß die Augen. Sie konnte nicht mehr.

Es dauerte, bis sie alle gesäubert waren, etwas gegessen und ausgeschlafen hatten, bis die Kinder sich aus verängstigten Geschöpfen wieder einigermaßen in Kinder zurückzuverwandeln und die Erwachsenen endlich ruhig miteinander zu sprechen vermochten.

Annas Wohnungseinrichtung befand sich also zum Teil in des Vaters Werkstatt, zum Teil in zwei Zimmerchen bei Schwester Minnie. Anna bedankte sich, daß man es vereint geschafft hätte, ihr Mobiliar zu transportieren, in diesen Zeiten sei dies sicher mit ungeheurem logistischem Aufwand verbunden gewesen. »Na ja, schon«, sagte der Vater, »aber wenn die euch einfach rausschmeißen! So was!«

Wir haben ja vorher auch wen rausgeschmissen, dachte Anna und sprach es nicht aus. Das war wohl Teil jener Vergeltung, die sie panisch erwartet hatte, doch solange es nur um eine verlorene Wohnung ging, war das ja harmlos im Hinblick auf das Befürchtete. Aber leid tat es Anna schon. Sie hatte die Wohnung am Trautenauplatz geliebt und wäre gern in die vertraute Umgebung zurückgekehrt, in ihre eigenen vier Wände, statt jetzt bei der Schwester unterschlüpfen zu müssen. Davor graute ihr ein wenig. Aber andererseits gab es gute Nachrichten. Niemand aus der Familie war zu Schaden gekommen, die Bomben hatten zum Glück alle verschont. Auch das Haus in der Schlösselgasse sei unzerstört geblieben, erfuhr Anna. Nur gebe es dort den Kummer um Rudi, der nach wie vor als vermißt gelte, und alle außer seiner Mutter hätten die Hoffnung bereits aufgegeben, ihn je wiederzusehen. Einzig Hedwig hielte mit aller Kraft daran fest, daß er eines Tages heimkehren würde.

*

Die Wohnung der Schwester lag im letzten Stock eines Eckhauses in der Gymnasiumstraße, nicht weit entfernt vom kleinen Laden, den die Eltern ebenfalls besaßen. Dort wurde vor dem Krieg Fensterglas eingeschnitten, wurden Glaswaren verkauft, und Minnie hatte in dieser Dependance der großen Glaserei ausgeholfen. »Wird schon wieder«, sagte sie zuversichtlich, »wir sperren bald wieder auf.« Ihr Ehemann Franz war Lehrer in der Berufsschule für angehende Glasmaler und ein überaus korrekter, ordnungsliebender Mann. Die Invasion der Schwägerin samt Kindern gefiel ihm in keiner Weise. Und auch Anna gefiel es nicht, sich in zwei Kämmerchen, dicht angefüllt mit ihren Möbeln, zurechtfinden zu müssen.

Sie beschloß, auf Hedwigs Angebot einzugehen und Gitti in der Schlösselgasse wohnen und zur Schule gehen zu lassen. Nur an den Wochenenden konnte sie also ihre Älteste jetzt sehen, aber die schien sich, an der Seite ihrer bewunderten Cousine Liesi und von der Oma umsorgt, dabei recht wohl zu fühlen.

Erika hingegen besuchte bald die erste Klasse einer nahe gelegenen Volksschule und wurde zu einer begeisterten Schülerin. Fast zu begeistert, fand Anna, denn das Kind geriet am Morgen stets viel zu früh in hektische Unruhe und lief über eine Stunde vor der nötigen Zeit los, um dann meist als erste, aber zufrieden wartend vor dem noch geschlossenen Schultor zu stehen. Das bedeutete für die Mutter, ebenfalls eine Stunde früher aus dem Bett klettern und Erikas Frühstück zubereiten zu müssen. Aber Anna begrüßte den Übereifer des Mädchens und wandte nichts dagegen ein. Endlich konnte es sein Kriegstrauma hinter sich lassen, fand sie, konnte lernen und im Lesen und Schreiben eine neue Lebenssicherheit finden.

Erika und Minnies jüngerer Sohn Peter wurden gut Freund und beschäftigten sich angeregt miteinander. Sie zeichneten und spielten, Erika nahm den Cousin mit in ihre überreich vorhandenen Phantasiewelten, die beiden Kinder waren für die Erwachsenen in der Wohnung kaum spürbar. Der ältere Sohn Franz, »Franzi« genannt, war wiederum bereits selbständig genug, keine Mühe zu bereiten. Er wollte Sänger werden und hatte eine sanfte, liebenswürdige Art, die nie aneckte, auch beim oft schlecht gelaunten Vater nicht.

Worauf aber Anna zu ihrem Überdruß unentwegt angespannt achten mußte, war das Verhalten Börgis, der Kleinsten. Franz wollte seine Ruhe haben und kein Kindergeschrei hören. Das Kleinkind ständig möglichst still zu halten, es nicht mit der eigenen Nervosität anzustecken, diese Mühe zerrte an Annas Nerven. Schwester Minnie, eine gütige Frau, die ja selbst zwei Söhne an der Seite ihres Mannes aufzog, konnte Anna nicht helfen. Zu sehr war sie ergebene Ehefrau, und wenn sich zwischen Anna und Franz aufgestauter Zorn in Form von Geschrei und wilden Beschuldigungen entlud, stand sie ratlos und betrübt dazwischen.

Bald eine eigene Wohnung! Das wurde Annas sehnlichster Wunsch, der sich jedoch so rasch nicht erfüllen ließ. Angeblich waren mehr als zwanzig Prozent des Hausbestandes ganz oder teilweise zerstört. Im Stadtgebiet gab es Tausende Bombentrichter, zahlreiche Brücken lagen in Trümmern, Kanäle, Gas- und Wasserleitungen waren schwer beschädigt, Wien mußte erst wieder funktionsfähig gemacht werden. Dazu kam, daß die Bezirke unter den Alliierten auf vier Besatzungszonen aufgeteilt worden waren, nur der erste Bezirk, die Innere Stadt, wurde von allen vier Besatzungsmächten gemeinsam als »Interalliierte Zone« verwaltet. All dies, das neue Leben innerhalb eines jungen Friedens, mußte sich langsam konsolidieren. Trotzdem aber waren im November 1945 die ersten Gemeinderatswahlen abgehalten worden, und dies konnte wohl als endgültige Rückkehr zu demokratischen Verhältnissen angesehen werden.

Die Nazizeit ist also vorbei, dachte Anna. Was wird wohl mit Seff, wenn er zurückkehrt? Bestraft man ihn? Werden wir dann doch alle zur Rechenschaft gezogen? Alle Nazis? Aber es waren doch alle Nazis! Also alle Leute? Die ganze Bevölkerung?

Anna bekam Anfälle unersättlichen Hungergefühls. Auf Essensmarken konnte man wieder einiges kaufen, und Anna überraschte sich selbst dabei, wie sie im engen Kabinett vor ihrer eigenen Küchenkredenz stand und Scheibe um Scheibe frischen Weißbrots, dick mit Schmalz bestrichen, in sich hineinstopfte. Zu lange hatte sie wohl Nahrung für die Kinder erkämpfen müssen und sich selbst dabei nur nebenbei und ungenügend ernährt.

Aber auch ein anderer, lange ungestillter Hunger erwachte in Anna.

Seffs Schwester Ritschi, die früher durch Jahre die halbe Welt bereist und dabei ausgezeichnet Englisch gelernt hatte, erhielt eine Anstellung als Dolmetscherin in den Büros der amerikanischen Besatzungsmacht. Dadurch war es ihr möglich, aus der Militärkantine kaum noch erinnerte Delikatessen mitzubringen und die Familie über Pfirsichkompott, über Schinken, Orangen und gefüllte Schokolade in Jubel ausbrechen zu sehen.

Und es war ihr möglich, Anna eines Tages einzuladen, mit ihr einen Offiziersball zu besuchen.

»Einen Ball?« rief Anna, »aber ich hab' doch kein Ballkleid!«

»Niemand hat ein Ballkleid«, sagte Ritschi, »mach dich einfach so hübsch wie du kannst.«

Und das tat Anna dann auch.

Minnie half ihr, ein braves, schwarzes Kleid, das sie der Mutter abgebettelt hatte, so abzunähen, daß es den Körper betonte und ein wenig Dekolleté zeigte. Darüber trug sie eine silberblaue Stola aus früheren Zeiten, auch den Restbestand eines Lippenstifts trug sie auf, und ihr Haar hatte sie auf Lockenwicklern der Schwester zu glänzender Fülle gebracht. Sie sah also wirklich hübsch aus, als sie mit ihrer Schwägerin zusammentraf. »Mein Gott, Anni, jetzt sieht man erst, wie jung und schön du bist!« rief Ritschi aus, »dieser Krieg hat ja aus allen Frauen Vogelscheuchen gemacht!«

Und Anna betrat einen hell erleuchteten Saal, sie hörte Jazzmusik, sie trank Champagner, und sie wurde von amerikanischen Soldaten in gut sitzenden Uniformen zum Tanz aufgefordert. Sie meinte zu träumen.

Oder ist dieser schreckliche Krieg der Traum gewesen?

Diese Frage entstand tief in ihr, schien ihren warm pulsierenden Körper zu erfüllen, als Anna das Gesicht gegen die Schulter eines hochgewachsenen amerikanischen Offiziers lehnte, der sie fest im Arm hielt. Sie tanzten eng aneinander geschmiegt, der Uniformstoff unter ihrer Wange roch leicht nach Eau de Cologne, und Anna schloß die Augen. Als sie am Ende des Tanzes jedoch den Blick hob, sah sie einen Mann auf sich herunterschauen, der zwar lächelte, aber hinter diesem Lächeln ernst nach ihr verlangte. Sie hatte das schon in der Berührung ihrer beider Körper gespürt. Und jetzt nahm sie auch wahr, daß er sehr gut aussah. Er ist schön, dachte

Anna, als er mich zum Tanz aufgefordert hat, ist mir noch gar nicht aufgefallen, wie schön dieser Mann ist! Sind alle Amerikaner so schön?

Anna erhaschte einen Blick Ritschis und hatte sogar den Eindruck, daß sie grinste und ihr aufmunternd zunickte, sie, die Schwester von Seff, ihrem Ehemann! Was für Zeiten sind das nur, wenn man wieder zu leben beginnt, dachte Anna.

Der Offizier sprach sie auf englisch an, und sie verstand seine Worte nicht, verstand aber, daß er mit ihr die Tanzfläche verlassen und anderswohin wollte. Sie nickte und ließ sich von ihm führen. Das große alte Haus in Neustift hatte viele Zimmer, und in eines zog der Mann sie hinein und schloß die Türe hinter sich, er schien sich hier auszukennen. Und dann küßte er sie. Anna war noch nie so geküßt worden, sie brach bei diesen Küssen auf. Es war, als hätte ihr Körper lange geschlafen und sei jetzt wieder wach geworden. Der Mann drang nicht in sie ein, aber er bescherte ihr und sich selbst Lust, seine Leidenschaft blieb behutsam.

Später brachte er sie in den Saal zurück, zu Licht, lachenden Menschen, Musik und Alkohol, und sie tanzten wieder miteinander. Anna fühlte sich in den Armen dieses Fremden, der eine ihr fremde Sprache sprach, so weich und wohl, als hätte sie ihre Heimat gefunden.

Er brachte sie sogar mit seinem Jeep in die Gymnasiumstraße zurück, half ihr aus dem Wagen und küßte sie nochmals, ehe sie die Haustür aufschloß. Und als Anna mit weichen Knien langsam die vielen Treppen zu Minnies Wohnung emporstieg, wußte sie, daß sie sich verliebt hatte.

Die Schwester hatte nach den Kindern gesehen, an diesem Abend, in dieser Nacht. »Gut, aber nur das eine Mal!« hatte sie gesagt, Anna konnte es nicht weiterhin von ihr verlangen, das stand fest. Trotzdem wollte sie ihren Offizier wiedersehen, sie sehnte sich wie verrückt nach seiner Umarmung, seinen Küssen, seiner Zärtlichkeit.

Also vertraute sie sich Ritschi an, die auflachte.

»Klar, du mußt dich ein bissel austoben!« sagte sie, »aber verlieb dich bitte nicht, der Mann hat Familie drüben. Und du hast eine hier.«

Sie sorgte jedoch dafür, daß die beiden Kleineren auch ab und zu bei Oma Hedwig bleiben konnten, wenn Anna ihren *lover* traf. Anna lernte im Lauf dieser Liebestreffen ein wenig Englisch, denn sie und der Offizier begannen neben dem erotischen Austausch auch miteinander zu sprechen. Anna wollte den Mann verstehen und auch von sich selbst erzählen, sie studierte deshalb Wörterbücher und machte Fortschritte, sie tat all das, was man tut, wenn man liebt. Er wußte stets, wo sie sich ungestört zurückziehen und ihr Verlangen stillen konnten, meist war es dieses Zimmer in Neustift, im Haus des amerikanischen Offiziersclubs.

Aber auch zum Essen führte der Offizier sie aus, in Restaurants für amerikanische Besatzungssoldaten, und Anna genoß erlesene Speisen und Weine mit ebenfalls neu erwachtem Genuß. Manchmal streiften sie Blicke, bei denen ihr auffiel, daß sie in diesem Umfeld wohl als »Ami-Hure« gelten mußte. Gab es doch viele einheimische Frauen, die sich den Besatzern bereitwillig hingaben, um zu profitieren oder Nöte zu lindern. Aber diesen Eindruck zu erwecken war Anna seltsam egal. Ich bin kein Flittchen, dachte sie, ich werde geliebt. Auch der Gedanke an Seff, der sich immer noch in Gefangenschaft befand und darben und hungern mußte, flößte ihr keinerlei Schuldgefühl ein. Vielleicht auch, weil sie das eine einfach nicht mit dem anderen verband. Da war ihr Leben mit drei Kindern, in enge Zimmerchen zur Untermiete gepfercht, Nahrung auf Essensmarken nur spärlich aufzutreiben, da war die ganze trostlose, trübe, kaputte Welt, nachdem man einen grauenvollen Krieg irgendwie überlebt hatte. Und irgendwo anders, vielleicht auf einem Stern, der vom Himmel gefallen war, konnte sie mit einem fremden Mann glücklich sein. Sie betrachtete dies als ihr gutes Recht, aber ohne es mit der Wirklichkeit in Verbindung zu bringen.

Trotzdem meinte sie sterben zu müssen, als ihr Offizier eines Tages versetzt wurde und Wien verlassen mußte. Auch er weinte beim letzten Beisammensein, sie sahen einander in die Augen wie zwei Ertrinkende.

»I love you, Anne . . .«

Er hat gesagt, daß er mich liebt, dachte Anna, er hat es ausgesprochen! Ihr stiegen nochmals die Tränen hoch, und sie verbarg sich ein letztes Mal in seinen Armen.

*

Die Schwere der Nachkriegszeit blieb bedrückend und forderte alles an Überlebenswillen. Anna stellte sich dem, aber die Erinnerung an ihre kurze Liebesromanze wurde eine Art Zufluchtsort, sie trug sie mit sich wie einen unsichtbaren Schatz. Von Seff und seiner Heimkehr war immer noch nichts in Erfahrung gebracht worden. Worüber immer wieder gesprochen wurde, war der Selbstmord Adolf Hitlers, gemeinsam mit seinen Vertrauten, all deren Frauen und Kindern, in einem unterirdischen Bunker in Berlin. Keiner konnte es fassen. »Der Führer«! Durch Jahre »Heil Hitler«! Und jetzt dieses Ende!

Worüber jedoch möglichst geschwiegen wurde, waren Meldungen von Konzentrationslagern, die befreit worden waren, von wenigen Überlebenden, die den alliierten Befreiern wie Skelette entgegengewankt seien, von abertausend ermordeten Juden, die man »vergast« hatte. Davon wollte keiner etwas wissen, aber Anna wußte Bescheid. Sie wußte ja das meiste bereits aus der Zeit in Polen.

Und ihre Freundin Inge, die Wiens Bombardierungen unbeschadet überlebt hatte und mit der Anna sich wieder ab und zu traf, wußte ebenfalls vieles von dem, was andere als »nicht möglich!« abtaten, und sie sprach auch darüber. Weiterhin überzeugte Junggesellin, lebte sie mit ihrer Mutter in deren unzerstörter Altbauwohnung und brachte sich und die kränkelnde alte Frau schlecht und recht durch. Trotzdem war sie jetzt wieder die energische, mutvolle Freundin von ehedem, wohl auch, weil Anna jetzt wieder offen mit ihr zu sprechen vermochte, von Polen erzählte und von ihren Ängsten.

»Dir und deinen Kindern wird man nichts tun, Anni!«

»Aber der Seff...? Er war immerhin Adjutant beim Wächter.«

Inge schwieg.

»Aber nie bei der Waffen-SS, oder?« fragte sie dann.

»Nein. Er ist ja auch gegen Kriegsende als einfacher Soldat an die Front gegangen. Aus Entsetzen, glaube ich.«

»Das könnte ihm heute helfen. Aber es wird sicher schwer für ihn werden, beruflich wieder Fuß zu fassen.«

»O ja«, Anna seufzte auf, »dieser Seff...«

»Du warst auch kein Unschuldslamm, meine Liebe.«

Anna sah vor sich hin.

»Der Seff war immer schon ein Nazi, und das hat mir immer schon nicht gefallen. Aber ich habe nie etwas dagegengesetzt. Ich wollte nicht darüber nachdenken, und ich habe geschwiegen.«

Inge legte den Arm um ihre Schultern.

»Nicht nur du, Anni.«

*

Die Glasmalerei Goetzer erhielt allmählich einen Auftrag nach dem anderen, die Pfarreien hatten wohl am ehesten Mittel zur Hand, ihre zerstörten Kirchenfenster wiederherzustellen, und das führte bald nach Kriegsende zu neuerlichem Wohlstand des Vaters.

Als es Frühling wurde, grünte und blühte der Garten neben den Werkstätten, keine Bombe hatte ihn getroffen, nichts war geschehen, das seine erneuernde Pracht hätte verhindern können. Die Familie traf dort zusammen, auch wie eh und je, nur der Kaffee war jetzt wäßriger und der Kuchen trockener. Mutter Hermine, mittlerweile »Omama« einer siebenköpfigen Kinderschar, forschte auch bei ihren Enkeln unermüdlich nach, ob sie etwa den sonntäglichen Kirchgang unterlassen hätten, und zwang auch diese dazu, sie freundlich anzulügen. Die Kleineren spielten zwischen den Himbeersträuchern und tobten im Salettl, die Größeren saßen manierlich mit am Gartentisch. Der Vater, jetzt auch »Opapa«, zeigte Anna gern seine neuen Arbeiten, und sie sog den Geruch der Werkstatt ein, der sie immer noch mit Wehmut erfüllte. Annas Schwestern und deren Ehemänner waren an diesen Nachmittagen meist anwesend, nur Seff fehlte immer noch.

Vor ihren Eltern gab Anna sich im Umgang mit Minnies Gatten höflich, aber das gedrängte Zusammenleben in derselben Wohnung ließ immer tieferen Unmut zwischen ihnen entstehen. Anna fühlte sich wie in einem engen Käfig gefangen, und der Schwager wollte endlich einzig und allein Frau und Kinder um sich haben, und nicht mehr diese Eindringlinge. Obwohl die Irritation beider verständlich war, wurden sie darob mehr und mehr zu unversöhnlichen Feinden, was wiederum die arme Schwester Minnie in einen quälenden Zwiespalt stürzte. »Ihr zwei!« Sie seufzte auf. »Könnt's euch denn nicht ein bissel vertragen! Ist doch alles nicht für ewig, oder, Anni?« Anna verstand das als Rüge und antwortete wütend: »Sicher nicht, Minnie! Sobald der Seff wieder da ist, finden wir eine eigene Wohnung, da kannst' unbesorgt sein!«

Und mittlerweile an selbständiges Handeln gewöhnt, wollte sie nicht mehr nur zuwarten, sie fing an, auch ohne Seff ihre Fühler auszustrecken, um die Wohnsituation für die Familie möglichst bald zu verändern. Sie kontaktierte den Baumeister, der das Haus am Trautenauplatz wieder instand gesetzt hatte und auch dessen Besitzer geworden war. Ihnen die Wohnung zurückzugeben, sie einem »Nazi« zurückzugeben, das wagte er wohl nicht. Obwohl Anna den überzeugenden Eindruck gewann, daß der gute Mann ebenfalls so ein »Nazi« gewesen war, aber jetzt eifrig davon abzurücken versuchte. Wie so viele. Wie fast alle.

»Sein S' geduldig, gnädige Frau, ich werd' schon irgend etwas für Sie finden«, sicherte er Anna immerhin zu. Dieser Baumeister schien nicht nur das Haus am Trautenauplatz sein eigen zu nennen, er schien sich am Wiederaufbau zu bereichern, indem er baufällig gewordene Häuser aufkaufte und sanierte. Er war eben einer von denen, die es in Krisenzeiten immer gibt. Einer von denen, die es verstehen, aus der allgemeinen Not persönliches Kapital zu schlagen. Anna fand ihn widerlich, aber sie lächelte zuckersüß und sagte: »Das hoffe ich, lieber Herr Baumeister, daß wir durch Sie bald wieder menschenwürdig leben können!«

»Wird schon werden«, antwortete er ruppig.

Sie verabschiedete sich damenhaft und sagte im Treppenhaus laut »Scheißkerl!« vor sich hin. Der Seff gehört endlich her, dachte sie, ein Mann! Mein Mann! Ich bin es müde, alles allein regeln zu müssen. Ich bin müde.

Es war früh am Morgen. So früh, daß Anna und die beiden Kinder noch zu Bett lagen. Da läutete es an der Wohnungstür und man hörte einen leisen Wortwechsel. Anna, von einer seltsamen Ahnung erfaßt, hob den Kopf und lauschte. Dann Schritte. Es klopfte und Minnie trat in das Schlafkabinett.

»Ja?« fragte Anna.

Die Schwester sah sie mit großen, verheißungsvollen Augen an.

»Stell dir vor!« sagte sie.

»Ja, was denn?«

»Der Seff ist da!«

Anna sprang aus dem Bett.

»Da?!«

Jetzt lachte Minnie.

»Nein, nicht da bei uns, nicht im Vorzimmer. Bei deiner Schwiegermutter ist er! Sein Heimkehrertransport ist heute mitten in der Nacht angekommen.«

»Und wer hat dir das vorhin gesagt?«

»Bei der Mama haben s' angerufen, und die hat den Lehrling aus der Werkstatt hergeschickt. Du sollst so schnell wie möglich in die Schlösselgasse kommen.«

Anna nickte und stand zugleich wie verloren im engen Raum zwischen den Betten herum. Die Kinder waren wach geworden und hatten sich aufgesetzt. »Stellt euch vor, der Vati ist wieder da!« sagte Anna, »er ist jetzt endlich wieder aus dem Krieg zurück.«

Aber ihre Eröffnung fand wenig Interesse, die Kleinste kannte diesen Vati ja gar nicht, und Erika sagte nur: »Ich muß jetzt in die Schule, sonst komm' ich zu spät!«

»Ich schau' heute schon auf die beiden«, meinte Minnie, »fahr du jetzt los, der Seff wartet ja auf dich.«

Anna zitterte ein wenig, als sie sich ankleidete, frisierte, ein bißchen Rouge auf die Wangen tat, alles im Versuch, halbwegs hübsch auszusehen. Ich schaue hergenommen aus, dachte sie, und das bin ich ja auch. Alles nimmt mich zu sehr her. Und warum ist der Seff gleich zu seiner Mutter gelaufen und nicht zu uns gekommen? Er weiß doch, daß wir bei der Minnie wohnen!

Anna erschrak. Sie fühlte, daß sie ärgerlich war statt glücklich! Daß sie wenig Freude empfand. Zu wenig Freude, ihren Ehemann nach langen Jahren endlich wiederzusehen. Jüngst erlebte Zärtlichkeiten, das Gesicht, die Hände eines anderen Mannes, diese Bilder drängten sich ihr auf und waren plötzlich nicht abzuschütteln. Sie saß in der dahinrumpelnden Straßenbahn, und ihr wurde übel vor Schuldbewußtsein. Ich sollte dankbar sein, dachte sie, Seff hat den Krieg und die Gefangenschaft überlebt, die Kinder haben ihren Vater nicht verloren, unsere Familie ist intakt geblieben. Jetzt kann unser Leben gewissermaßen neu beginnen. Warum fühle ich mich so gar nicht bereit dazu?

Anna stieg die Treppen zu Hedwigs Wohnung hoch, als hätte sie Gewichte an den Füßen. Als sie läutete, näherten sich eilige Schritte. Die Tür wurde aufgerissen und ein ausgemergelter Mann stand vor ihr, einer, den sie kaum wiedererkannte. »Anni!« rief Seff und riß sie in seine Arme. Er tat es so heftig, daß diese Umarmung ihr weh tat. Sie verharrte eine Weile regungslos und fühlte seinen Atem, ehe sie Seff auch umschlang.

*

Einander wieder als Ehepaar zu erfahren, war für Anna und Seff kaum möglich. Zwar lagen sie nachts eng nebeneinander im engen Zimmerchen, jedoch waren stets die Kinder um sie, in ebenfalls eng anschließenden Betten. Die Enge wurde zu Annas Hauptproblem, sie dachte manchmal ersticken zu müssen, rundum Atem, Körpergeräusche, Laute, die Träumen entglitten, und dazwischen ihre eigene Starre und Schlaflosigkeit.

Seff war abgemagert, und er roch auch nach reichlichem Baden und Schrubben immer noch so, wie es wohl im Gefangenenlager gerochen hatte. Nach vielen ungewaschenen Männern auf einem Haufen! dachte Anna. Als ihr auffiel, wie abfällig dieser Gedanke war, rettete sie sich rasch in ein bedauerndes »Armer Seff!« Auch als er erzählte, daß all die hungrigen Männer Rezepte aufgeschrieben und ausgetauscht hätten, um, wenn schon nicht den Magen, zumindest ihre Vorstellungen mit Essensphantasien zu füllen, weckte das ihr Bedauern, und sie tat alles, um ihren Mann satt zu füttern.

Aber sie lag nicht gern dicht neben ihrem Mann. Er war

ihr fremd geworden. Und das nicht nur körperlich. Auch sein Verhalten störte sie. Er wollte sein wie früher, wollte Ehemann, Vater und Familienoberhaupt sein, wollte das gemeinsame Leben so wieder aufnehmen, wie er es verlassen hatte. Anna bemühte sich anfangs, diesen Wunsch zu verstehen, jedoch kam die eigene Veränderung ihr in die Quere. Sie war einfach nicht mehr die anhängliche Ehefrau von ehedem, so vieles hatte sie in den Kriegsjahren mutterseelenallein und selbstbestimmt verantworten und lösen müssen, sie vermochte sich nicht mehr unterzuordnen.

Seine erwachende väterliche Strenge bei der Kleinen zum Beispiel, bei Börgi, die er gar nicht kannte und die »zu erziehen« er jetzt für nötig befand, machte Anna so wütend, daß dies bald zu unbeherrschten und lautstarken Auseinandersetzungen führte. Anna war klar, daß die anderen in der Wohnung das Geschrei mitbekamen, und nachträglich schämte sie sich dafür. Aber sie blieb zornig. Eine unbezwingbare Wut in ihr wollte nicht mehr schweigen.

Noch dazu half Seff anfänglich in der Werkstatt des Vaters aus, wirkte dort wie ein kläglicher, schmutziger Hilfsarbeiter, und das demütigte Anna, beschämte sie vor den Eltern. Sie war nahezu erleichtert, als er, nach aufkeimenden Unstimmigkeiten in der Glasmalerei, tatsächlich Hilfsarbeiter »am Bau« wurde, irgendwo auf Gerüsten herumkletterte und Mörtel anrührte, und sie ihn nicht innerhalb der Familie zu Gesicht bekommen mußte.

Daß er, als Akademiker und noch dazu handwerklich äußerst ungeschickt, unter dieser Situation leiden mußte, war Anna bewußt. Er tat ihr auch leid. Trotzdem dachte sie seltsam ungerührt: Selber schuld, warum ist er auch so ein enthusiastischer Nazi gewesen!

Seff konnte noch nicht eine ihm gemäße Tätigkeit als Diplomkaufmann anstreben, konnte noch nicht eine Anstellung dieser Art für sich suchen, denn er mußte vorerst »entnazifiziert« werden. So hieß der Vorgang, sich wegen des Grades der Parteizugehörigkeit und im Hinblick auf Verbrechen und Mord überprüfen zu lassen.

Bei Seff würde es letztlich keine Probleme geben, das stellte sich bald heraus. Daß er in der Hierarchie der Mächtigen ausschließlich Befehlsempfänger geblieben war, und vor allem sein nicht erzwungenes, völlig freiwilliges Einrücken als gemeiner Soldat sprach für eine Abwicklung, die ohne Komplikationen vor sich gehen und nur Zeit beanspruchen würde. Man konnte ihn keines Verbrechens für schuldig befinden, er war nur Mitläufer gewesen. Nur. Wie so viele.

Anna atmete auf, als feststand, daß die von ihr erwartete Vergeltung ausbleiben würde, obwohl sie nach wie vor nicht verstand, warum.

Was Anna jetzt sogar dringlicher herbeisehnte als Seffs Entnazifizierung, war eine eigene Wohnung. Endlich eine eigene Wohnung. Das gedrängte Zusammenleben in der Gymnasiumstraße hatte für sie nach Seffs Rückkehr einen Grad der Unerträglichkeit erreicht, der alles übertraf. Ihr war, als könne sie nicht mehr atmen.

Also beschwor sie ihren Mann, mit ihr den Baumeister aufzusuchen, der doch versprochen hatte, »irgend etwas« für sie zu finden. Und »irgend etwas« schlug der ihnen auch vor.

»Kennen Sie Floridsdorf?« fragte er.

»Sicher. Der Bezirk auf der anderen Seite der Donau«, sagte Seff.

»Da gibt's eine Wohnung in der Brünnerstraße. Sie wissen, in der Russenzone halt. Und bissel weit draußen is' schon, aber zwei Zimmer, Küche, Bad –«

»Wann können wir uns die Wohnung anschauen?!« fiel Anna dem Mann ins Wort.

»Na ja – wann S' wollen. Auch gleich morgen, wann S' wollen.«

Und sie wollten. Sie wollten gleich morgen.

Die Straßenbahn fuhr endlos. Auf einer großen Brücke überquerte sie die Donau. ›Am Spitz‹, wie der Platz vor einem großen, alten Amtsgebäude hieß, mußte man umsteigen. Und dann fuhren sie weiter stadtauswärts. Am ›Schlingerhof‹ vorbei, einem Gemeindebau, der immer noch von Einschüssen gezeichnet war, gelangte man in nahezu ländliches Vorstadtgebiet hinaus. Die Brünnerstraße war neben den Geleisen der Tramway zum Teil noch nicht asphaltiert und wurde zwischen vereinzelten Häusern von unkrautverwuchertem Gelände und Akazienbäumen begleitet.

Das Haus Nummer 63-65 war ein Vorkriegsgebäude, angebaut an ein noch älteres Wohnhaus, und diese Häusergruppe ragte hoch und einsam auf, zwischen den Eisenbahnschienen einer Lokomotivfabrik und einem Bahndamm.

Die zu besichtigende Wohnung aber führte in den Hof und in Schrebergärten hinaus, besaß eine kleine Veranda, vor der ein Lindenbaum sein Geäst ausbreitete, war also der Hauptverkehrsstraße abgewandt und recht ruhig. Anna betrat sie zögernd.

Und sie wußte schnell, daß sie hier bleiben würde. Natürlich lag die Wohnung »am Ende der Welt«. Natürlich war sie »ein Schlauch«, Vorzimmer, Zimmer, Zimmer, Veranda, man konnte von der Eingangstür aus hindurchblicken. Aber Klo, Bad, Küche mündeten im Vorzimmer, waren also für jeden frei und ungestört zugänglich. Und vor allem würde dies ihre Wohnung sein, mit einer Tür, die sie hinter sich schließen könnte, nur ihre Kinder und ihr Mann um sich, sonst niemand.

»Willst du wirklich so weit herausziehen?« fragte Seff.

»Willst du wirklich noch länger in zwei Kämmerchen hausen?« fragte Anna zurück.

»Vielleicht finden wir was anderes«, meinte Seff.

»Aber wann«, sagte Anna, »ich will jetzt meine eigenen vier Wände haben. Jetzt!«

Also wurde beschlossen, die Wohnung zu nehmen, und sie sagten dem Baumeister zu. Bei der Miete ließ der Mann mit sich reden, verbilligte sie sogar noch unverhofft, denn Floridsdorf, ein Arbeiterbezirk und jetzt von den Russen besetzt, war alles andere als eine gute Wohngegend, wie Döbling es gewesen war.

Seff staunte, daß Anna sich überhaupt herabließ, nach Floridsdorf zu ziehen, meinte er doch von früher her ihren Hang zu Eleganz und Vornehmheit und ihre tiefe Abneigung gegen alles Proletarische zu kennen. Als er sie scherzend darauf aufmerksam machte, verstand Anna jedoch keinen Spaß und schrie ihn an.

»Wir können es uns nach deiner Nazigeschichte nicht leisten, Ansprüche zu stellen, wie du sehr gut weißt! Aber ich muß irgendwohin, wo ich wieder atmen kann!«

»Reg dich bitte nicht gleich so auf, Anni!«

Ihre Wildheit hatte Seff verwirrt, wie so vieles jetzt am Verhalten seiner Frau.

»Als Übergangslösung ist die Wohnung sicher total in Ordnung«, versuchte er wieder gute Stimmung zu machen, »und es muß ja nicht für ewig sein!«

*

Nachdem ein paar geringfügige Renovierungen vorgenommen worden waren und man die verstreut untergebrachten Möbel samt Hausrat zusammengesucht hatte, transportierte ein kleiner Lastwagen der Glasmalerei Fuhre um Fuhre alles in die Brünnerstraße. Seff und Anni schufteten. Sie schleppten, stellten auf, schoben herum, waren verschwitzt und staubbedeckt, aber dennoch vom Eifer eines Neubeginns erfüllt. Die Kinder standen ihnen mit großen Augen im Weg, bis sie irgendwann hinausgeschickt wurden und im Hof des Hauses Kontakte zu knüpfen versuchten. Da lungerte eine Schar anderer Kinder, bedrohlich abwartend, und musterte die Neuankömmlinge mit spöttischem Grinsen. Aber es sollte nicht allzu lange dauern, bis Freundschaft geschlossen und gemeinsam gespielt wurde. Vor allem Erika fand rasch Anschluß. Börgchen war ja noch Kleinkind und Gitti nach wie vor meist bei Oma Hedwig.

Im dritten Sommer nach Kriegsende also konnte Anna endgültig ihre Untermiete bei Schwester Minnie auflösen und sich sogar vom Schwager mit höflichem Dank verabschieden. Sie besaß jetzt endlich wieder eine eigene Wohnung, konnte endlich wieder die ersehnte eigene Tür schließen und sich zu Hause fühlen. Auch hier lebten sie auf engem Raum, aber die Familie war unter sich und keiner fremden Kritik mehr unterworfen. Es gab ein Wohnzimmer und ein Schlafzimmer. Im letzteren stand das eheliche Lager und befanden sich auch die Betten der beiden Jüngeren. Wenn Gitti am Wochenende da war, schlief sie auf dem Sofa im Wohnzimmer. Auch auf der Veranda gab es eine schmale Schlafstätte, die aber nur in der warmen Jahreszeit genutzt werden konnte und dann sehr bald von Erika in Beschlag genommen wurde.

Anna besaß auch hier keinen Freiraum für sich selbst, kein eigenes Zimmer, keine Rückzugsmöglichkeit. Nur war Gitti nicht immer hier, was Anna zwar schmerzte, jedoch den Platzmangel milderte. Erika wiederum wanderte jetzt täglich zwei Kilometer die Brünnerstraße entlang, stadtauswärts bis nach Jedlersdorf, besuchte dort die dritte Klasse Volksschule, und das weiterhin mit Begeisterung. Sie war also an den Wochentagen vormittags auch nicht daheim, dann konnte Anna sich der Jüngsten widmen, ihre Einkäufe tätigen und ausruhen.

Es war nicht das ideale Leben, von dem sie in ihrer Jugend geträumt hatte, weiß Gott nicht. Diese trostlos unschöne Umgebung, stinkende Soldaten und dicke, grellgeschminkte Russinnen in der Straßenbahn, das primitive Arbeitermilieu. Wo bin ich nur hingeraten, dachte Anna manchmal. Aber gemessen an dem Elend der Kriegsjahre und der ersten Nachkriegszeit war das Leben jetzt zumindest erträglich.

Vor allem ergab sich ein Umstand, der Anna überraschte und den sie als unerwarteten Segen empfand. Obwohl sie gleichzeitig mit schlechtem Gewissen und Schuldgefühlen rang, empfand sie es so: als Segen für das familiäre Zusammenleben! Seff, der endlich entnazifiziert worden war und wieder eine ihm gemäße Anstellung suchen durfte, fand längere Zeit nichts Passendes, er erhielt nur Absagen. Schließlich aber kam es zu einem Angebot – aus Linz! Er könne in der Verwaltung der dortigen Stickstoffwerke arbeiten, hieß es, und da er keinen besseren Posten in Aussicht hatte, sagte Seff schließlich zu. Er kam also ab nun nur an den Wochenenden heim nach Wien, hatte sich in Linz ein Untermietzimmer genommen und blieb von Montag bis Freitag dort. Sein Monatseinkommen war bescheiden, aber die Linzer Wohnmöglichkeit wurde ihm finanziert, und im Vergleich zum Hungerlohn, den er als Hilfsarbeiter erhalten hatte, konnte er mit diesem Gehalt seine Familie jetzt wieder einigermaßen versorgen.

Aber Anna erkannte, daß trotz der weitgehend verbesserten Lebensumstände die Beziehung zu ihrem Ehemann sich mehr und mehr verschlechterte. Die Woche über lebte sie wieder vollkommen selbständig, sie fällte allein alle Entscheidungen, bestimmte allein ihren Tagesablauf, betreute und erzog allein ihre Töchter und hing allein ihren Träumen nach, den Träumen einer Frau, die sich noch jung fühlte. Vierzig Jahre, was war das schon! Sicher, ihre Mutter und Oma Hedwig hatten in diesem Alter so gewirkt, als befänden sie sich längst jenseits von Gut und Böse. Aber wurden Frauen dieser Generation nicht von ganz anderen Grundsätzen geformt, nach denen sie zu leben hatten? War sie, Anna, denn nicht um vieles freier und selbständiger geworden? Wozu sonst diese lange einsame Zeit während des Krieges, wenn nicht dafür?

Anna erinnerte sich immer noch an das Liebeserlebnis mit dem amerikanischen Mann, das sie als Frau so sehr erfüllt hatte. Ihr Körper erinnerte sich daran. Gern hätte sie sich in dieser Weise auch nach Seff gesehnt, nach seiner körperlichen Nähe, wenn er an den Wochenenden heimkam. Aber da erfüllte sich nichts, da gab es höchstens ab und zu rasche und ängstliche Pflichterfüllung. Denn erschwert wurde der sexuelle Austausch des Paares natürlich auch durch den Umstand, daß das eheliche Lager sich im selben Zimmer befand, in dem zwei Kinder schliefen. Beide konnten weder entspannen noch einander zu erfahren versuchen. Annas Körper blieb unerfüllt und sehnsüchtig.

Sie machten Ausflüge an den Wochenenden, denen die Kinder sich eher freudlos anschlossen. Seff, der alte »Wandervogel«, immer mutvoll und ermunternd voraus, die Familie ermattet hinterher. Ein möglichst billiges Gasthaus, in dem man sich ein paar Getränke leisten konnte, war dabei das höchste der Gefühle.

Man fuhr von Floridsdorf aus »in die Stadt«. So hieß das, wenn man irgend jemanden oder irgend etwas jenseits der Donau aufsuchte. Oft saß Anna in der Straßenbahn, die über die große Brücke fuhr, sah den Kahlenberg und Leopoldsberg, und mit der Zeit liebte sie diesen Blick. Den schimmernden Fluß und die Linie der Hügel dahinter. Das werde ich einmal malen, dachte sie.

*

»Einmal werde ich wieder malen«, sagte sie zu Inge.
    Wann immer sie die Mädchen in guter Hut wußte, zog Anna alleine los und besuchte die Freundin, denn im Gespräch mit ihr fühlte sie sich stets so, als sei sie wieder zu sich selbst zurückgekehrt.
    »Das hoffe ich«, sagte Inge.
    »Weißt du – ich glaube, ich habe aufgehört zu malen, als ich begonnen habe, wegzuschauen.«

Die Freundin hatte in ihrer Wohnung Tee serviert und saß Anna mit forschenden Augen gegenüber. Beide schwiegen.

»Aber jetzt siehst du klar«, sagte Inge dann, »jetzt mußt du wieder malen, es gehört zu dir.«

»Wird nicht leicht, bei meinem Hausfrauendasein. Noch dazu in der Pampa, im fernen, russisch besetzten Floridsdorf...«

»Da wolltest du doch hin?« fragte Inge.

»Ja, schon. Es ist auch in Ordnung so, mit der eigenen Wohnung, endlich. Und Seff ist die Woche über ja nicht da, Gittilein immer noch in der Schlösselgasse, wegen ihrer Schule, ich hab ja genügend Raum um mich, fühle mich nicht mehr so beengt wie in Minnies Kabinetterln, aber ich male nicht. Irgendwie geht es noch nicht.«

»Eines Tages wird es gehen«, sagte Inge, »wirst sehen.«

»Und am Wochenende, wenn wir alle beisammen sind, tut es mir oft so leid, daß ich nicht glücklicher bin.«

»Du meinst, mit dem Seff?«

»Es ist nicht leicht mit uns. Er ist ein guter Kerl, aber –«

»Aber?«

»Er hat alles, den Krieg und sein politisches Desaster, viel besser verkraftet als ich. Er kann auch viel bescheidener sein als ich, sich schneller freuen, er ist nicht ehrgeizig, er nimmt das Leben, wie es ist. Aber wir haben so wenig gemeinsam.«

»Doch!« sagte Inge, »ihr habt gemeinsam drei wunderbare Töchter, vergiß das nicht!«

»Ja.« Anna sah vor sich hin. »Ja, da hast du wirklich recht. Blöd, meine Unzufriedenheit.«

»Das wird schon noch, Anni«, sagte die Freundin.

»Was soll noch werden?!« fragte Anna.

»Schau, deine drei Mädchen werden flügge sein, eines Tages. Du wirst, wie ich dich kenne, noch einige Liebschaften an dich heranlassen –«

»Ach wo!« rief Anna.

»Aber ja«, sagte Inge. »Und du wirst irgendwann auch wieder künstlerisch arbeiten, ich weiß das.«

»Woher willst du denn das alles wissen?«

Annas Frage klang ein wenig gereizt, und Inge lächelte.

»Von dir«, gab sie zur Antwort, »weil ich einfach weiß, wie du bist. Immer auf der Suche. Immer ein bißchen übertrieben bei all deinen Empfindungen. Unsicher und egoistisch, beides. Du wirst dir schon noch genügend Leben holen, so lange du lebst. Und du wirst alt werden, das fühle ich.«

»Um Gottes willen!« Jetzt lachte Anna auf. »Was du alles fühlst! Ich will gar nicht alt werden. Lieber will ich noch eine Weile jung sein.«

»Warte es ab«, sagte Inge. »Ich glaube, Alter kann man erst beurteilen, wenn man alt geworden ist. Willst du noch Tee?«

Anna starb mit neunzig Jahren, vier Jahre nach Seff, der fünfundneunzig geworden war, in der Intensivstation des Lorenz-Böhler-Krankenhauses in Wien.

Ihre drei Töchter waren um sie.

Nachbemerkung

Im Schatten der Zeit – unserer Zeit – leben wir Menschen. Alle. Jeder im Schatten der seinen.

Sich dessen bewußt zu werden und herauszufinden, wie und wo man in der Lage sein könnte – oder sein müßte! –, diesen Schatten aufzuheben, um in das Licht des Erkennens, gar der Erkenntnis zu geraten, will mir als eine der Sinn-haftigkeiten unseres Erdenlebens erscheinen. Aber auch als eine, die wir gern und zu allen Zeiten mit Gedankenlosigkeit zuschütten.

Über unseren Köpfen lauert stets das Dunkel eines politischen Geschehens und beschattet uns. Es kann die Gefährdung von Leib und Leben mit sich bringen, es kann Armut, ja Not erzeugen, es kann unfrei machen und Menschenrechte mit Füßen treten.

Es kann uns aber auch opportunistisch und feige in geistiger Trägheit versinken lassen, während schwer erworbene demokratische Strukturen sich klammheimlich wieder aufzulösen beginnen – während das, was man der Vergangenheit ankreidet, wieder unaufhaltsam hochzusprießen beginnt –, während weltweit der Barbarismus reinen Profitdenkens unsere gepriesene menschliche Zivilisation und das reine Walten der Natur verstört und zerstört.

Im Schatten der uns zugeteilten Zeit wollen wir alle leben. Gut leben. Uns angstfrei und geborgen fühlen. Das ist verständlich.

Wir versuchen, Gefährdungen zu übersehen, so lange sie

uns nicht selbst elementar überfallen. Wir wollen uns den Blick in eine lebenswerte Zukunft nicht verdüstern lassen. Wir wollen lieben und geliebt werden, wir verteidigen das Glück unserer Kinder, wünschen uns ein gesegnetes Alter, wollen weder darben noch hungern.

Alles verständlich.

Deshalb: TROTZDEM den Mut und die Stärke aufzubringen, sich einer Diktatur zu widersetzen – sei es der des »1000jährigen« Naziregimes mit seinem Grauen, seinen Vernichtungsmaschinerien ehemals – oder auch nur (nicht als Vergleich, aber als Prüfstein gesehen) der des verdummenden Zeitgeistes, der medialen Manipulation, des digitalen Irrsinns heutzutage –, ist eine Anforderung, der nur wenige Menschen wirklich Folge leisten können. Auch gegen besseres Wissen nicht Folge leisten können. Weil sie es nicht wagen.

Man verlange Wagemut vorrangig von sich selbst. Das läßt sich nicht überspringen. Die anderen, die »vor uns«, des Wegschauens zu bezichtigen, ohne zu überprüfen, inwieweit man selbst der Gegenwart und ihren aufkeimenden Gefährdungen mutvoll ins Auge schaut, hat weder Sinn noch Wert. Bewältigt nichts.

Dies sind die Gedanken, mit denen ich das Leben meiner Mutter, meiner Eltern nach-erzählend begleitet habe.

Februar/März 2012   Erika Pluhar